KAY HOOPER

Der Glanz des Goldes

Die wilden Jahre der Delaneys

KAY HOOPER

Der Glanz des Goldes

ROMAN

Ins Deutsche übertragen von Britta Evert

Bechtermünz Verlag

Lizenzausgabe mit Genehmigung der
Bastei-Verlag Gustav H. Lübbe GmbH & Co.
für Bechtermünz Verlag im
Weltbild Verlag GmbH, Augsburg 1997
Umschlagmotiv: Minuto/Agentur Thomas Schlück, Garbsen
Umschlaggestaltung: Adolf Bachmann, Reischach
Gesamtherstellung: Presse-Druck Augsburg
Printed in Germany
ISBN 3-86047-673-4

Prolog

An Bord der RAVEN
New York, Hafen, November 1871

Captain Marcus Tyrone stand an Deck seines Schiffs und schaute ganz in Gedanken verloren zu, wie seine Männer das Schiff zum Auslaufen vorbereiteten. Es war nicht die komplette Mannschaft der *Raven*, denn er hatte seinen Männern erklärt, daß die Reise nach Port Elizabeth ging und er sich diesmal länger dort aufhalten wollte. Und er hatte ihnen klargemacht, daß er von jedem, der mitkam, untadeliges Benehmen erwartete, solange sie im Hafen vor Anker lagen.

Zwanzig Freiwillige hatten sich gemeldet; Männer die schon öfter mit ihm in Port Elizabeth gewesen waren und wußten, was sie erwartete: Tage der Ruhe und des Müßiggangs, ein wenig Langeweile sicherlich auch, aber andererseits ein großzügig bemessener Lohn, der die geringen Nachteile schnell vergessen ließ.

Tyrone blickte zur Stadt hin und seufzte. In seinem Büro hatte er Anweisungen für Jesse Beaumont hinterlassen, wie er es auch schon früher getan hatte, und er lächelte leicht, als er sich seine Reaktion vorstellte. Jesse liebte das Meer und haßte es, längere Zeit an Land bleiben zu müssen. Dennoch würde er sich gut um das Geschäft kümmern, während Marcus unterwegs war.

Und er war der einzige, dem Marcus bedingungslos vertraute.

Wieviel ihm der junge Mann bedeutete, hatte er gemerkt, als Jesse vor einiger Zeit in den Westen gereist war, um seine lang verschollene Schwester zu suchen. In diesen Wochen hatte Marcus reichlich Gelegenheit gehabt, über all die merkwürdigen Zufälle des Schicksals nachzudenken, die ihn mit diesem jungen Mann verbanden und ohne sein eigenes Zutun den Lauf seines Lebens bestimmt hatten; Gelegenheit aber auch, die Launen einer unberechenbaren und unbarmherzigen Macht zu verwünschen und mit seinem Los zu hadern.

Als Jesse dann in einem Telegramm den Erfolg seiner Reise mitteilte und seine Rückkehr nach New York ankündigte, hatte Tyrone den Entschluß gefaßt, schnellstens die Stadt zu verlassen. Denn mit Jesse würde auch Falcon Delaney zurückkehren.

Und Marcus wußte, daß Falcon noch immer auf der Jagd war. Nichts würde diesen Mann von der Fährte abbringen können, egal wie verschlungen und schwer erkennbar sie manchmal auch war; nichts und niemand würde diesen Mann von der Suche nach dem verschwundenen Gold abhalten können – dieses verfluchten Goldes, das eine breite Spur des Todes und des Verderbens hinter sich hergezogen hatte. Das die Schuld trug am Tod jenes Mannes, dem Marcus so viel verdankte.

– *MORGAN FONTAINE IST TOT* – So hatte der knappe Text des ersten Telegramms gelautet, das Jesse ihm geschickt hatte.

Tyrone schaute gedankenverloren aufs Meer hinaus. Jenes feine Netz aus Intrigen, Hinterlist und Betrug, das vor langen Jahren gesponnen worden war, hielt nun ihn und Falcon Delaney zwischen seinen klebrigen Fäden gefangen. Und keiner von ihnen konnte sich aus eigener Kraft daraus befreien.

1

Falcon Delaneys Tagebuch
NEW YORK, November 1871

Eigentlich hätte meine lange Suche beendet sein sollen, als wir das Versteck entdeckten, wo Morgan Fontaine jene Schiffsladung Gold vergraben hatte, die er der Union gestohlen hatte. Aber leider ist das nicht der Fall.

Seit damals ist das Grab nicht mehr geöffnet worden, dessen bin ich mir sicher. Und auch Victoria ist davon überzeugt, daß Fontaine niemals zu der alten Mission zurückgekehrt ist, wo er vor acht Jahren das Gold vergrub. Seine Mitverschwörer, die er betrog, sind tot. Die beiden, die als einzige den Bürgerkrieg überlebt hatten, sind inzwischen auch tot – die Suche nach dem Gold hat sie zu Mördern werden lassen und ihnen dann selbst den Tod gebracht.

Es scheint, als hätte niemand aus der Verschwörergruppe die Möglichkeit gehabt, das Gold aus seinem Versteck zu entfernen. Diese Spur führt also nicht weiter – aber es gibt noch eine andere.

Als Victoria und ich gestern in New York ankamen, mußten wir erfahren, daß die *Raven* mit Captain Tyrone an Bord den Hafen mit unbekanntem Ziel verlassen hatte. Vermutlich steuert sie, wie schon einige Male zuvor, einen Punkt irgendwo zwischen Florida und den Bahamas an.

Obwohl ich im Augenblick noch immer nicht durchschaue, was sich hinter der ganzen Angelegenheit verbirgt, und obwohl ich noch immer zögere, wirklich zu glauben, daß Tyrone in dieses schmutzige Geschäft verwickelt ist, so erhärtet sich mein Verdacht gegen ihn doch mit jedem Tag. Alle Fäden laufen bei ihm zusammen. Er war Fontaines Freund. Der Gedanke liegt nahe, daß Tyrone eher ihm das Gold überließ, als daß er es an seine eigentlichen Auftraggeber lieferte. Zumal ich herausfand, daß Tyrone zwei Jahre später, also 1865, allein ins Landesinnere reiste, während die *Raven* wochenlang von Charleston vor Anker lag. Ich konnte keinen Zeugen dafür finden, daß Marcus an Bord zurückkehrte, bevor die *Raven* eines Nachts auslief und erst sechs Monate später wieder einen Hafen hier an der Küste ansteuerte.

Dennoch kann ich nicht glauben, daß Tyrone ein gemeiner Dieb ist. Er ist nicht der Mann, der sich an fremdem Eigentum bereichert. Aber was war es dann, das ihn dazu trieb, das Gold an sich zu bringen? Ich muß die Wahrheit herausfinden.

Jesse, Victorias Bruder, war damals fast ununterbrochen an Bord, und wahrscheinlich könnte er mir einige meiner Fragen beantworten. Doch er weigert sich, überhaupt mit mir über die Angelegenheit zu reden. Und ich kann und will ihn nicht zwingen, seine Loyalität Tyrone gegenüber aufzugeben.

Ich befinde mich in der unglücklichen Lage, einem Mann Informationen entlocken zu müssen, der gestern nachmittag noch Trauzeuge bei meiner Hochzeit mit seiner Schwester war.

CAMELOT

Nur eine kleine Lampe erhellte das düstere Büro, als Falcon sich über den Schreibtisch beugte und in einer dicken, ledergebundenen Kladde blätterte, auf deren Seiten hauptsächlich Geschäftsberichte aus dem Jahr 1863 handschriftlich festgehalten waren. Er stutzte und runzelte die Stirn, als er eine Seite mit der Überschrift ›April‹ aufschlug. Auf dieser Seite gab es nicht den geringsten Hinweis auf irgendeinen Auftrag, nicht eine einzige Abrechnung. Unter dem Monat stand lediglich das Wort ›*Camelot*‹, mehrfach unterstrichen. Und darauf folgte eine Liste von Namen. Nirgendwo stand das Wort ›Gold‹.

Falcon zögerte kurz, dann schrieb er sorgfältig die Eintragungen in sein Notizbuch. Er überflog noch ein paar andere Seiten, fand aber weiter nichts, was seine Aufmerksamkeit erregt hätte. Daraufhin klappte er das Buch zu und legte es dorthin zurück, wo er es herausgezogen hatte. Dann knipste er die Schreibtischlampe aus, ging leise zur Tür und öffnete sie vorsichtig. Er lauschte, trat aus Marcus Tyrones Büro und schlich sich unbemerkt davon. Er war sicher, daß niemand etwas von seinem nächtlichen Besuch bemerken würde.

Victoria lief ihm entgegen. »Du warst so lange fort. Ich habe mir schon Sorgen um dich gemacht«, meinte sie und schmiegte sich in seine Arme.

»Entschuldige, mein Liebling.« Falcon zog sie an sich und küßte sie liebevoll. »Es ist ein wunderbares Gefühl zu wissen, daß es jemanden gibt, der sich um einen sorgt.« Dann verzog er reumütig das Gesicht. »Mein armer Schatz. Das sind bestimmt nicht die Flitterwochen, die du dir erträumt hast.«

Victoria lächelte ihren Ehemann an. »Nun, ich glaube, ich werde auch das ertragen. Du gibst dich ja sowieso nicht eher zufrieden, bis du endlich herausgefunden hast, was damals mit dem Gold geschah. Und ich will es ja auch wissen. Wir müssen die Sache zu einem Ende bringen.«

»Ich habe etwas Merkwürdiges gefunden . . .«

»Etwas, das Licht in das Dunkel bringt?«

»Ich weiß es nicht, Victoria. Die Sache wird immer rätselhafter und undurchschaubarer. Hier, sieh dir das an.« Falcon zog sie mit sich auf die Bettkante und zeigte ihr die Namen, die er sich notiert hatte. »Ein paar werden dir bekannt vorkommen. James Sheridan und Ryan Stewart sind Senatoren; Steven Franks ist Richter und Paul Anderson Mitglied des Kabinetts. Nun, und an Leon Hamilton wirst du dich bestimmt erinnern.«

»Aber ja, natürlich.« Victoria blickte auf das Blatt. »Hier steht ›Camelot‹«, meinte sie. »Was bedeutet das?«

Falcon schüttelte den Kopf. »Wenn ich das wüßte . . . Ich könnte mir vorstellen, daß es ein Codewort ist . . .«

»Und du hast die Liste dieser Namen in Captain Tyrones Büro entdeckt?«

»Ja. In einem Geschäftsbuch von 1863.«

»Und was bedeutet das?«

»Hm, das bedeutet – sag, bist du eigentlich schon einmal in Washington gewesen, Darling?«

WASHINGTON

Amüsiert stellte Victoria fest, daß der Besuch in der Hauptstadt hauptsächlich aus einem Wirbel gesellschaftlicher Verpflichtungen bestand.

Falcon nutzte die Gelegenheit, unauffällig Kontakt mit den auf der Liste aufgeführten Personen zu suchen, und er richtete es so ein, daß das Zusammentreffen stets wie ein Zufall aussah. Er erwähnte niemals die Liste, und schon gar nicht das Wort ›Camelot‹.

Victoria lernte immer wieder Neues über ihren Ehemann, und ihre Achtung vor seiner Klugheit und seinem diplomatischen Geschick wuchs mit jeder Stunde, die sie an seiner Seite verbrachte.

Daß er willensstark war und einen ausgeprägten Sinn für Recht und Unrecht besaß, wußte sie – das bewies allein die Hartnäckigkeit, mit der er nun schon seit Jahren nach dem verschwundenen Gold suchte.

Aber er war auch so einfühlsam, daß er keinen Versuch machte, Jesse unter Druck zu setzen, um Informationen über Marcus zu bekommen. Er wollte ihren Bruder nicht bedrängen, seinen Kapitän zu verraten.

An seine Familie band Falcon ein starkes Gefühl der Zusammengehörigkeit, auch wenn er sein Zuhause nicht allzu häufig besuchte, und er sich ab und zu sogar über den mächtigen Clan der Delaneys lustig machte, wie in dem Telegramm, in dem er seinem Vater lakonisch mitgeteilt hatte: *Bin standesamtlich verheiratet. Falcon.*

Victoria brannte darauf, die Familie kennenzulernen, die einen solchen Mann wie Falcon hervorgebracht hatte, und sie war stolz darauf, Falcons Frau zu sein. Sie würde ihm stets folgen, wohin er auch gehen mochte.

Und Falcon hatte ganz und gar nichts dagegen. Auch wenn er sie vor ihrer Heirat mehr als einmal gewarnt hatte, daß er einer Frau dieses unstete Leben, das er führte, nicht zumuten konnte, war er doch nicht der Mann, der sie gleich am Anfang ihrer Ehe zu seiner Familie schickte, damit er ungestört seinen Geschäften nachgehen und ein ungebundenes Leben führen konnte.

Die letzten Monate hatten ihm deutlich gezeigt, daß Victoria eine starke und kluge Frau mit einem ausgeprägten Sinn für Gerechtigkeit und einem ebenso starken Willen war, ihr Leben in die eigenen Hände zu nehmen. Alles, was ihn bewegte, besprach er mit ihr.

Falcon hatte Victoria erklärt, daß sie mit der Ranch in New Mexico, die Morgan ihr hinterlassen hatte, tun und lassen konnte, was sie wollte. Falls sie jedoch dort leben wollte, wenn sie ihre Suche beendet hatten, dann würde er ihr helfen, die Ranch zu führen.

»Du siehst heute abend wieder einmal hinreißend aus, Darling. Wie stellst du es nur an, immer so schön zu sein?« sagte er nun in Victorias Gedanken hinein und betrachtete seine Frau voller Bewunderung.

Victoria lächelte und sah ihn liebevoll an. »Ich dachte, Ehefrauen würden keine Komplimente mehr von ihren Männern bekommen«, zog sie ihn auf.

Falcon hauchte einen Kuß auf ihren Handrücken. »Ich werde bis an das Ende meines Lebens nicht aufhören, dir zu sagen, wie sehr ich dich mag und wie sehr ich dich bewundere, mein Schatz«, antwortete er.

Victoria sah das Verlangen in seinem Blick. Doch entschlossen nahm sie Falcons Arm und sagte: »Vergiß nicht, wir sind heute abend hierher gekommen, damit du mit den Männern sprechen kannst, deren Namen auf der Liste stehen. Sie sind alle hier, und du wirst mit Sicherheit keine bessere Gelegenheit finden.« Sie sah ihn an. »Du hast es selbst gesagt.«

Falcon seufzte, während sie die hell erleuchtete Hotelhalle durchquerten. »Ich hatte es ja auch wirklich vor«, meinte er mit einer Spur von Reue in der Stimme. »Aber was kann ich denn dafür, wenn dieses aufregende schwarze Kleid, daß du heute abend trägst, gewisse – nun ja, sagen wir mal: gewisse höchst interessante Erinnerungen weckt.«

Victoria spürte, wie sie rot wurde. So vieles war in jener Nacht passiert, als sie dieses Kleid zum ersten Mal getragen hatte, aber nicht an alles mochte sie sich gern erinnern. Dennoch wußte sie genau, worauf Falcon anspielte. Es war die Nacht gewesen, in der sie sich ihm zum ersten Mal hatte hingeben wollen.

»Falcon, du wirst es bereuen, wenn du deine Fragen nicht stellst!«

»Manchmal wünsche ich dieses verdammte Gold wirklich zum Teufel«, erwiderte er mit einem Lachen, aber sie beide wußten, daß er das nicht nur im Scherz gesagt hatte.

»Dort sind Mary und Leon.« Victoria hatte die beiden sofort entdeckt, als sie und Falcon den Ballsaal betraten.

»Bevor ich mir die anderen vornehme, möchte ich erst einmal allein mit Leon sprechen«, sagte Falcon.

»Er erwartet deinen Bericht, nicht wahr?« Victoria wußte inzwischen, daß Leon Falcons Boß war und ihn damals, vor so vielen Jahren, mit der Suche nach dem Gold beauftragt hatte.

Ja, er wußte ja, wann wir zurückkehren wollten, aber da er bei unserer Ankunft nicht in New York war, hat er sicher damit gerechnet, daß wir nach Washington kommen. Womit er aber bestimmt nicht gerechnet hat, ist unsere Heirat«, fügte Falcon leicht amüsiert hinzu.

Und während Leon angesichts der Neuigkeit tatsächlich überrascht war, zeigte seine Frau keine Spur von Erstaunen. »Ich wußte es«, sagte sie und umarmte Victoria. »Nachdem ihr beide New York verlassen hattet, habe ich Leon vorausgesagt, daß es nur noch eine Frage der Zeit wäre, bis ihr heiratet.«

Falcon, der daran denken mußte, was alles in der Zwischenzeit passiert war, grinste. »Das war es«, erwiderte er. »Ich mußte Victoria bis Texas hinterherjagen.«

»Bis Texas?« wiederholte Leon. »Hattest du Andrew nicht erzählt, daß du nach New Mexico wolltest?«

»Manchmal hält das Schicksal für uns sehr verschlungene Pfade bereit.« Falcon schüttelte den Kopf. »Leon, ich muß dringend mit dir allein sprechen.«

Leon nickte, und in seinem Blick lag Neugier. »Natürlich«, antwortete er. »Die Damen werden uns sicher für einen Moment entschuldigen.«

Mary seufzte. »Uns bleibt wohl keine andere Wahl.«

»Bis später, Darling.« Victoria lächelte Falcon an. »Keine Sorge, wir werden uns bestimmt nicht langweilen.«

»Danke.« Falcon küßte sie auf die Wange. »Und daß du mir in der Zwischenzeit mit keinem Mann tanzt, der nicht mindestens die Siebzig überschritten hat«, flüsterte er so leise, daß nur sie es hören konnte. »Sonst müßte ich mich im Morgengrauen mit dem Herrn treffen. Ich wähle Pistolen.«

Victoria lachte, als er ihr zuzwinkerte.

»Nun?« fragte Mary, als die beiden Männer gegangen waren. Victoria sah sie unschuldig an. »Nun was?« fragte sie zurück. Doch Mary lachte nur.

Leon und Falcon begaben sich in ein ruhiges Nebenzimmer, wo sich außer ihnen niemand aufhielt. Leon musterte Falcon forschend. »Ich war der Meinung, du wärst mit einem Haftbefehl für Morgan Fontaine in der Tasche nach New Mexico aufgebrochen, aber soweit ich weiß, wurde der Befehl nie vollstreckt.« Er runzelte die Stirn. »Und nun bist du wieder hier in Washington, ohne Morgan, aber frischverheiratet, und erzählst mir, daß du in Texas warst.«

»Victoria, meine Frau, ist Morgan Fontaines Witwe.«

Leon stutzte. »Fontaine ist also tot? War er derjenige, nach dem wir solange gesucht haben?«

»Ja und nein.«

»Könntest du mir das näher erklären?«

»Eigentlich ist es gar nicht so kompliziert. Fontaine und seine Mitverschwörer haben damals tatsächlich den Auftrag gegeben, daß das Gold per Schiff in den Süden gebracht werden sollte, und zwar von Marcus Tyrone. Aber dann ist etwas Entscheidendes passiert: Genau weiß ich es nicht, aber ich glaube, daß weder Tyrone noch Fontaine erpicht darauf waren, die anderen bei ihren Attentatsplänen gegen Lincoln zu unterstützen. Statt nun das Gold bei den Verschwörern abzuliefern, hat Tyrone es direkt an Fontaine übergeben, der es wiederum nach Texas schaffte und die Kisten dort auf dem Friedhof einer verlassenen Missionsstation vergrub.«

»Und du hast das Versteck – ein Grab, nehme ich an – entdeckt?«

»Ja, mit Victorias Hilfe.«

»Aber . . . Kein Gold?«

»Das wäre dann doch wieder zu einfach gewesen, findest du nicht auch, Leon?« meinte Falcon ironisch. »Zwar befanden sich die Kisten noch dort, aber sie waren leer. Ausgeräumt. Und soweit ich es beurteilen kann, was das Grab seit Jahren nicht mehr geöffnet worden.«

»Fontaine muß später zurückgekehrt sein . . .«

»Nein. Victoria schwört jeden Eid, daß er niemals mehr in Texas war, und ich glaube ihr. Fontaine war vermögend. Er brauchte das Gold nicht.«

Leons Stirnrunzeln hatte sich vertieft. »Dann muß es einer von den anderen gewesen sein.«

»Nur drei der Männer haben den Krieg überlebt, und Fontaine war einer von ihnen. Er wurde von den anderen beiden umgebracht – auf bestialische Weise zu Tode gefoltert. Sie hatten ihn gefoltert, um herauszufinden, wo er das Gold versteckt hatte. Aber die beiden kamen um, bevor sie das Grab finden konnten.«

Leon lehnte sich in seinem Sessel zurück und zündete sich eine Zigarre an, während er nachdachte. »Tyrone«, murmelte er. »Er ist der einzige, der jetzt noch in Betracht kommt.«

Falcon nickte. »Ja. Zwei Jahre nach dem rätselhaften Verschwinden des Goldes legte er mit seinem Schiff wieder einmal in Charleston an und ging für einige Zeit allein an Land. Wie weit er sich ins Landesinnere begab, weiß ich nicht, aber ich schätze, daß die Zeit gelangt hätte, um bis nach Texas zu kommen. Ich weiß nicht, ob er sich damals das Gold geholt hat.«

»Wo befindet er sich im Augenblick?«

»Die *Raven* hat New York vor ein paar Tagen verlassen, mit Kurs in südlicher Richtung.«

»Und wohin genau?«

Falcon zuckte mit den Schultern. »Das habe ich nicht herausfinden können.«

»Sie müssen Tyrone aufspüren!«

Falcon sah sein Gegenüber nachdenklich an. »Ich bin vor ein paar Tagen in Tyrones Büro eingedrungen und habe mir seine Bücher angesehen. In einem Heft habe ich etwas Interessantes entdeckt. Eine Eintragung von April 63. Nur ein Wort stand unter dem Datum, dann folgte eine Liste von Namen.«

»Wie hieß das Wort?«

»Camelot.«

Leon wurde plötzlich sehr still, und seine Augen verengten sich.

»Das ist wirklich interessant«, bemerkte er schließlich.

»Dein Name war auch auf der Liste, Leon.« Falcon hatte diese Bemerkung eher beiläufig gemacht, aber nun, als er sah, daß Leons Miene völlig ausdruckslos wurde, und er die Wachsamkeit im Blick des älteren Mannes bemerkte, verstärkte sich sein Verdacht.

Eine Weile rauchte Leon schweigend, dann schüttelte er den Kopf. »Du bist auf der falschen Fährte, Falcon. Das kann unmöglich etwas mit dem gestohlenen Gold zu tun haben. Ganz bestimmt nicht.«

»Ich glaube schon«, widersprach Falcon. »Ist ›Camelot‹ ein Codename?«

Leon ignorierte seine Frage. »Es ist tatsächlich damals etwas

Wichtiges passiert«, sagte er. »Etwas, worin auch Tyrone verwickelt war. Aber diese Sache geschah, bevor das Gold gestohlen wurde, und es gibt keine Verbindung zwischen den beiden Ereignissen.«

Falcon wußte, daß er sich nun sehr vorsichtig vortasten mußte, wenn er wollte, daß Leon weitere Informationen preisgab. »Warum aber hat dann Tyrone diese Namen unter diesem Datum notiert?«

»Es war sehr leichtsinnig von ihm, daß er es überhaupt getan hat.«

Falcon, der wußte, daß Tyrone alles andere als leichtsinnig war, schüttelte den Kopf. »Wirklich?« meinte er. »Oder vielleicht hat er diese Namen notiert, um sich selbst zu schützen, damit ihm nichts passiert.«

Leons Mund wurde schmal. »Das sind alles nur unhaltbare Vermutungen«, antwortete er.

»Ich kann ja die anderen einmal fragen, schließlich kenne ich nun ihre Namen.«

»Das wirst du nicht tun«, sagte Leon scharf, doch als er merkte, wie Falcon sich versteifte, fügte er in einem freundlicherem Ton hinzu: »Sieh mal, Falcon, du mußt mir einfach vertrauen. ›Camelot‹ hat wirklich nichts mit dem Gold zu tun. Aber es war damals ein – nun ja, ein sehr delikates Unternehmen, und es würde auch heute noch viel Staub aufwirbeln, wenn Informationen darüber an die Öffentlichkeit gelangten. Wenn du jetzt anfängst herumzufragen, wird das bei den Männern, die damals darin verwickelt waren, nur für unnötige Unruhe sorgen, und das will ich nicht. Dieses Kapitel ist und bleibt abgeschlossen, hast du mich verstanden?«

»Das gefällt mir nicht, Leon.«

»Das habe ich auch nicht erwartet. Aber warum willst du in ein Wespennest stechen und alte, längstvergangene Dinge aufrühren, wenn du dem Gold dadurch doch keinen Schritt näherkommst?«

Nach einem Moment entspannte Falcon sich und lächelte.

»Nun ja«, meinte er. »Es wäre schließlich nicht das erste Mal, daß ich mich geirrt habe.«

Aber Leon traute dem Frieden noch nicht so recht. Zum ersten Mal fragte er sich, ob seine Entscheidung, einen jener entschlossenen Delaneys auf die Spur des Goldes zu setzen, wirklich so klug gewesen war. »Du wirst den anderen also keine Fragen stellen?« meinte er.

Falcons Augen gaben nicht preis, was er dachte. »Wie du selbst so schön gesagt hast, hat es wirklich keinen Sinn, in ein Wespennest zu stechen«, antwortete er.

»Na also.« Dann zögerte Leon. »Ich nehme an, daß du dich jetzt auf Tyrones Spur setzen wirst«, fügte er hinzu und versuchte, seine Stimme möglichst gleichgültig klingen zu lassen.

»Er ist der einzige, der übriggeblieben ist.«

Leon nickte. »Aber ich begreife immer noch nicht, weshalb ausgerechnet er das Gold für sich selbst hätte behalten wollen. Er war doch schon damals ausgesprochen wohlhabend.«

»Ich weiß«, erwiderte Falcon. »Es ist schon seltsam, daß ausgerechnet derjenige, der das Gold am wenigsten nötig gehabt hätte, es an sich gebracht hat.« Die ganze Zeit über hatte er Leon aufmerksam beobachtet, und es war ihm nicht entgangen, wie unbehaglich sich der andere Mann fühlte.

»Wenn ich dich nun von deiner Aufgabe entbinden würde«, sagte Leon plötzlich, »dann würdest du trotzdem nicht aufgeben, nicht wahr?«

»Stimmt«, gab Falcon zu. »Ich würde nicht aufgeben.«

Darauf sagte Leon nichts mehr.

Es war sehr viel später an diesem Abend, als Victoria ihren Mann dabei beobachtete, wie er erregt auf und ab lief. »Die ganze Sache macht dir sehr zu schaffen, nicht?« fragte sie.

Falcon seufzte. »Ich wäre ja gar nicht so beunruhigt, wenn ich nicht bemerkt hätte, daß diese Sache *Leon* so sehr zu schaffen macht. Er ist sich zwar hundertprozentig sicher, daß

›Camelot‹ nichts mit dem Gold zu tun hat, aber er war furchtbar schockiert, als er von mir erfuhr, daß Tyrone das Codewort und all diese Namen notiert hat. Es ist fast so, als ob er . . .« Er schwieg einen Moment, bevor er fortfuhr. »Es ist fast so, als ob er Angst hätte. Ich habe ihn noch nie so erlebt. Er benimmt sich, als müßte er fürchten, daß dieses kleine Wort ›Camelot‹ sein Leben zerstören könnte.«

»Und wenn es tatsächlich so wäre?«

Falcon kam zu ihr und setzte sich neben sie auf das Bett. »Ich tue es nur ungern, das weißt du, aber ich muß mit Jesse sprechen. Sollte es wirklich einen Zusammenhang zwischen ›Camelot‹ und dem Gold geben, dann ist Tyrone das Bindeglied.«

»Was willst du wirklich in Erfahrung bringen, Falcon? Was sich hinter dem Wort ›Camelot‹ verbirgt, oder wo das Gold abgeblieben ist?«

»Beides, Victoria. Du weißt, ich habe immer meinem Instinkt vertrauen können, und mein Instinkt sagt mir nun, daß ich das spurlos verschwundene Gold finden werde, wenn ich weiß, was sich hinter ›Camelot‹ verbirgt.«

2

PORT ELIZABETH

Ungeduldig trieb Marcus Tyrone seinen Braunen an, und der kräftige Hengst trabte schneller. Die eisenbeschlagenen Hufe klapperten laut auf dem festgefahrenen Lehm des Weges, während der Wagen, auf dem Tyrone saß, an einem großen, imposanten Haus vorbeifuhr, das von den alten, moosbehangenen Bäumen fast verdeckt wurde. Halb in den Schatten verloren, erschien das Haus fast unwirklich.

Ohne Aufforderung wandte sich das Pferd nordwärts und schlug den Weg zur Stadt ein. Tyrone hielt die Zügel locker und ließ den Hengst noch schneller laufen. Leicht wandte er den Kopf, als er die Kuppe eines Hügels erreichte, und blickte auf den kleinen Hafen hinunter, in dem sein Schiff lag, die *Raven*.

Die *Raven* war ein elegantes, schnelles Schiff, und mit ihr hatte er den Grundstock für sein Vermögen gelegt. Sie war sein erstes eigenes Schiff gewesen, das er vor über zehn Jahren gekauft hatte – mit Hilfe eines großzügigen Kredits, den ihm Morgan Fontaine gewährt hatte. Schon nach einem knappen Jahr hatte er seine Schuld vollständig zurückzahlen können.

Die Straße machte einen sanften Bogen, und die ersten Häuser der Stadt kamen in Sicht. Die Stadt war in einiger Entfernung zum Hafen gebaut worden, sehr zum Ärger der Händler und Kaufleute. Es sind seltsame Menschen, die sich hier niedergelassen haben, dachte Marcus. Obwohl sie so nah an der Küste Amerikas lebten, fühlten sie sich doch noch immer ganz und gar als britische Untertanen, und sie waren bereit, notfalls auch für ihre Überzeugung zu kämpfen. Jeden Fremden, der in ihre kleine Welt eindrang, betrachteten sie mit Mißtrauen; das hatte auch Marcus erfahren, als er sich vor fast acht Jahren hier niedergelassen und sich sein Haus gebaut hatte. Doch inzwischen hatten sie sich an ihn gewöhnt und akzeptierten seine Gegenwart, auch wenn sie ihn immer noch ›diesen Amerikaner‹ nannten.

Es waren hauptsächlich wohlhabende Leute, die sich in Port Elizabeth niedergelassen hatten, und sie legten sehr viel Wert auf gepflegte Umgangsformen. Marcus, der unter seinen eigenen Landsleuten als Schurke galt, amüsierte sich meistens darüber, wie ausgefeilt die Höflichkeitsregeln auf der Insel waren; aber noch mehr amüsierte es ihn, als er sich zum ersten Mal dabei ertappte, daß auch er selbst sich bemühte, so höflich und gut erzogen wie möglich zu wirken.

Normalerweise richtete er es so ein, daß er einmal im Monat eine Woche in Port Elizabeth verbrachte – eine kurze

Erholungspause, nach der er wieder zu seinen Geschäften in New York zurückkehrte.

Diesmal allerdings hatte er vor, seinen Aufenthalt ein wenig länger auszudehnen. Am vergangenen Abend war die *Raven* vor Anker gegangen, und Marcus war sofort zu seinem Haus gefahren. Das ältere Ehepaar, das sich um seinen Haushalt kümmerte, hatte ihn ohne große Überraschung begrüßt; die beiden waren an sein plötzliches Kommen und Gehen gewöhnt. Dennoch blieb er wahrscheinlich ein Rätsel für sie, aber sie stellten nie neugierige Fragen. Sie, wie auch die anderen Bewohner der Insel, hielten ihn für einen reichen Geschäftsmann aus New York, und für einen ehrbaren Mann, bei dem man sich darauf verlassen konnte, daß er niemals einen über den Durst trank oder unverheiratete Töchter kompromittierte (worüber sich allerdings einige der Töchter schon lebhaft beklagt hatten!).

Marcus Tyrone war ein großer, schlanker Mann mit breiten Schultern, und er bewegte sich so geschmeidig wie eine Raubkatze. Sein rabenschwarzes Haar hatte an den Schläfen schon einen silbernen Schimmer; sein Gesicht war gutgeschnitten. Seine grauen Augen blickten stets kühl und unpersönlich, doch wenn er einmal lächelte – was viel zu selten geschah – verlieh ihm das einen ungeheuren Charme.

Einige Frauen wandten den Kopf, als sein Wagen durch die Hauptstraße des kleinen Städtchens rollte. Man grüßte und nickte ihm freundlich zu, und er erwiderte die Grüße mit der gleichen Höflichkeit.

Schließlich hielt er den Wagen vor einem Geschäft an und stieg aus, um das Pferd anzubinden. Wieder fühlte er diese Ungeduld in sich, die ihn selbst so erstaunte. Normalerweise war er ein sehr geduldiger Mann, der es vorzog, zu beobachten und das Geschehen in seiner Umgebung zynisch zu kommentieren.

Ich habe in der letzten Zeit einfach zuviel gearbeitet, dachte er. Es wird mir guttun, mich hier ein wenig zu entspannen.

Er trat auf den hölzernen Bürgersteig, und in seiner Hast

übersah er die junge Frau, die eben mit Päckchen beladen aus dem Geschäft kam, und stieß mit ihr zusammen. Die Päckchen glitten ihr aus den Händen und fielen auf den Boden.

Instinktiv griff Tyrone nach der Frau und packte sie an den Armen, damit nicht auch noch sie beide hinfielen. Er spürte, wie sie sich versteifte, und sie trat sofort von ihm zurück, als sie ihr Gleichgewicht wiedergewonnen hatte.

»Es tut mir aufrichtig leid, Miß Waltrip«, entschuldigte sich Marcus und bückte sich, um ihre Pakete aufzuheben.

Ungeduldig wartend stand sie vor ihm, in stummer Mißbilligung – eine große, schlanke Frau Ende Zwanzig. Sie war nicht verheiratet und nach Meinung ihrer Mitbürger auf dem besten Weg, eine alte Jungfer zu werden. Doch diese Tatsache schien sie nicht sonderlich zu berühren, wie überhaupt nichts Miß Catherine Waltrip je zu berühren schien. Die unverheirateten Männer der Stadt hüteten sich, ihr zu nahe zu treten, und die Frauen behandelten sie mit derselben kühlen Höflichkeit, mit der auch Catherine ihnen gegenübertrat. Oft schien es so, als hätten ihr Vater, ein charmanter Taugenichts, und seine strenge, ernste Tochter die Rollen getauscht, als wäre sie die Mutter und er das Kind – vor allem, wenn er unter ihren Blicken plötzlich ganz kleinlaut wurde.

Catherine Waltrip trug ihr langes dunkles Haar zu einer schweren, geflochtenen Krone aufgesteckt. Ihr makelloser Teint schimmerte wie helles Porzellan, und in ihren großen blauen Augen zeigte sich nie auch nur die geringste Gefühlsregung. Wenn sie sprach, klang ihre Stimme ruhig und bestimmt. Sie hielt sich sehr aufrecht, und sie wich den Blicken anderer nie aus. Ein echtes, von Herzen kommendes Lächeln hätte sie zu einer Schönheit gemacht, doch wenn sie je ein Lächeln zeigte, dann war es unpersönlich und kalt.

Und nun lächelte sie überhaupt nicht.

Tyrone richtete sich langsam auf. »Darf ich Ihnen die Sachen bis zum Wagen tragen, Miß Waltrip?« fragte er und verbeugte sich leicht vor ihr.

»Vielen Dank, aber ich verzichte darauf, Sir.« Catherine

schaffte es, alle ihre Päckchen an sich zu nehmen, ohne Marcus auch nur ein einziges Mal zu berühren. Dann nickte sie ihm höflich zu und ging um ihn herum zu ihrem Wagen.

Nachdenklich blickte Tyrone ihr hinterher. Sie verstaute ihre Einkäufe in ihrem Buggy, ähnlich dem, den er fuhr, stieg dann ein und nahm die Zügel auf. Ihr Blick blieb geradeaus gerichtet, während sie die Straße hinunterfuhr, hinaus aus der Stadt zu dem Haus, wo sie und ihr Vater seit etwas mehr als zwei Jahren lebten.

»Diese Frau!«

Tyrone drehte sich um und sah sich einer nicht mehr ganz jungen und auch nicht mehr ganz schlanken Dame gegenüber, die ihre Körperfülle in ein enges Korsett gezwängt hatte – Mrs. Lettia Symington, selbsternannte Hüterin von Moral und Anstand in Port Elizabeth, die über alles, was in der Stadt vor sich ging, genauestens Bescheid wußte und ihr Wissen großzügig mit anderen teilte.

»Guten Morgen, liebe Mrs. Symington«, begrüßte er sie freundlich.

Mrs. Symington lächelte geschmeichelt. »Wie schön, daß Sie wieder bei uns sind«, meinte sie. »Werden Sie diesmal etwas länger bleiben?«

»Ich weiß es noch nicht, Madam«, erwiderte Tyrone, einer genauen Antwort ausweichend.

»Morgen abend gebe ich einen Empfang, nichts Großartiges, nur eine kleine Party. Falls Sie nichts anderes vorhaben, möchten Sie dann kommen?«

»Es tut mir sehr leid«, antwortete Tyrone, »aber ich glaube nicht, daß ich kommen kann. Trotzdem vielen Dank für die Einladung.«

Doch so schnell gab Mrs. Symington nicht auf. »Nun, falls Ihre Pläne sich ändern sollten, können Sie ja immer noch vorbeischauen.«

»Gern, Madam.«

Sie blickte an ihm vorbei dem sich immer weiter entfernenden Buggy hinterher und sagte noch einmal: »Diese Frau!«

Marcus hatte gewußt, daß Mrs. Symington noch einmal eine Bemerkung über Catherine Waltrip machen würde. Sie hatte selbst eine Tochter im heiratsfähigen Alter, und sie liebte es, höchst ausführlich über andere junge Damen zu reden, die noch nicht gebunden waren. Sehr süß nach außen hin und mit sehr geschickt angebrachten kleinen Verleumdungen. Und sie verabscheute Catherine, weil sie bis jetzt gegen sie stets den kürzeren gezogen hatte.

»Haben Sie sich etwa über Miß Waltrip ärgern müssen?« fragte er und überlegte dabei, ob sich vielleicht in der Zeit seit seinem letzten Besuch auf der Insel etwas Ungewöhnliches zugetragen haben mochte.

Es schien, als würde Mrs. Symington sich vor Empörung plötzlich aufblähen. »Sie hat mich beleidigt«, erwiderte sie. »Sie hat meinen Hut beleidigt!«

Marcus warf nur einen kurzen Blick auf die tatsächlich etwas außergewöhnliche Kreation aus Spitze, Federn und mindestens drei kleinen Vögeln und hatte Mühe, ernst zu bleiben. »Das war aber wirklich nicht nett von ihr«, behauptete er und hätte nur zu gerne gewußt, wie sich Miß Waltrip genau zu diesem Hut geäußert hatte.

»Sie ist eine schreckliche Person«, erklärte Mrs. Symington voller Überzeugung und ungewöhnlich direkt. »Es ist eine Schande, wie sie ihren reizenden Vater behandelt. Es würde mich nicht im geringsten überraschen, wenn sie zu Hause in England etwas ganz Schreckliches getan hätte, etwas so Schreckliches, daß ihr gar nichts anders übrig blieb, als mit ihrem Vater hierherzukommen. Der arme Mann, er sehnt sich so sehr danach, wenigstens zu einem Besuch noch einmal in die Heimat zurückkehren zu können – aber natürlich will sie kein Wort davon hören.«

Tyrone sagte nichts dazu – er war schon immer der Meinung gewesen, daß Lucas Waltrip sich viel zu häufig über zu viele Dinge beklagte.

Nun, nachdem sie ihrer Empörung Luft gemacht hatte, rückte Mrs. Symington ihren geschmähten Hut zurecht, lächelte Marcus strahlend an und tätschelte ihm mütterlich den Arm. »Schauen Sie doch einfach mal bei uns vorbei, wann immer Sie Zeit und Lust haben«, sagte sie, dann machte sie sich auf den Weg, um andere Zeitgenossen mit ihrer Gegenwart zu beglücken.

Spöttisch dachte Marcus, daß sie wahrscheinlich einen Nervenzusammenbruch bekäme, falls er es tatsächlich wagen sollte, sie ganz unerwartet in ihrem verschwenderisch eingerichteten Heim zu besuchen – schließlich nähme er damit ihrer Tochter jede Möglichkeit, sich schnell noch gebührend herauszuputzen.

Lächelnd betrat er schließlich Mr. Abernathys Laden. Er bat darum, die wöchentliche Lebensmittellieferung für seinen Haushalt zu erhöhen und bestellte außerdem zwölf Hemden – die höchstwahrscheinlich mit seinem eigenen Schiff nach Port Elizabeth gebracht worden waren.

Dann unterhielt er sich noch ein Weilchen mit Mr. Abernathy, da der Ladenbesitzer neben Mrs. Symington die ergiebigste Quelle für den neuesten Klatsch auf der Insel war.

»Ist in der letzten Zeit irgend etwas Interessantes passiert?« erkundigte er sich beiläufig.

Mr. Abernathy, ein großer, schwergewichtiger Mann, der in diesem Laden irgendwie fehl am Platze wirkte, runzelte nachdenklich die Stirn. »Der Richter war in der vergangenen Woche hier«, teilte er Marcus schließlich mit. »Mrs. Symington hatte Miß Waltrip beschuldigt, ihren kleinen Hund im Fluß ertränkt zu haben. Aus reiner Bosheit, hat sie behauptet. Es war eine sehr tränenreiche Anklage, und die halbe Stadt war im Gerichtssaal anwesend.«

»Und ganz ohne Zweifel haben alle Mrs. Symington geglaubt«, murmelte Marcus vor sich hin.

»Oh, also, es gab natürlich nicht den geringsten Beweis«, meinte Mr. Abernathy. »Und es ist auch ein bißchen schwierig, sich vorzustellen, wie Miß Waltrip das kleine Tierchen vom Leben zum Tod befördert hat. Schätze, sie macht sich selbst nicht gern die Hände schmutzig.«

Marcus sah den Ladenbesitzer an und beschloß, doch lieber das Thema zu wechseln. Er wußte auch so, welche Einstellung die Inselbewohner Catherine Waltrip gegenüber hatten. Er plauderte noch ein paar Minuten mit dem Ladenbesitzer, dann ging er.

Langsam und gemächlich kletterte er in den Buggy, und ebenso gemächlich fuhr er dann die Hauptstraße entlang, vorbei an der kleinen Bank, dem kleinen Hotel, einem Restaurant, einem Barbier, den beiden Schneiderläden und dem Mietstall.

Erst als er die Stadt hinter sich gelassen hatte, trieb er sein Pferd zu einer schnelleren Gangart an. Er fuhr am Waltrip-Haus vorbei, ohne dem Gebäude einen Blick zu gönnen, doch gleich hinter der nächsten Kurve zügelte er das Pferd und hielt an. Von hier aus konnte man das Haus nicht mehr sehen.

Marcus lauschte. Nichts war zu hören, und so lenkte er nach ein paar Minuten Pferd und Wagen auf einen schmalen, nur selten benutzten Pfad, der geradewegs in dem dichten Wald, der das ganze Innere der kleinen Insel bedeckte, zu verschwinden schien. Hier zwischen den Bäumen war er ganz von Schatten und Kühle umgeben.

Er brauchte nicht weit zu fahren, bis er sein Ziel erreichte, und hielt das Pferd an, als eine kleine strohgedeckte Hütte vor ihm auftauchte. Marcus kletterte aus dem Wagen. Der Braune, dem die Umgebung nicht fremd zu sein schien, begann sofort zu grasen.

Blaue Vorhänge leuchteten Marcus fröhlich von den Fenstern entgegen, als er zur Vordertür ging. Sie waren neu, stellte er fest. Ohne anzuklopfen öffnete er die Tür und trat in die Hütte.

»Du bist spät«, sagte sie, als sie sich umwandte, um ihn zu begrüßen.

»Und du bist ein zänkisches Weib«, antwortete er und zog sie in seine Arme.

Catherine Waltrip schmiegte sich an ihn und schlang ihre Arme um seinen Hals. Leidenschaftlich erwiderte sie seinen Kuß, und Marcus hielt sie fest gegen sich gedrückt. Seine

Hände glitten über ihren schlanken Rücken, dann griff er in ihr Haar. Haarnadeln fielen klappernd auf den Boden, als sich die seidenweiche Flut löste und ihr bis auf die Taille fiel.

»Immer machst du das«, murmelte sie vorwurfsvoll, aber sie lächelte dabei.

»Was tue ich immer?« fragte Marcus, doch ihre Antwort interessierte ihn eigentlich nicht, da er gerade angelegentlich damit beschäftigt war, ihren Hals mit Küssen zu bedecken. Er liebte es, ihre weiche, verführerische Haut mit seinen Händen und Lippen zu berühren. Er hörte Catherine leise lachen und dachte dabei, wie erstaunt Mrs. Symington wohl wäre, hätte sie Catherine jetzt lachen gehört. Und nicht nur sie, auch alle anderen in der Stadt wären erstaunt gewesen.

Ungeduldig begann sie, ihn auszuziehen, aber auch er, Marcus, konnte es kaum noch erwarten, endlich ihren weichen, warmen Körper zu spüren. Stets empfanden sie dieses ungezügelte, wilde Verlangen, wenn sie sich zum ersten Mal wiedersahen. Die Kleidungsstücke blieben dort liegen, wo sie zu Boden gefallen waren, und Marcus wußte, daß Catherine auch nachher wieder den Kopf darüber schütteln würde.

Er preßte ihren schlanken nackten Körper gegen seinen, kurz nur, denn es gelang ihm kaum, sein Begehren zu zügeln, als er ihre vollen Brüste an seiner Brust spürte, die Hitze ihres Leibes an seinem erregten Körper. Sein Herz hämmerte, sein Atem kam heftig und schnell. Ungeduldig hob er sie auf seine Arme und trug sie hinüber in das Schlafzimmer, in dem nichts als ein stabiles Messingbett stand. Catherine hatte die Decke schon zurückgeschlagen. Durch das schmale Fenster drang nur wenig Licht in den kleinen Raum.

Catherine zog ihn halb über sich, und ihre Hände glitten zärtlich und verlangend über seinen Körper; jenen Körper, den sie so gut kannte. Spielerisch biß sie Marcus in die Schulter. In ihren blauen Augen, die vor Leidenschaft ganz dunkel geworden waren, war keine Spur von Zurückhaltung oder Kühle mehr zu erkennen.

Marcus fand, daß er noch nie in seinem Leben eine schönere Frau gesehen hatte.

Er genoß es, jeden Zentimeter ihres Körpers von neuem zu erkunden. Sie hatte volle, schöngeformte Brüste, deren Spitzen sich nun unter seinen Lippen aufrichteten. Ihre Taille war schmal, die Hüften waren sanft gerundet, die Beine lang und schlank.

Nichts an dieser leidenschaftlichen Frau erinnere mehr an die kühle Lady, die sie sonst war. Marcus erstaunte es immer wieder, wie schnell sie bereit für ihn war; etwas Wildes, Ursprüngliches lag in ihrer absoluten Hingabe.

Einmal, als sie beide Gäste auf einer ausgesprochen langweiligen Party gewesen waren, hatte er es geschafft, sie mit einem einzigen Blick so zu erregen, daß sie sich kaum noch hatte beherrschen können. Ihre Augen, die sich wie immer verdunkelt hatten, wenn sie Leidenschaft empfand, und ihr leicht geöffneter Mund hatten sie verraten. Er, Marcus, hatte gelächelt, und Catherine hatte ihn später einen verdammten Bastard genannt.

Catherine stöhnte auf, als seine Hand über ihren Bauch und dann langsam tiefer glitt, und sie grub ihre Fingernägel in seinen Rücken, als er sie aufreizend und quälend-süß zwischen ihren Beinen liebkoste.

Vor Lust schrie sie auf, ihre Hüften bogen sich ihm entgegen, und sie zog ihn noch näher an sich heran. Endlich gab Marcus seinem und ihrem Verlangen nach. Langsam, ganz langsam drang er in sie ein, und er spürte, wie ihr Körper ihn umschloß. Ungeheure Lust durchströmte ihn, und nun stöhnte er auf.

Catherine schlang ihre Beine um ihn, und für einen Augenblick blieben sie beide ganz still. Dann bewegte Marcus sich kraftvoll und fordernd, und Catherine griff seinen Rhythmus auf, wild und drängend, und dennoch voller Hingabe.

Daß es auch eine solche Catherine gab, würden die Leute von Port Elizabeth nie erfahren, und Marcus fand Freude an dem Gedanken, daß er der einzige war, der dieses Geheimnis kannte. Er genoß ihre uneingeschränkte Leidenschaft, ihre Lust, die keine Scham kannte, und es erregte ihn. Es erregte ihn, daß er derjenige war, der dieses Verlangen in ihr geweckt hatte; aber nicht nur ihr Körper reizte ihm, ihm gefielen auch ihr zärtliches Lachen und ihr scharfer Witz. Diese Frau war kein kühler Eisberg, nicht unter seinen Händen, sondern ein brodelnder Vulkan. Sie hörte nie auf, ihn zu faszinieren.

Ihr Verlangen trieb sie einander entgegen, steuerte sie dem Höhepunkt zu, bis Catherine leise aufschrie, als sie endlich Erlösung fand. Noch lange danach hielten sie sich in den Armen und genossen die wohlige Erschöpfung der Liebe.

Catherine reckte und streckte sich genüßlich. Tyrone hatte sich auf einem Ellbogen abgestützt und blickte auf sie herab. Zärtlich berührte er sie, und Catherine seufzte leise auf. Sie hatte die Augen geschlossen, und um ihre Lippen spielte ein Lächeln.

»Ich hoffe«, sagte er, »daß du nicht schon gleich wieder nach Hause mußt.«

Catherine öffnete die Augen und sah Marcus schläfrig an. »Es ist noch nicht einmal Mittag«, meinte sie. »Ist es nicht schändlich, sich schon vor dem Mittagessen mit seinem Liebhaber zu treffen?«

»Das war keine Antwort, Catherine.«

»Hm. Vater spielt.«

Das *war* eine Antwort auf seine Frage. Marcus wußte, daß Catherines Vater ab und zu der Gastgeber bei Pokerpartien war und er wußte auch, daß dann niemandem Catherines Abwesenheit auffallen würde.

»Gut«, meinte er, »dann haben wir auch noch den ganzen Nachmittag.«

Länger als bis zum Abend würde sie nicht bleiben; sie hatte sich stets geweigert, eine ganze Nacht mit ihm zu verbringen, genauso wie sie sich immer geweigert hatte, ihn in seinem Haus zu besuchen oder ihm zu gestatten, zu ihr nach Hause zu kommen, es sei denn, sie und ihr Vater gaben einen offiziellen Empfang – was allerdings sehr selten vorkam. So blieb ihnen nur die Hütte, wenn sie sich treffen wollten.

Marcus musterte ihren schlanken Körper und spürte, wie ihn wieder dieses vertraute Verlangen überkam. Aber diesmal würde seine Leidenschaft sich langsam steigern und lange andauern. Jetzt konnte er warten. Wenn er erst wieder mit ihr zusammengewesen war, konnte er immer warten.

Catherine war nun schon seit fast zwei Jahren seine Geliebte, und bei seinem letzten Aufenthalt auf der Insel hatte er sie gefragt, ob sie seine Frau werden wollte. Sie hatte seinen Antrag abgelehnt, sehr höflich und ohne ein Wort der Erklärung. Es hatte jedoch nichts zwischen ihnen geändert.

Von jeder anderen Frau hätte Marcus eine Erklärung verlangt, aber nicht von Catherine. Im Laufe der Zeit hatte er lernen müssen, daß es Dinge gab, die sie niemals mit ihm teilen würde, daß Teile ihres Lebens stets für ihn verschlossen blieben. Doch erst seit relativ kurzer Zeit störte ihn dies.

Er wußte, daß sie stolz war; er wußte, daß sie es geschickt zu verbergen verstand, wie sehr die feindselige Haltung der Leute sie manchmal verletzte. Nie beklagte sie sich, nie verteidigte sie sich selbst, nie erklärte sie etwas. Ihre Bemerkungen ihm gegenüber, wenn sie jemanden als anmaßend und heuchlerisch entlarvte, waren boshaft und scharf. Sie hielt es nicht für nötig, ihm etwas vorzuspielen, was sie nicht empfand. Doch in der Öffentlichkeit verhielt sie sich stets untadelig und äußerst zurückhaltend.

Marcus wußte bis jetzt nicht, was sie wirklich von ihm dachte. Erst allmählich, als er schon längst wieder in New York gewesen war, war ihm bewußt geworden, daß es ihn wie ein Schlag getroffen hatte, als sie seinen Antrag abgelehnt hatte. Nun ja, vielleicht war es auch nur ein Schlag gegen seinen Stolz gewesen. Er hatte die Heirat ganz impulsiv vorgeschlagen, und mit einem Schulterzucken hatte er ihre Weigerung abgetan. Doch sie hatte sich nicht geweigert, ihn weiter als Liebhaber zu behalten, und wenn sie die Tatsache, daß er sie so schnell und so stark erregen konnte, auch nur ungern akzeptierte, so akzeptierte sie es wenigstens überhaupt.

»Du bist ein Bastard, Tyrone«, sagte sie immer noch schläfrig.

Marcus, der gerade fasziniert beobachtet hatte, wie ihr Busen sich beim Atmen hob und senkte, meinte leicht abwesend: »Ja? Was habe ich denn nun schon wieder getan?« Er hatte von Anfang an begriffen, daß sie ihn mit voller Absicht immer nur mit seinem Nachnamen ansprach; es war ihre Art, eine gewisse Distanz zu halten. Würde sie sich je dazu überwinden können, ihn beim Vornamen zu nennen, dann wäre dies ein sicheres Zeichen, daß sie sich nicht mehr dagegen wehrte, ihre Beziehung zu vertiefen.

»Du weißt, was du getan hast«, antwortete Catherine. »Wenn ich die *Raven* heute morgen nicht zufällig im Hafen gesehen hätte, wäre es ein riesiger Schock für mich gewesen, dich zu treffen. Tauchst da einfach aus dem Nichts auf, ganz ohne Vorwarnung! Und ausgerechnet dann, wenn unsere verehrte Lettia Symington keinen halben Meter hinter uns steht.«

Marcus lachte. »Was hast du ihr eigentlich über ihren gräßlichen Hut gesagt?« wollte er wissen. »Sie stand kurz vor einem Schlaganfall.«

Catherine lächelte, jenes ganz besondere Lächeln, das nur er kannte, und er sah sie fasziniert an. »Ich habe sie nur gefragt, wann diese Vögel endlich ihre Eier ausbrüten würden; schließlich hätten sie sich ja schon im vergangenen Frühjahr auf diesem Hut niedergelassen.«

Marcus lachte wieder. »Damit hast du sie wirklich sehr getroffen. Sie kann es kaum erwarten, dich in Stücke zu reißen.«

»Das kann ich mir vorstellen. Sie hat auch vorher keine Gelegenheit ausgelassen, Ähnliches zu versuchen, unsere liebe Lettia.«

»Abernathy sagte, daß sie dich vor den Richter gebracht hat wegen ihres kläffenden Köters.«

Catherines Lächeln verschwand. »Ja. Irgend jemand hat das arme Tierchen ertränkt, und natürlich konnte nur ich das gewesen sein. Der Richter hat ihr erklärt, sie solle nicht so albern sein, und hat die Klage abgewiesen.«

»Hm. Und wie haben sich ihre Anhänger verhalten?«

»Sie waren schrecklich enttäuscht«, meinte Catherine trokken. »Sie hätten mich am liebsten am nächstbesten Baum aufgehängt – aber das wäre nicht zivilisiert. So verhält man sich nicht.«

Marcus studierte nachdenklich ihr Gesicht. Sie war zu intelligent, um all die vielen kleinen Nadelstiche nicht zu bemerken, und sie war sich auch jedes verstohlenen Blicks und jeder geflüsterten Bemerkung bewußt. Er fragte sich plötzlich, warum sie das alles hinnahm, warum sie die Insel nicht einfach verließ.

»Warum schaust du plötzlich so ernst drein?« fragte sie in seine Gedanken hinein.

»Nur so«, behauptete Marcus. »Du hast gar nicht wissen wollen, wie lange ich diesmal bleibe.«

Catherine wirkte leicht überrascht. »Weil du doch immer nur eine Woche bleibst.«

»Diesmal werde ich länger hierbleiben. Wahrscheinlich sogar ein paar Monate.« Er hatte sie aufmerksam beobachtet, während er sprach, und ihre Reaktion irritierte ihn. Erschrekken blitzte in ihren Augen auf, und Wachsamkeit, doch sie hatte sich schnell wieder unter Kontrolle.

»Wie schön«, sagte sie dann ruhig. »Vorausgesetzt natürlich, daß du meiner nicht müde wirst.«

»Oh, das kann ich mir nicht vorstellen«, antwortete Marcus. »Weißt du eigentlich, daß ich seit unserem ersten Nachmittag am Fluß außer dir keine andere Frau mehr in meinem Bett gehabt habe?« Er wußte nicht, warum er ihr das sagte, es war ihm nur plötzlich ganz wichtig gewesen, sie das wissen zu lassen.

Jetzt war sie sichtlich überrascht, und sie sah ihn forschend an. »Ich hatte eigentlich immer angenommen, daß es noch eine andere Frau in New York gäbe.«

»Mit noch einer anderen Frau außer dir fertigzuwerden, ginge über meine Kraft«, antwortete er scheinbar leichthin und mit einem Hauch von Spott.

Sie lachte, und sie schien über seinen leichten Ton erleichtert zu sein. »Du bist ein Lügner, Tyrone, und du weißt genau, wie du der Eitelkeit einer Frau schmeicheln kannst. Wahrscheinlich aus Erfahrung, oder?«

»Natürlich«, antwortete er, doch er wußte, daß sie seine Antwort nicht ernst nahm, gar nicht ernst nehmen wollte. Er wußte jedoch nicht, warum das so war. Von Anfang an hatte sie kühl und ruhig die Bedingungen für ihre Beziehung bestimmt; sie wollte seine Geliebte sein, aber nur in aller Heimlichkeit. Ihr Ruf mußte untadelig bleiben, und es sollte keine Tränen geben, wenn es einmal vorbei war. Er war eine vernünftige Abmachung, frei von allen Sentimentalitäten.

Er war ihr erster Liebhaber gewesen, und es gab auch jetzt keinen anderen Mann neben ihm.

Lächelnd beugte Marcus den Kopf und küßte Catherine auf den Bauch. Doch als er dann wieder aufblickte, lag ein ganz seltsamer Ausdruck in ihren Augen, ein Ausdruck, der ihm durch und durch ging. Sekunden später zeigte sich jedoch nur noch neu erwachende Leidenschaft in ihrem Blick, und der Moment zu fragen war unwiderruflich vorbei.

Aber er konnte diesen Ausdruck nicht vergessen. Er würde nie mehr vergessen, welch tiefe Qual, welche Pein, in ihrem Blick gelegen hatte.

Dieser seltsame Ausdruck in ihren Augen würde ihn sein Leben lang verfolgen.

Langsam, ganz langsam wuchs die Leidenschaft wieder zwischen ihnen. Spielerisch liebkoste Marcus sie, seine Lippen und seine Hände glitten federleicht über ihren Körper, so leicht, daß die Berührungen kaum zu spüren waren. Sein eigener Körper war hart vor Verlangen, aber er ignorierte es. Wie immer erregte sie ihn auch jetzt mit diesen kleinen, heiseren Lauten, mit ihrem lustvollen Stöhnen, womit sie auf seine Zärtlichkeiten reagierte. Ihr Körper zitterte, ihr Atem kam schnell und heftig.

Doch zum ersten Mal wünschte er sich, sie würde ihm mehr geben.

»Sag meinen Namen, Catherine«, forderte er sie auf. Mit den Händen umschloß er ihre Brüste, sein Mund streifte ihre Brustspitzen.

Ihre Augen funkelten, doch sie schwieg. Sie versuchte nur, ihn näher an sich heranzuziehen.

»Sag ihn«, wiederholte er. Seine Lippen schlossen sich um ihre Brustwarze, und seine Hand glitt tiefer über ihren Körper, reizte sie, befriedigte ihr Verlangen jedoch nicht.

»Tyrone!« Ihre Stimme klang atemlos.

»Nein. Du sollst meinen richtigen Namen sagen. Sprich ihn aus, Catherine!« Wild und unbeherrscht bedeckte er ihre Brüste mit Küssen, dann suchten seine Lippen ihren Mund. Sein Kuß war forschend und voller Verlangen. Marcus rollte sich über sie, aber er drang nicht in sie ein. Er ließ sie seine Erregung hautnah spüren, doch er bewegte sich nicht. »Sag es!«

Plötzliche Wut flackerte in ihren Augen auf, und ein Stöhnen entschlüpfte ihr; ein Stöhnen, als litte sie tiefe Qual. Sie grub die Fingernägel in seinen Rücken, umschlang ihn fest mit ihren Armen, schweigend, beharrlich.

»Verdammt noch mal!« stieß Marcus hervor und gab endlich nach. Zu sehr verlangte es ihn danach, sie ganz zu spüren. Seine Hände schoben sich unter ihren festen Po, und er hob ihren Körper seinem entgegen. Er bewegte sich kraftvoll in ihr, getrieben nicht nur von Lust, sondern auch von Ärger, und als sie zum Höhepunkt kam, erstickte er ihren Schrei mit einem Kuß.

Er spürte, wie Catherines Körper ihn fest umschloß, spürte, wie sie sich anspannte und dann die Spannung wieder lockerte, und nun konnte auch er sich nicht mehr zurückhalten.

Noch heftiger, noch wilder bewegte er sich, und auch bei ihrem zweiten wilden Schrei brachte er sie mit einem tiefen Kuß zum Schweigen. Es war eine Lust, die kaum noch zu ertragen war, und sein Stöhnen kam tief aus seiner Brust . . .

Keiner von ihnen erwähnte es, daß es Marcus nicht gelungen war, Catherine dazu zu zwingen, seinen Namen auszusprechen. Sie waren jedoch beide stiller als üblich, nur ab und zu sagten sie ein paar Worte. Nebeneinander lagen sie auf dem Bett, ohne sich zu berühren. Als die Schatten im Raum länger wurden, das Licht schwächer, liebte er sie noch einmal, und wieder war es wild und ungestüm, fast wie ein Kampf.

Diesmal bat er sie nicht, seinen Namen auszusprechen.

Nur widerwillig stand Marcus schließlich auf und ging in das Nebenzimmer, um sich anzuziehen und ihre Kleider zu holen. Wie immer würde er die Hütte als erster verlassen. Catherine würde noch einen Moment bleiben und das Bett abziehen, damit sie das Leinzeug mit nach Hause nehmen konnte. Marcus überlegte, was sie wohl sagen würde, falls jemand sie einmal dabei ertappte, wie sie mit benutzter Bettwäsche aus dem Wald kam. So, wie er sie kannte, würde selbst eine solche Situation sie nicht aus der Fassung bringen; nichts konnte sie je aus der Fassung bringen. Wahrscheinlich würde sie nicht einen Gedanken daran verschwenden, sich zu verteidigen, sondern selbst zum Angriff übergehen. Ihre Beherrschung verlor sie höchstens, wenn sie sich liebten, aber selbst dann schien ein Teil von ihr immer noch unberührt zu bleiben.

»Morgen«, sagte er, als er zu Catherine zurückkam und in seinen Mantel schlüpfte.

Catherine, die immer noch nackt auf dem Bett lag, sah ihn an. »Einverstanden. Aber erst nach drei Uhr.«

Er bückte sich, stützte die Hände links und rechts von ihr ab und gab ihr einen letzten verlangenden Kuß. »Komm zu mir nach Hause«, flüsterte er an ihrem Mund.

»Nein.«

»Du bist eine entsetzlich widerspenstige Frau, weißt du das eigentlich?«

»Ja«, antwortete Catherine lächelnd.

Marcus schüttelte den Kopf, dann wandte er sich ab. Catherine beobachtete ihn, wie er zur Tür ging, wo er sich noch einmal umdrehte und zu ihr zurückblickte – und dann war er fort.

Catherine lächelte nun nicht mehr. Sie hörte, wie er davonfuhr, und sie wußte, daß sie eigentlich aufstehen und sich anziehen sollte. Sie mußte sich beeilen, aber sie rührte sich nicht. Ihr ganzer Körper schien noch von Liebe erfüllt zu sein, sie glaubte, Marcus noch immer zu spüren.

Und dann sprach sie jenes Wort aus, das er so gern hatte hören wollen: »Marcus«, flüsterte sie in den leeren, viel zu stillen Raum hinein . . .

Am südwestlichen Ende der Insel lenkte Marcus sein Pferd von der Straße in eine Einfahrt. Er hatte dem Braunen die Zügel locker gelassen und ihn so laufen lassen, wie er wollte, denn in Gedanken war er immer noch bei Catherine. Es war unglaublich, es war einfach unfaßbar, welche Freude sie ihm schenken und welche Genüsse sie ihm bereiten konnte.

Eine letzte Kurve noch, dann hatte er das zweistöckige, ganz aus Stein erbaute Haus erreicht, und das Pferd blieb stehen, ohne daß Marcus es zügeln mußte. Vor dem Vordereingang hielt schon ein anderer Buggy. Rasch stieg Marcus aus dem Wagen, als er einen älteren Mann mit einer kleinen schwarzen Tasche in der Hand aus dem Haus kommen sah.

Er ging ihm entgegen. »Dr. Scott«, begann er und fügte dann stirnrunzelnd hinzu: »Er ist doch nicht etwa . . .«

»Nein, nein, keine Sorge«, antwortete der Arzt. »Es hat sich nichts geändert, außer natürlich, daß er immer schwächer wird, aber das hatte ich Ihnen ja vorausgesagt. Er ermüdet schnell, und er wird jetzt sehr viel mehr Schlaf brauchen.«

Marcus schwieg einen Moment. »Und das Ende, wann müssen wir damit rechnen?« fragte er schließlich.

Aufmerksam sah Dr. Scott ihn an. »Es wird nicht mehr lange dauern«, antwortete er. »Eine Woche vielleicht, vielleicht aber auch einen Monat. Er wird mit Sicherheit nicht leiden. Wahrscheinlich wird er einfach einschlafen und nicht mehr aufwachen. Um ganz ehrlich zu sein, Marcus, ich bin erstaunt, daß er überhaupt so lange durchgehalten hat. Vielleicht, weil Sie ihm seine letzten Jahre so schön gemacht haben.«

Marcus erwiderte nichts darauf.

Dr. Scott, hatte sich vor einigen Jahren nach Port Elizabeth zurückgezogen. Eigentlich hatte er dort seinen Ruhestand verbringen wollen, aber inzwischen gab es wieder eine Menge Patienten, die er betreute. Nachdenklich betrachtete er nun den Jüngeren. Dieser Marcus ist ein seltsamer Mann, dachte er, aber interessant. Nach außen hin gab er sich meistens zynisch und hart, ein unbestechlicher und spöttisch kommentierender Beobachter dessen, was um ihn herum passierte. Und dennoch glaubte der alte Arzt, daß Marcus ein Mensch war, der an etwas glauben wollte, der im Grund seines Herzens ein Idealist war.

Denn welchen Grund hätte es sonst geben sollen für das, was Marcus getan hatte? Nur aus diesem Grund heraus ließen sich seine Hingabe und seine Fürsorge erklären, ließ sich die Tatsache erklären, daß er diese Aufgabe spontan auf sich genommen hatte, ungeachtet dessen, was für Konsequenzen es für ihn und sein Leben hatte. Völlig uneigennützig hatte er jenem Mann ein sicheres Heim und Geborgenheit für seine letzten Jahre gegeben.

»Soll ich nach Ihnen schicken, wenn es schlimmer wird?« fragte Marcus. Seine Stimme verriet nicht, was er dachte oder fühlte; nie gab er seine Empfindungen preis, wenn er von seinem Gast redete.

Der Arzt schüttelte den Kopf. »Nein. Die Phase der Gewalttätigkeit ist vorbei. Wenn er doch einmal unruhig sein sollte, geben Sie ihm Laudanum; ich habe der Schwester eine Flasche dagelassen.«

»Gut, das werde ich tun.«

»Captain, brauchen Sie den Buggy heute noch?«

Marcus, der gerade ins Haus hatte gehen wollen, drehte sich um. »Nein, Reuben«, antwortete er. »Aber halt den Wagen bitte morgen nachmittag für mich bereit.«

Reuben und seine Frau Sarah führten ihm nun schon seit vielen Jahren den Haushalt und erledigten alles, was sonst noch zu erledigen war. Jeder in Port Elizabeth wußte, daß Sarah von immer steifer werdenden Gelenken geplagt wurde, und so wunderte es auch niemanden, daß Dr. Scott so oft Visiten in Marcus' Haus machte. Man rechnete es Marcus sogar hoch an, daß er sich so rührend um seine Angestellten kümmerte und daß er auch Sarahs Schwester erlaubt hatte, in seinem Haus zu wohnen.

Natürlich wußte niemand, daß diese ›Schwester‹ überhaupt nicht mit Sarah verwandt war, sondern sich zur Betreuung jenes Mannes, um den Marcus sich kümmerte, im Haus aufhielt.

Einen Moment lang sah Marcus zu, wie Reuben das Pferd in den Stall führte, dann wandte er sich um und betrat das Haus. Es war ein großzügig angelegter Bau, mit großen Räumen und hohen Decken. Marcus hatte die Zimmer nur sparsam möbliert, aber dafür war jedes einzelne Stück von großer Schönheit und erlesener Qualität. Er brauchte Raum um sich; er hielt es in kleinen, vollgestopften Zimmern nicht aus.

Alles wies darauf hin, daß dies sein wirkliches Heim war, nicht jene Zimmer, die er in New York bewohnte. Alles war liebevoll ausgesucht und aufeinander abgestimmt: Die Möbel, die Tapeten, die Teppiche. Und überall gab es Bücher.

Marcus ging nicht in sein Zimmer, sondern stieg die Treppe zum zweiten Stock hoch. Hier oben war es sehr still, die meisten Räume waren abgeschlossen und das Mobiliar mit Schutzhüllen abgedeckt. Nur die Zimmer am Ende des langen Flurs wurden regelmäßig benutzt.

Eines dieser Zimmer betrat Marcus nun. Mrs. Tully, eine Witwe unbestimmbaren Alters mit grauen Haaren und einem offenen, freundlichen Gesicht, saß mit ihrem Strickzeug am Fenster. Lächelnd blickte sie ihm entgegen.

»Wie geht es ihm?« wollte Marcus wissen. Er sprach absichtlich leise und blickte unwillkürlich zu dem Raum hin, der von diesem gemütlichen Zimmer abging.

»Recht gut«, erwiderte sie. »Es ist ein bißchen erregt, weil er sich so darüber freut, daß Sie wieder nach Hause gekommen sind. Ich habe ihm die Geschenke gegeben, die Sie für ihn mitgebracht hatten, und ich habe ihm erzählt, daß Sie bald zu ihm kommen und ihn besuchen würden.«

Marcus dankte ihr, dann trat er in den Nebenraum. Überall auf dem Teppich lagen Bilderbücher und Spielzeug. Im Kamin brannte ein Feuer, weil der alte Mann jetzt ständig fror. Der alte Eichenschreibtisch war mit Kohlezeichnungen bedeckt. Der Mann selbst saß auf dem Boden inmitten des Spielzeugs. Als er Marcus bemerkte, stand er auf, und ein Lächeln erhellte sein Gesicht.

»Marcus!«

»Guten Abend«, begrüßte Marcus ihn freundlich.

»Tully sagte mir, daß Sie kommen und mich besuchen würden. Was für schöne Geschenke das waren! Sie bringen mir immer so schöne Sachen mit.«

Er war ein großer, hagerer, stets unbeholfen wirkender Mann mit sehr großen Füßen und knochigen Händen. »Werden Sie mir auch etwas vorlesen?« fragte er nun eifrig.

»Natürlich«, antwortete Marcus. »Suchen Sie einfach ein Buch aus.« Traurig schaute er den Mann an; inzwischen brauchte er seine Gefühle nicht mehr zu verbergen, denn der alte Mann nahm so etwas nicht mehr wahr. Marcus nahm das Lesebuch, das der andere ihm reichte, und setzte sich dann in einen der bequemen Sessel.

Er las besonders deutlich und langsam, denn der Mann hatte Schwierigkeiten, den Worten zu folgen und sie zu verstehen. In der Vergangenheit hatte es einige lichte Momente gegeben, in denen Marcus' Gast begriffen hatte, was er im Begriff war, zu verlieren und wie er enden würde, und es war schrecklich gewesen. Aber nun gab es nicht einmal mehr solche Momente.

Das sei ungewöhnlich, hatte Dr. Scott nüchtern festgestellt.

Nicht ungewöhnlich, sondern tragisch, hatte Marcus ihm geantwortet.

Ab und zu blickte Marcus von dem Text auf, denn da er die Geschichte inzwischen auswendig kannte, brauchte er sich nicht mehr so darauf zu konzentrieren. Und dann merkte er, daß er eigentlich hätte aufhören können, denn die Konzentration des alten Mannes hatte schon wieder nachgelassen. Eigentlich hatte er in letzter Zeit *nie* mehr eine Geschichte zu beenden brauchen.

Dennoch las Marcus weiter, auch wenn ihm der alte Mann, der nun nicht mehr Verstand als ein kleines Kind hatte, nicht mehr zuhörte.

3

Catherine gelang es, unbemerkt in das Haus ihres Vaters zurückzukehren. Aus der Bibliothek klang ihr lautes Lachen entgegen, aber sie ignorierte es. Sie brauchte nicht zu befürchten, von jemandem gesehen zu werden, als sie nun geradewegs zur Waschküche ging, denn sie hatten keine Diener. Lediglich eine Frau kam jeden Vormittag, um die gröbsten Arbeiten zu erledigen, sonst führte Catherine den Haushalt allein. Perfekt, wie selbst ihre schlimmsten Kritiker in der Stadt zugeben mußten.

Nachdem sie die zerknitterte Bettwäsche zu der anderen Wäsche gelegt hatte, ging sie auf ihr Zimmer. In der Hütte gab es keinen Spiegel, deshalb konnte sie dort auch nie nachprüfen, ob sie wirklich wieder so korrekt aussah, wie man es von ihr gewöhnt war. Vielleicht sollte sie doch einmal . . .

Catherine zwang sich, diesen Gedanken gar nicht erst zu Ende zu denken. Nein. Sie würde keinen Spiegel in die Hütte hängen. Es war schon närrisch genug gewesen, daß sie die Hütte mit den blauen Vorhängen ausgestattet und die bunte Decke auf das Bett gelegt hatte. Tyrone hatte weder zu dem einen noch zu dem anderen eine Bemerkung gemacht, aber das hatte sie auch nicht erwartet.

Ein Blick in den Spiegel überzeugte sie, daß sie so ordentlich wie immer aussah. Sie hatte sich wieder in die kühle, abweisende Miß Waltrip zurückverwandelt, und niemand hätte ahnen können, daß ihr ganzer Körper noch von Marcus' Liebe und seinen Zärtlichkeiten brannte. Doch als sie bemerkte, wie ihre Augen sich allein bei der Erinnerung an diesen Nachmittag wieder verdunkelten, wandte sie rasch den Blick ab.

Genug. Sie wollte nicht weiter daran denken.

Catherine ging wieder nach unten, und plötzlich stand ihr Vater vor ihr. Lucas Waltrip war ein lauter, poltriger, aber meist freundlicher Mann, der sehr viel Charme entwickeln konnte, wenn er wollte. Er war nicht größer als Catherine, und sein Bauch hatte inzwischen einen beachtlichen Umfang angenommen. Er hatte eisengraues Haar und strahlend blaue Augen – und nicht die geringste Ähnlichkeit mit seiner Tochter.

Catherine blickte mißbilligend auf die Flasche in seiner Hand. »Hallo, Vater«, sagte sie.

Er machte gar nicht erst den Versuch, die Flasche zu verbergen, denn er wußte, was für scharfe Augen sie hatte. »Weißt du, Catherine, wir brauchen nur ein Tröpfchen oder zwei, um unsere trockenen Kehlen ein bißchen anzufeuchten«, sagte er fröhlich. »Das verstehst du doch, oder?«

Ungerührt nahm Catherine ihm die Flasche aus der Hand. »Nein, Vater«, sagte sie. »Wo kommt diese Flasche überhaupt her?«

Trotzig preßte er die Lippen zusammen. Die Fröhlichkeit, die er eben noch gezeigt hatte, war verschwunden. »Wenn ich etwas zu trinken in dieses Haus bringen will, dann tue ich das auch«, antwortete er. »Und wenn du nicht so damit beschäftigt wärst, ständig deine Nase in meine Angelegenheiten zu stecken, statt dir endlich einen Ehemann zu suchen, wie sich das für eine anständige Frau gehört, dann brauchtest du dir darüber keine Sorgen mehr zu machen.«

»In einer Stunde wird das Abendessen fertig sein, Vater«, sagte Catherine ruhig. »Du kannst dazu ein Glas von dem Wein trinken, den du so gern magst. Euer Spiel ist doch sicher schon zu Ende, nicht wahr?«

»Ja«, gab er widerwillig zu, aber er hatte sich schon wieder ein bißchen beruhigt.

»Dann solltest du deine Gäste verabschieden, Vater.«

»Also gut, Catherine.« Er seufzte plötzlich, dann wandte er sich ab und ging langsam und mit hängenden Schultern in die Bibliothek.

Doch Catherine wußte, daß er nicht lange die Rolle des reuigen Sünders durchhalten würde. Irgend etwas anders würde ihn schon bald wieder aufregen, und dann würde er schimpfen und toben, und sie würde alle Hände voll damit zu tun haben, ihn wieder zu beruhigen.

Sie verzog leicht den Mund, als sie auf die Flasche in ihrer Hand blickte, und ging in die Küche, um den Alkohol in die Spüle zu schütten. Dann begann sie, das Abendessen vorzubereiten. Sie arbeitete schnell und konzentriert und bemühte sich, an nichts anderes zu denken. Inzwischen hatte sie viel Übung darin, die Gedanken an Tyrone zu verdrängen.

An diesem Tag jedoch half ihr all ihre Routine nicht. Es schien, als hätten ihre Gedanken einen eigenen Willen entwickelt. Immer wieder schweiften sie zu der versteckten Hütte ab, und Catherine konnte es einfach nicht verhindern. Etwas nagte an ihr. Irgend etwas stimmte nicht. Irgend etwas hatte sich zwischen ihr und Marcus verändert.

Während des Essens hörte Catherine nur mit halbem Ohr auf die Bemerkungen, die ihr Vater machte, und auch das Essen berührte sie kaum.

»Die *Raven* liegt wieder im Hafen«, sagte ihr Vater.

»Ja. Ich habe sie auch gesehen.«

Es war Tyrone, der sich geändert hatte. Das war der Grund dafür, daß sich auch alles geändert hatte, daß ihre Beziehung seit seinem letzten Besuch anders geworden war. Das hieß, eigentlich sogar schon vorher. Sie hatte Tyrone als einen Mann gekannt, der seine Gefühle stets unter Kontrolle hatte, auch wenn sie zusammen im Bett gewesen waren. Er war zwar auch ausgesprochen sinnlich, aber er hatte sich nie so weit gehenlassen, daß es möglich gewesen wäre, seine wirklichen Wünsche und Bedürfnisse zu erraten.

Zumindest hatte er sich bis vor kurzem stets so verhalten. Und bis vor kurzem hatte er sich in Gedanken auch nicht allzuviel mit der Frau beschäftigt, die regelmäßig das Bett mit ihm teilte. Die Beziehung zwischen ihnen war auf einer rein körperlichen Ebene abgelaufen; es war ein Übereinkommen gewesen, das sie beide zufriedengestellt hatte. Tyrone hatte hier auf der Insel stets eine Frau zur Verfügung gehabt, und sie selbst . . .

»Ich schätze, der Captain wird wie üblich wieder eine Woche hierbleiben«, fuhr ihr Vater fort.

»Ich nehme es an.«

»Warum nimmst du ihn nicht? Es gibt Schlimmeres als ihn, Catherine. Er ist reich. Er ist zwar auch ein gefühlloser Bastard, aber das bist . . .« Er sprach nicht weiter und schaute seine Tochter plötzlich leicht schuldbewußt an.

Aber das bist du ja auch, vollendete sie in Gedanken den Satz ihres Vaters. Selbst ihr eigener Vater hielt sie für absolut gefühllos.

»Ich habe nicht das geringste Interesse daran, zu heiraten, Vater.«

»Aber du brauchst einen Mann, Catherine!« Lucas sprach schnell, als könnte er damit vergessen machen, was er eben hatte sagen wollen. »Jemand muß sich um dich kümmern, wenn ich einmal nicht mehr da bin.« Er wußte natürlich selbst, daß seine Worte nicht überzeugend klangen, denn Catherine brauchte niemanden, der sich um sie kümmerte.

Sie blickte ihren Vater kurz an, dann richtete sie ihre Aufmerksamkeit wieder auf ihren Teller. »Du brauchst dir um mich keine Sorgen zu machen«, antwortete sie.

Lucas brummte vor sich hin, dann verfiel er in Schweigen.

Catherine aß weiter, ohne im geringsten darauf zu achten, wie das Essen schmeckte, und nahm ihre Gedanken von eben wieder auf. Tyrone war lange Zeit damit zufrieden gewesen, sie in seinem Bett zu haben; nach mehr hatte er nicht verlangt. Und auch sie selbst war es zufrieden gewesen. Sogar mehr als zufrieden. Es war ihr natürlich nicht leichtgefallen, sich von den Moralvorstellungen zu lösen, die man ihr von kleinauf beigebracht hatte, aber sie machte sich keine Illusionen darüber, daß sie wohl nie in den Genuß der Liebe eines Mannes gekommen wäre, wenn sie Tyrones Angebot nicht angenommen hätte. Daß sie nie erfahren hätte, wie es war, in den Armen eines Mannes zu liegen und seine Leidenschaft zu spüren. Daß sie nie erfahren hätte, wie leidenschaftlich sie selbst sein konnte.

Getrieben von dem Verlangen, das er mit solcher Leichtigkeit in ihr wecken konnte, und in dem Bewußtsein der schrecklichen Situation, in der sie sich befand, hatte sie sich damals entschlossen, sich ihm gegen alle Sitte und Moral hinzugeben.

Tyrone zeigte nie, daß er deshalb schlecht von ihr denken könnte. Er behandelte sie so, wie ein Mann eben seine Geliebte behandelte, jedenfalls glaubte sie das. Sie hatte ihm jedoch von Anfang an klargemacht, daß sie nichts von ihm annehmen würde, auch keine Geschenke. Und er hatte stets respektiert, daß sie ihr Verhältnis geheimzuhalten wünschte, so daß nie auch nur ein Schatten auf ihren guten Ruf fiel. Er war niemals grausam zu ihr, und er hatte sie auch nie beleidigt. Er bewies viel Erfahrung und Einfühlungsvermögen, wenn er mit ihr schlief, und er stellte seine eigene Erfüllung nie über ihre.

Während der vergangenen zwei Jahre war er zu einem festen Bestandteil ihres Lebens geworden. Regelmäßig kam er nach Port Elizabeth, sein Schiff beladen mit Lebensmitteln und Handelsware für die Stadt. Regelmäßig blieb er dann ein paar Tage, meistens sogar eine ganze Woche, und ebenso regelmäßig trafen sie sich in der Hütte. In der Öffentlichkeit dagegen sahen sie sich nur selten. Und ebenso regelmäßig kehrte er dann wieder nach New York zurück, in den meisten Fällen, ohne sich von ihr zu verabschieden.

»Catherine, Lettia hat mich für morgen abend zu einer Dinnerparty eingeladen, und ich habe angenommen.«

Die Bemerkung ihres Vaters holte Catherine wieder in die Gegenwart zurück. »Vater, du weißt doch, daß Dr. Scott gesagt hat, du sollst dich mehr ausruhen.«

Sein Gesicht zeigte sofort wieder jenen trotzigen Ausdruck, den sie so gut kannte. »Zur Hölle mit Scott«, antwortete er. »Der Mann ist ein gottverdammter Quacksalber! Bei Lettia gibt es immer hervorragendes Essen, und ich werde hingehen!«

Nun, dann würde sie ihn eben begleiten, auch wenn Lettia *sie* nicht eingeladen hatte. Sie hatte sich schon zu ganz anderen Sachen zwingen müssen, da kam es jetzt auch nicht mehr darauf an, wenn Lettia ihr mehr als deutlich zeigte, daß sie, Catherine, nicht im geringsten willkommen war. Freude jedoch bereitete ihr das Ganze nicht.

»Ich werde hingehen«, wiederholte Lucas.

»Wie du willst«, antwortete Catherine ruhig. »Ich habe nichts dagegen, Vater.«

Lucas brummte etwas vor sich hin.

Catherine hoffte nur, daß Tyrone nicht auch zu der Party kommen würde. Sie wußte, daß er es normalerweise zu vermeiden versuchte, bei Lettia zu erscheinen, damit er ihren ständigen Versuchen, ihn zu verkuppeln, nicht ausgesetzt war. Dennoch erschien er gelegentlich bei einem Empfang oder einer Dinnerparty, vor allem dann, wenn er wußte, daß auch sie, Catherine, kommen würde. Und das war gefährlich.

Denn er betrachtete sie nun anders als früher. Es war

offensichtlich, daß er aus irgendeinem Grund mit der Art ihrer Beziehung nicht mehr zufrieden war. Er war ein Mann, der seine Umgebung ungewöhnlich scharf beobachtete und dem nur selten etwas entging; wenn er sich nun aus irgend einem Grund für jenen Teil ihres Lebens interessierte, den sie so sorgfältig vor ihm verborgen hielt, dann würde er nicht ruhen, bevor er alles herausgefunden hatte.

Catherine spürte, wie plötzlich Panik in ihr aufstieg, und die Kehle wurde ihr eng.

»Du ißt ja gar nichts, Catherine. Fühlst du dich nicht wohl?«

»Mir geht es gut, Vater, danke. Wirklich.«

Etwas wie Enttäuschung blitzte für einen Moment in seinen blauen Augen auf. Wahrscheinlich hatte er gehofft, daß sie darauf verzichten würde, ihn zu Lettia zu begleiten, wenn sie sich nicht wohl fühlte. Jedesmal hoffte er, daß er allein würde gehen können, und dann zeigte er sich ihr gegenüber stets ungewöhnlich liebevoll; einmal, um sein schlechtes Gewissen damit zu beruhigen, zum anderen, um sie davon zu überzeugen, daß es wirklich keinen Grund für sie gab, ihn zu begleiten.

Aber sie beide wußten natürlich, daß sie mitkommen würde.

»Vielleicht solltest du heute früh ins Bett gehen, Catherine.«

»Ja, das werde ich wahrscheinlich machen.«

»Es wird dir guttun. Du bist wirklich sehr blaß.«

Danach wandte er sich dann wieder dem Essen zu und nippte an dem Wein, den sie ihm erlaubt hatte. Ein Glas nur. Ein einziges Glas.

Catherine stocherte in ihrem Essen herum und versuchte, gegen die Furcht anzukämpfen, die sie empfand, aber sie kam nicht dagegen an. Sie hatte sich dazu gezwungen, Zufriedenheit mit ihrem Leben zu empfinden, keine anderen Wünsche zu haben, aber nun fragte sie sich, wie lange sie sich selbst noch belügen konnte.

Verdammter Tyrone!

Warum mußte er ausgerechnet jetzt länger bleiben? Jetzt, wo er sie mit ganz anderen Augen betrachtete. Er würde mehr sehen, als ihr lieb war, mehr, als sie ihn sehen lassen wollte.

Denn nur solange sie sich bloß gelegentlich trafen, konnte sie ihn aus einem Teil ihres Lebens heraushalten, konnte sie dafür sorgen, daß ihm nichts geschah.

»Ich möchte noch ein Glas«, sagte ihr Vater plötzlich.

Catherine sah ihn an. »Gut. Ich werde dir noch eins einschütten.« Sie stand auf, nahm sein Glas und ging zu dem Sideboard, wo eine geöffnete Weinflasche stand; wenn sie nach dem Essen wieder in die Küche ging, würde sie die Flasche mitnehmen und irgendwo verstecken, wo ihr Vater sie nicht so leicht finden konnte.

Verstohlen blickte sie zu Lucas hin und bemerkte, daß er äußerst selbstzufrieden wirkte. Wahrscheinlich freute er sich, sich endlich einmal gegen sie durchgesetzt zu haben.

Sollte er ruhig. Verstohlen griff Catherine in die Tasche ihres Rocks und zog ein kleines Fläschchen heraus. Sie versicherte sich noch einmal, daß Lucas sie nicht beobachtete, bevor sie ein paar Tropfen Flüssigkeit in das Weinglas gab und das Fläschchen wieder zurücksteckte. Dann goß sie rasch von dem Wein nach und brachte das Glas zu ihrem Vater zurück.

»Danke, Catherine«, sagte er freundlich.

Catherine setzte sich wieder auf ihren Stuhl und überlegte, wie lange sie es noch vor ihm geheimhalten konnte, daß sie ihm schon seit Monaten systematisch diese Droge verabreichte.

»Catherine!«

Zwar blieb sie stehen, denn Marcus versperrte ihr den Weg, aber sie gönnte ihm keinen Blick, sondern konzentrierte sich ganz darauf, ihre Handschuhe zurechtzuziehen. Es war am frühen Nachmittag des nächsten Tages, und sie war erschöpft, denn sie hatte in der Nacht kaum schlafen können. Ein Blick überzeugte sie, daß die Straße verlassen war, aber das hieß noch lange nicht, daß es nicht doch jemanden gab, der höchst interessiert beobachtete, daß Catherine Waltrip und Marcus Tyrone sich miteinander unterhielten.

Es war das erste Mal, daß Marcus ihre Bitte mißachtete, sich nicht mit ihr in der Öffentlichkeit zu zeigen, und was sie in seinen Augen las, alarmierte sie. Er schien äußerst ärgerlich zu sein.

»Marcus, bitte, ich will nicht hier mit dir reden«, sagte sie leise, und wieder einmal war sie sich der Tatsache bewußt, daß allein seine Nähe genügte, um das Gefühl in ihr zu wecken, gleich viel lebendiger zu sein.

Marcus ging nicht auf ihre Bemerkung ein. »Catherine, warum bist du heute morgen zu Dr. Scott gegangen?« wollte er wissen.

Catherine bekam einen Schreck, aber sie versuchte, sich nichts anmerken zu lassen. »Vater hat wieder einmal Probleme mit seiner Gicht«, antwortete sie scheinbar ruhig, »deshalb wollte ich mir bei Dr. Scott einen Rat holen, wie ich Vater dazu bringen kann, weniger zu trinken.«

»Und das war alles?«

»Natürlich.« Fragend sah sie ihn an. »Ich habe dich gar nicht bemerkt.«

»Ich war ausgeritten«, antwortete er. »Wenn es wirklich so ein harmloser Besuch war, warum bist du dann nicht zu ihm in die Praxis, sondern zu ihm nach Hause gegangen?«

Angelegentlich betrachtete Catherine ihre Handschuhe. Allein, wenn sie Marcus' Stimme hörte . . . Sie spürte, wie ihr Körper schon wieder auf ihn reagierte, spürte, wie ihr Herz heftiger schlug, wie schnell ihr Atem plötzlich ging. Sie bemühte sich, gegen ihre Gefühle anzukämpfen, obwohl sie von vornherein wußte, daß es aussichtslos sein würde. »Er ist unser Nachbar«, erwiderte sie. »Es war einfacher, ihn zu Hause zu besuchen. Ich muß jetzt gehen.«

»Nein.« Er schaute sich um. »Es beobachtet uns doch niemand.«

»Hier ist man nie sicher davor, beobachtet zu werden.« Und dann, weil sie sich ärgerte, sagte sie etwas, was sie eigentlich nicht sagen wollte. »Ich kann nachher nicht kommen. Vielleicht morgen.«

»Und warum geht es heute nicht?« fragte er scharf.

Catherine blickte ihn an. Sie wollte, daß er den Ärger in ihren Augen sah, den Ärger darüber, daß er sie so ausfragte. »Es geht eben nicht.«

»Catherine . . .«

»Entschuldige mich bitte«, sagte sie und drängte sich an ihm vorbei, bevor er sie aufhalten konnte. Sie konnte seinen Blick fast körperlich spüren, als sie die Straße zu ihrem Buggy hinunterging. Dann stieg sie ein und fuhr los.

Das Zittern überfiel sie erst, als sie schon zu Hause war und gerade ihr Pferd ausspannen wollte. Ihre Finger wollten ihr nicht mehr gehorchen, und erschöpft lehnte sie den Kopf an den Hals des Pferdes. Sie weinte nicht. Wahrscheinlich hatte sie es inzwischen verlernt zu weinen. Doch schließlich gelang es ihr, sich zusammenzureißen. Sie versorgte das Pferd und ging dann ins Haus.

Während der nächsten Stunden fühlte sie sich so leblos wie eine Marionette. Ihr Vater verbrachte den Nachmittag lesend in der Bibliothek. Als er schließlich zu ihr kam, versuchte er es noch einmal.

»Catherine, möchtest du wirklich . . .« begann er hoffnungsvoll.

»Ich werde pünktlich fertig sein und auf dich warten«, unterbrach sie ihn.

Lucas verzog das Gesicht, aber er sagte nichts darauf. Als er die Treppe nach oben ging, hielt er sich sehr aufrecht. Catherine blickte ihm noch einen Moment hinterher, dann seufzte sie und begab sich in ihr eigenes Zimmer.

Lettia Symingtons Einladungen waren stets eine willkommene Gelegenheit für die Gäste, sich besonders elegant zu kleiden. Daran dachte Catherine, als sie das Kleid, das sie tragen wollte, heraussuchte. Normalerweise zog sie es vor, Kleidungsstücke zu tragen, die eher verbargen, was für eine gute Figur sie hatte, doch wenn sie zu einer Abendeinladung ging, blieb ihr nichts anderes übrig, als festliche Kleidung zu tragen – und

Abendkleider waren nun einmal sehr viel enthüllender als ihre normalen Tageskleider.

Das Kleid, das sie nun heraussuchte, hatte sie nicht mehr getragen, seit sie England verlassen hatten. Es war hellblau, schulterfrei und mit einem so tiefen Dekolleté, daß ihre Brüste kaum bedeckt waren. Das enge Mieder und der weite Rock betonten ihre schmale Taille.

Catherine blickte in den Spiegel und schüttelte den Kopf. Rasch holte sie noch eine Stola aus ihrem Schrank, schlang sie sich um die bloßen Schultern und steckte sie mit einer Brosche fest. Nun ja, das mußte langen.

Dann überprüfte sie noch einmal ihr Haar. Sie hatte sich nicht die Mühe gemacht, es zu einer anderen Frisur zusammenzustecken. Schließlich griff sie nach einem kleinen Abendtäschchen und ging nach unten.

Sie sprachen nicht viel, während sie zum Haus der Symingtons fuhren. Wie üblich, wenn Lettia eine Einladung gab, stand eine lange Reihe von Kutschen vor dem Haus. Es schien so, als wäre die ›gute Gesellschaft‹ der Stadt komplett vertreten.

Und als wäre auch Marcus Tyrone anwesend.

Catherine spürte einen Kloß in ihrem Hals, als sie den vertrauten Braunen entdeckte, und wieder fühlte sie, wie Panik sie ergriff. Sie wollte Marcus nicht treffen. Sie hatte Angst, höllische Angst.

Ihr Vater half ihr aus dem Wagen. Scheinbar gleichmütig und unbewegt ging Catherine zusammen mit ihm zum Haus, und mit derselben Gleichmut ließ sie Lettias Begrüßung über sich ergehen. Sie tat auch so, als bemerkte sie nicht das entschuldigende Lächeln ihres Vaters. Freundlich begrüßte sie dann George Symington und Lucy, die siebzehnjährige Tochter.

Es war, wie Catherine es erwartet hatte: Niemand wagte es, sie offen zu brüskieren, aber auch so waren die Reaktionen deutlich genug. Sie selbst wußte nicht, was sie als schlimmer empfand: die höfliche Verachtung, mit der einige ihr begegneten, oder diese Blicke, mit denen andere sie bedachten – als wünschten sie sich nichts mehr, als daß Catherine unsichtbar wäre.

Es waren mindestens zwanzig Gäste, die sich in dem großen Salon der Symingtons eingefunden hatten. Alle lachten, tranken und unterhielten sich. Catherine machte die Runde, wobei sie ihren Vater jedoch stets im Auge behielt. Noch brauchte sie sich keine Sorgen um ihn zu machen, denn er trank nur mäßig – schließlich *wußte* er, daß sie ihn beobachtete.

Aber es gab auch jemanden, der *Catherine* beobachtete. Catherine spürte seinen Blick, aber sie vermied es sorgfältig, zu Marcus hinzuschauen. Und sie spürte, wie sie sich immer mehr verspannte. Bitte, sieh mich nicht so an, flehte sie ihn stumm an. Bitte, laß niemanden merken, wie wir wirklich zueinander stehen.

Es kam ihr wie eine Ewigkeit vor, bis schließlich das Essen angekündigt wurde. Die Gäste begaben sich ins Eßzimmer und nahmen an dem großen Eichentisch Platz. Catherine saß zwischen Dr. Scott und Gerald Odell, und sie wußte genau, daß Lettia das absichtlich so angeordnet hatte. Es war eine ganz subtile Art zu zeigen, was Lettia von ihr, Catherine, hielt, denn ihre Gastgeberin hatte sie zwischen zwei Junggesellen plaziert, die beide alt genug waren, um ihre Großväter zu sein. Aber mit einer solchen Bosheit hatte sie sowieso gerechnet, und daher fiel es ihr nicht schwer, sie gelassen hinzunehmen.

»Sie sehen sehr hübsch aus, Miß Catherine«, schmeichelte Gerald Odell. Ihm gehörten die beiden Schneiderläden auf der Hauptstraße, und er schätzte Catherine als Kundin – was er von ihr persönlich dachte, behielt er natürlich für sich.

»Danke, Mr. Odell«, antwortete sie.

»Ich habe eine neue Kollektion Stoffe und französische Spitze hereinbekommen«, fuhr er fort. »Vielleicht schauen Sie mal herein und sehen sich die Sachen an.«

»Natürlich«, erwiderte sie, dabei hatte sie kaum auf das geachtet, was er ihr gesagt hatte. Sie hatte nämlich gerade festgestellt, daß Tyrone genau in ihrem Blickfeld saß, direkt neben Lucy. Und nun sah er wieder zu ihr hin. Verdammt noch mal! Catherine starrte auf ihren Teller, und sie merkte, daß es ihr Mühe bereitete, Haltung zu bewahren. Sie spürte, wie ihre Brustspitzen sich aufrichteten, fühlte, wie sich jene vertraute Wärme in ihrem ganzen Körper ausbreitete. Und plötzlich begriff sie, daß es mehr war als bloß körperliches Verlangen, was sie für Marcus empfand.

Diese Erkenntnis entsetzte sie ungeheuer.

»Miß Catherine?« fragte Dr. Scott. »Sie sind so blaß geworden. Geht es Ihnen nicht gut?«

Sie blickte ihn an, ohne ihn wirklich wahrzunehmen, und sie überlegte flüchtig, ob er wohl ahnte, was sie beunruhigte. Vor zwei Jahren hatte sie ihm einen Besuch abgestattet, und ohne Kommentar hatte er ihr gegeben, worum sie ihn gebeten hatte. Er hatte nicht ein einziges Mal auch nur angedeutet, daß eine unverheiratete Frau eigentlich keinen Bedarf dafür haben sollte, und sie würde ihm immer dankbar dafür sein.

»Danke, mir geht es gut«, erwiderte sie ruhig.

»Sind Sie sich ganz sicher?«

Er schien ihr nicht wirklich zu glauben, aber er beharrte nicht weiter auf diesem Thema und wandte sich wieder seinem Essen zu.

Catherine kam es so vor, als nähme sie ihre Umgebung wie durch einen Nebel war. Gesprächsfetzen drangen an ihr Ohr, sie hörte Lucys schrille Stimme.

Und sie wünschte sich sehnlichst, daß der Abend schon vorbei wäre.

Aber noch mußte Catherine durchhalten. Lettia wünschte, daß ihre Gäste sich nach dem Essen entspannten. Die Türen zur Veranda wurden geöffnet, und die milde Nachtluft, die hereindrang, war wie eine Einladung zu einem Spaziergang. Eigentlich hätte Catherine wieder auf ihren Vater achten sollen, aber sie war zu sehr damit beschäftigt, Marcus aus dem Weg zu gehen.

In der nächsten Stunde gelang ihr das auch. Sie spürte zwar immer wieder seinen Blick, aber sie sah nie in Marcus' Richtung, und sie vermied es auch, mit ihm zu sprechen, obwohl sie mit jedem der anderen Gäste wenigstens ein paar Worte wechselte.

Erst sehr viel später begriff sie, daß es ein Fehler gewesen war, sich so abweisend zu verhalten.

Das Lachen der Gäste wurde um so lauter und unbekümmerter, je mehr die Gäste tranken. Catherine war erleichtert zu sehen, daß ihr Vater sich zurückzuhalten schien, und dem Alkohol nur sehr mäßig zusprach. Sie selbst trank kaum etwas.

Sie war so angespannt, daß sie plötzlich glaubte, all die fröhlichen Leute um sich herum nicht mehr ertragen zu können. Sie blickte sich rasch um, dann schlüpfte sie unbemerkt aus dem Raum. Von der Diele gingen mehrere Türen ab. Catherine öffnete irgendeine und stellte fest, daß sie in George Symingtons Arbeitszimmer führte. Leise schloß sie die Tür hinter sich und ging durch das dunkle Zimmer zum Fenster.

Sie wußte nicht, wie lange sie so dagestanden und einfach hinaus in die Dunkelheit geblickt hatte. Sie hörte auch nicht, daß die Tür geöffnet worden war und jemand auf sie zukam. Und dennoch war sie nicht überrascht, als sich plötzlich von hinten Arme um sie schlossen und sie an einen festen männlichen Körper gezogen wurde.

»Verdammt noch mal«, sagte Marcus. »Warum hast du mich nicht ein einziges Mal angesehen, Catherine? Weißt du, was du mir damit antust?«

Wie immer, wenn er sie berührte, fühlte ihr Körper sich überlebendig an. Ihre Knie wollten nachgeben, ihr Herz schlug schneller, und sie spürte ihr Verlangen nach Marcus fast wie einen körperlichen Schmerz.

Fast willenlos schmiegte sie sich an ihn, als sie merkte, wie erregt auch Marcus war. Sie biß sich auf die Lippen, um ihr Stöhnen zu unterdrücken, aber es gelang ihr nicht ganz.

»Bitte, Marcus«, flüsterte sie, »nicht hier.«

»Doch, hier«, antwortete er. »Und jetzt. Weil du mich den ganzen Abend ignoriert hast.« Seine Lippen glitten über die empfindliche Haut ihres Halses, seine Hände lösten ungeduldig die Brosche, die ihre Stola hielt. Raschelnd glitt der Stoff zu Boden.

»Hör doch auf – bitte!«

»Ich habe dich heute nachmittag verärgert, nicht wahr? Weil ich dich so beharrlich ausgefragt habe. Aber du hast mich auch ärgerlich gemacht, Catherine, deshalb bin ich zu dieser verdammten Party gekommen, um dich wiederzusehen. Und dann hast du mich nicht ein einziges Mal angeschaut. Ich lasse es nicht zu, daß du mir gegenüber so abweisend bist. Zu den anderen kannst du sein, wie du willst, aber nicht zu mir.«

»Nein.« Catherine versuchte verzweifelt nachzudenken. »Tyrone, jemand könnte hereinkommen . . .«

»Ich habe die Tür abgeschlossen.« Seine Hände schlossen sich um ihre Brüste. »Ich will dich, Catherine. Jetzt. Während die halbe Stadt nebenan sitzt und die Leute sich heuchlerisch ansehen und dabei Schlechtes über einander denken.« Seine Stimme klang rauh, fast schon brutal. »Ich will dich.«

»Nein.« Aber Marcus wußte nur zu gut, wie er sie erregen konnte, wie er sie so sehr erregen konnte, daß sie alles außer dem Verlangen nach ihm vergaß. Ihr Körper schien zu brennen, und sie hatte Mühe zu atmen. Als seine Hand tiefer glitt, stöhnte Catherine erneut auf.

»Jetzt!«

»Ja, verdammt noch mal!« Aber sie konnte es nicht verhindern, daß ihre Antwort eher wie ein Schluchzen klang.

Marcus zog sie mit sich bis zu George Symingtons Schreibtisch. Rasch machte er sich frei, dann setzte er sich in den Sessel, der vor dem Schreibtisch stand, und schob Catherines Rock und Unterrock hoch.

Etwas wie Befriedigung blitzte in Marcus' Augen auf, als er feststellte, daß sie unter ihrem Kleid nichts als ihre Unterröcke und ein dünnes Leinenhemd trug. Catherine klammerte sich an seine Schultern, als er ihre intimste Stelle berührte.

»Du bist ja schon bereit für mich«, sagte er leise.

Ein Zittern lief über ihren Körper, als er die Hände fest um ihren Po legte und sie langsam auf sich herabzog. Sie spürte, wie er langsam, ganz langsam in sie eindrang und sie ausfüllte, und ihre Lust war so intensiv, daß sie es kaum aushielt. Sie hielt den Atem an, während sie sich aufreizend auf ihm bewegte.

»Ja«, murmelte er zufrieden, »das ist meine Catherine; die Catherine, die nur ich kenne.« Er legte eine Hand um ihren Nacken, und mit sanftem Druck bog er ihren Kopf zu sich herunter und küßte sie. »Du bist so ganz und gar eine Frau, hingebungsvoll und leidenschaftlich und du gehörst mir.«

Ganz, ganz leise rührte sich Widerstand in Catherine, aber er wurde von ihrer Leidenschaft überdeckt. Sie stöhnte wieder auf, als Marcus sich heftiger in ihr bewegte, und sie biß in seine Schulter, um ihren Schrei zu unterdrücken. Sie hörte, wie schnell Marcus' Atem kam, wie angespannt sein Körper war, als er sich bemühte, sich noch nicht von seinem Verlangen hinreißen zu lassen.

Noch nie hatte Catherine ihren eigenen Körper so intensiv empfunden, und als sie den Höhepunkt erreichte, glaubte sie, die Welt würde explodieren. Sie sank gegen Marcus' Körper und suchte Halt an seinen breiten Schultern. Nur vage nahm sie wahr, daß auch sein Körper von Lust geschüttelt wurde.

Erschöpft ruhte sie an seinen Schulter und fühlte kein Bedürfnis, sich zu bewegen. Noch nie war ihr Verlangen so intensiv erfüllt worden, und sie würde immer dankbar dafür sein, daß sie so etwas hatte empfinden dürfen. Denn die Stunden mit Marcus waren das einzige, was ihr Leben, ihre Situation erträglich machte.

Langsam normalisierte sich ihr Atem wieder, und sie genoß noch für ein paar Augenblicke den Nachklang der Liebe. Ich darf dies alles nicht verlieren, dachte sie, ich darf *ihn* nicht verlieren ... Doch sie zwang sich rasch, diese Gedanken beiseite zu schieben.

Marcus küßte sie, aber es war ein sanfter, zärtlicher Kuß. Dann sah er sie mit einem eigenartigen Blick an. »Bist du schwanger, Catherine?« wollte er wissen.

Catherine zuckte zusammen, als ob er sie geschlagen hätte,

aber sie gewann ihre Fassung schnell wieder und antwortete ruhig: »Nein.«

Forschend sah er sie an, dann nickte er. »Mir war der Gedanke gekommen, als ich dich zu Dr. Scott hatte gehen sehen. Nur deshalb habe ich dich heute morgen in der Stadt angesprochen.«

»Nein, ich habe dir doch schon erklärt, warum ich bei ihm war. Wegen Vater.« Sie sah ihn an. »Du brauchst dir keine Sorgen deswegen zu machen, Tyrone. Es gibt Mittel, um dies zu verhindern. Aus unserer Beziehung wird kein Kind hervorgehen.«

Er schwieg einen Moment, dann strich er ihr sanft über die Wange und sagte: »Ich hätte nichts dagegen.«

Wieder traf es sie wie ein Schlag, und sie konnte nicht vermeiden, daß ihre Stimme scharf klang, als sie ihm antwortete. »Aber ich. Ich will kein Kind.«

Marcus runzelte die Stirn. »Catherine . . .« begann er, doch sie schüttelte den Kopf, und sie machte Anstalten aufzustehen, obwohl es ihr schwerfiel, sich von ihm zu trennen. Sie sah ihn nicht an und bückte sich, um ihre Stola und die Brosche aufzuheben. Dann legte sie die Stola wieder um ihre Schultern, um ihren Busen züchtig zu bedecken.

Auch Marcus richtete seine Kleidung. Er runzelte immer noch die Stirn, und plötzlich legte er die Hände um Catherines Gesicht und zwang sie, ihn anzusehen. »Catherine«, sagte er leise, »ich würde dich nie im Stich lassen, wenn du ein Kind von mir bekämst. Das weißt du doch, oder?«

Sie erkannte plötzlich, daß ihre Antwort ihm sehr wichtig war. Und nach einem Moment erwiderte sie ruhig: »Ja, Tyrone, das weiß ich. Aber ich werde dennoch kein Kind bekommen.«

Er küßte sie leicht. »Ich wollte nur, daß du es weißt.«

Sie trat ein Stück von ihm zurück, und während sie ihre erhitzte Wange berührte, überlegte sie sich, wie sie zu der Party zurückkehren sollte, ohne daß alle ihr ansahen, was passiert war. »O mein Gott!« sagte sie unwillkürlich.

Marcus schien ihre Gedanken gelesen zu haben und lachte

leise. »Ich fürchte, du wirkst überhaupt nicht mehr abweisend. Du siehst aus wie eine Frau, die sich soeben mit ihrem Liebhaber getroffen hat. Ich fürchte, unser Geheimnis wird nicht mehr lange ein Geheimnis . . .« Er brach ab, als sie sich abrupt von ihm abwandte – der Ausdruck, den er gerade noch auf ihrem Gesicht hatte sehen können, ließ ihn alle Belustigung vergessen.

»Catherine«, begann er, und nun war sein Ton ganz anders.

Aber schon hatte sie ihre Fassung zurückgewonnen. »Tyrone, so etwas wie eben darf nie mehr passieren!« sagte sie eindringlich. *»Nie mehr!«*

Ihm war nicht anzusehen, was er dachte. »Und wenn doch?«

Sie zögerte, denn sie wußte, wie gefährlich es war, einen Mann wie ihn herauszufordern. Sie wußte, daß er es nicht mochte, wenn man ihm ein Ultimatum stellte. Aber welche andere Wahl hatte sie denn? Keine! Absolut keine.

»Tyrone, wir haben uns vor langer Zeit über die Art unserer Beziehung geeinigt, und in der Zwischenzeit hat sich nichts geändert. Wenn du mit unserem Arrangement nicht mehr zufrieden bist, nun, dann müssen wir uns eben trennen. Ich werde mich nicht in aller Öffentlichkeit zur Hure abstempeln lassen.«

Ein Ausdruck, den sie nicht zu interpretieren wußte, huschte über sein Gesicht, und auch aus seiner Stimme konnte sie nichts heraushören. »Ich verstehe. Das heißt also, bis hierhin und nicht weiter.«

»Wie meinst du das?« fragte sie leicht verwirrt.

»Ich rede von dir und den feinen Bürgern von Port Elizabeth. Sie behandeln dich wie Dreck, das wissen wir beide. Sie lächeln, während sie dir das Messer in den Rücken stoßen.«

»Nun, sie sind nicht schlechter oder besser als die Leute anderswo«, antwortete sie.

»Und warum verteidigst du dich dann nicht? Warum wehrst du dich nicht?«

Catherines Mut sank. Spätestens jetzt war ihr endgültig klar, daß es Schwierigkeiten geben würde. Seine Einstellung ihr gegenüber hatte sich tatsächlich geändert. Doch sie versuchte, sich nichts anmerken zu lassen. »Wie soll ich mich denn verteidigen? Sie ändern sich doch so oder so nicht!«

»Doch, du könntest sie ändern, das weißt du, und das weiß auch ich. Zum Beispiel, indem du deine Maske fallen läßt und zeigst, daß du kein Eisberg, sondern ein menschliches Wesen bist. Zeig ihnen, daß du eine Frau mit Gefühlen bist, daß du lächeln kannst. Aber ich weiß auch, daß du es nicht tun wirst, nie. Warum nicht, Catherine?«

Was sollte sie darauf antworten? Sie könnte ihm sagen, daß ihr Stolz alles war, was sie noch besaß, und daß nur ihr Stolz ihr half, gegen ihre Furcht und ihren Kummer zu kämpfen. Sie könnte ihm sagen, daß sie Verachtung leichter zu ertragen fand als Mitleid. Sie könnte ihm sagen, daß ihr eigener Kummer unwichtig war im Vergleich zu dem Kummer, den andere Menschen erleiden könnten.

Aber sie schwieg. Sie konnte es nicht sagen, und schon gar nicht ihm. Deshalb ignorierte sie seine Frage.

»Es war mir todernst, Tyrone. So etwas darf nicht wieder passieren!«

Seine Augen verengten sich leicht. »Du hast mich genauso begehrt wie ich dich, Catherine.«

Sie lächelte, aber es war kein fröhliches Lächeln. »Ja«, gab sie zu.

»O Catherine, sieh mich nicht so an!« sagte Marcus. »So sehr kannst du es doch gar nicht hassen, was ich dich empfinden lasse!«

Auch darauf antwortete sie nicht, denn sie wußte, ihre Antwort würde eine weitere Frage, die sie nicht beantworten konnte, nach sich ziehen. »Ich will, daß du mir versprichst, daß dies nicht wieder passiert«, meinte sie.

Ein Muskel zuckte in Marcus' Gesicht. »Treffen wir uns morgen?«

Catherine spürte, wie ihr ein Schauer über den Rücken lief. Sie konnte doch gar nicht anders, sie mußte ihn immer wieder treffen, sie wurde von ihm angezogen wie eine Motte vom

Licht – und genau wie das arme Tier würde sie dabei unweigerlich zerstört werden.

»Ja, ich werde dich morgen treffen«, erwiderte sie. »Aber du mußt mir dieses Versprechen geben.«

Marcus seufzte. »Einverstanden. Du hast mein Wort.«

Sie merkte erst jetzt, daß sie unwillkürlich den Atem angehalten hatte, während sie auf seine Antwort wartete. »Danke«, sagte sie leise und wandte sich ab. Während sie zur Tür ging, überlegte sie, wie lange sie wohl in diesem Raum gewesen sein mochten. Es kam ihr wie Stunden vor, aber das bildete sie sich wohl nur ein.

»Da ist noch etwas, Catherine«, meinte Marcus, bevor sie etwas sagen konnte. »Ich habe auch eine Bitte an dich: Behandle mich nie wieder so, wie du es heute abend getan hast! Tu mir das nicht an.«

Sie nickte, dann schloß sie schnell die Tür auf und schlüpfte hinaus. Sie hoffte nur, daß Tyrone unrecht hatte, daß man ihr nicht ansah, was eben passiert war, und sie versuchte, wieder jene Maske der Unnahbarkeit aufzusetzen, die sie in der Öffentlichkeit zeigte. Langsam und scheinbar ruhig begab sie sich in den Salon zurück.

Niemandem schien aufgefallen zu sein, daß sie sich eine Weile nicht in diesem Raum aufgehalten hatte. Sie mischte sich wieder unter die Gäste und hielt Ausschau nach ihrem Vater. Er unterhielt sich gerade mit George Symington, und er schien ausgesprochen gut gelaunt zu sein. Seine Augen blickten noch klar, und auch sein Gesicht war nicht gerötet. Catherine entspannte sich. Anscheinend war noch alles in Ordnung.

Ihr Glas stand immer noch da, wo sie es abgestellt hatte, und sie trank einen Schluck. Ein paar Minuten später kehrte auch Marcus zurück, er wirkte so, als hätte er nur eben den Raum verlassen, um ein bißchen frische Luft zu schöpfen.

Verstohlen beobachtete sie ihn. Er war groß, kraftvoll, und dennoch bewegte er sich geschmeidig. Er sah gut aus, und wenn er lächelte, wirkte er geradezu umwerfend charmant. Niemand hätte ihm ansehen können, daß er sich vor nicht allzu langer Zeit seiner Leidenschaft bedingungslos hingegeben hatte, in einem kleinen, verschlossenen Raum. Und er wirkte gefährlich.

Sie liebte ihn.

Die Erkenntnis traf Catherine wie ein Schock. Nein. O lieber Gott, das durfte einfach nicht sein. Wann war es ihm gelungen, die Mauern einzureißen, die sie so sorgfältig um sich herum aufgebaut hatte? Die er so mühelos eingerissen hatte, daß sie es gar nicht bemerkt hatte. Plötzlich dachte sie wieder an jene Szene, als sie sich vor fast zwei Jahren an dem kleinen Flüßchen getroffen hatten.

In kühlen grauen Augen hatte sich plötzlich eine unerwartete Wärme gezeigt. »Sie sind schön«, hatte er gesagt, »aber das wissen Sie sicher.« Sie hatte irritiert den Kopf geschüttelt. »Nein, das bin ich nicht.« – »Doch, Sie verstecken Ihre Schönheit nur hinter einer Maske.« Sie hatte nicht darauf geantwortet, denn sie war sich urplötzlich bewußt geworden, welche ungeheure Wirkung er auf sie hatte. Er war auf sie zugekommen, als hätte er genau gewußt, was sie empfunden hatte. Er hatte sie in die Arme genommen und mit einer solchen Vertrautheit und einem solchen Hunger geküßt, als wäre er schon ihr Liebhaber. Und dann hatte er sie ausgezogen und auch sich selbst, denn sie war zu zittrig und erschüttert gewesen, um ihm dabei zu helfen. Und dort, am Ufer des Flusses, war er dann wirklich ihr Liebhaber geworden. Zärtlich und einfühlsam. Und voller Leidenschaft.

Catherine war gar nicht bewußt, daß sie geseufzt hatte. Aber plötzlich wußte sie es; sie wußte, daß sie ihn schon von jenem ersten Augenblick an geliebt hatte. Deshalb hatte sie sich nicht gewehrt, als er sie in die Ame genommen hatte. Deshalb hatte sie sich ihm hingegeben, ohne zu zögern, wider alle Vernunft. Weil sie ihn liebte.

»Catherine?« Marcus' Stimme klang besorgt.

Sie wagte es nicht, ihm in die Augen zu schauen. Sie hatte ihn mit Nachdruck davon zu überzeugen versucht, daß sie gar nichts anderes wollte. Daß ihre Beziehung ihr vollkommen genügte, so, wie sie war. Ohne Gefühle, ohne Bindungen. Sie durfte nicht zulassen, daß sich dies nun änderte.

»Ich hasse diese Parties«, sagte sie und war selbst erstaunt darüber, wie ruhig ihre Stimme klang.

Ihr Ton schien ihn zu beruhigen, und mit einem leichten Lachen fragte er: »Selbst diese Party?«

Catherine wollte antworten, aber sie kam nicht dazu.

»Kate . . .«

Es traf sie wie ein Schock, und sie wirbelte so plötzlich herum, daß sie ihr Glas verschüttete. Ihr Vater stand nur ein paar Schritte von ihr entfernt, einen seltamen Glanz in den Augen, die Wangen verdächtig gerötet.

»Kate, mein Liebes, wir müssen jetzt gehen«, sagte er, während sein Blick zwischen Catherine und Markus hin und her wanderte. Dann konzentrierte er sich wieder auf seine Tochter, und sein Lächeln vertiefte sich. »Wir müssen gehen«, wiederholte er.

»Ja.« Catherine fühlte sich wie betäubt. Sie setzte ihr Glas ab und verließ Tyrone, ohne ihm noch einen Blick zu schenken. »Natürlich.« Dann nahm sie den Arm ihres Vaters und ging mit Lucas nach draußen.

Was ist die Hölle?

Es war nicht das erste Mal, daß Marcus sich diese Frage stellte. Er stellte sie sich immer wieder seit jener Party. Um genau zu sein, seit dem Augenblick, als ihr Vater Catherine aufgefordert hatte zu gehen und sie ihm gefolgt war.

Und ihr Vater hatte sie Kate genannt – etwas, das er vorher noch nie getan hatte. Und sie war plötzlich totenbleich geworden. Sie hatte nicht schnell genug den Blick senken können, nicht so schnell, daß er nicht noch den Ausdruck von Schock – oder vielleicht sogar Furcht? – in ihren Augen bemerkt hätte. Und ihre Stimme hatte seltsam tonlos geklungen, als sie ihrem Vater geantwortet hatte.

Marcus runzelte die Stirn, als er zurück zu seinem Haus fuhr.

Er versuchte zu verstehen, was zwischen Catherine und ihrem Vater vorgegangen war, aber es gelang ihm nicht. Es war so schwierig, weil er zu wenig von Catherine wußte. Sie war ihm immer ein Rätsel geblieben. Er wußte nicht wirklich, was sie dachte, was sie empfand – sie hatte ihn stets nur das sehen lassen, was sie ihn hatte sehen lassen wollen.

Sie war anschmiegsam und hingebungsvoll. Kalt und abweisend. Völlig ohne Humor, die Augen frostig-kühl. Lachen konnte in ihren Augen blitzen, Leidenschaft ließ sie ganz dunkel werden. Sie achtete sehr auf Etikette. Sie bewegte sich mit Eleganz und Grazie. Ihre Kühle zeigte einen Hauch von Selbstironie. Meistens wirkte sie ruhig. Aber er hatte auch Panik und Furcht in ihren Augen gesehen.

Was für ein Mensch war sie?

Und warum interessierte ihn das auf einmal? Warum machte es ihn plötzlich so wütend, daß sie ihn stets auf Distanz halten wollte – vorher hatte er sich lediglich darüber amüsiert. Warum hatte er so rücksichtslos versucht, ihre Aufmerksamkeit auf sich zu lenken, inmitten all der Leute auf der Party? Warum hatte er absichtlich versucht, sie so zu erregen, daß sie es schließlich auf einem Stuhl miteinander getan hatten, im Arbeitszimmer ihres Gastgebers? Warum störte es ihn plötzlich so sehr, wie die anderen sie behandelten? Und warum hatte der Verdacht, sie könnte vielleicht ein Kind von ihm erwarten, einen solchen Gefühlssturm in ihm ausgelöst – Gefühle, die er nicht verstand?

Marcus versuchte, nicht weiter über all diese Fragen nachzudenken. Wenn sie sich am nächsten Tag wiedertrafen, würde er weiter herauszufinden versuchen, was sich hinter ihrer Maske verbarg.

In diesem Augenblick kam er im Hafen vorbei, und wie üblich blickte er zu seinem Schiff hinunter. Dort lag die *Raven* und schaukelte ruhig auf dem stillen Wasser. Manchmal dachte er, daß sie wie ein Symbol für all das war, was er erreicht hatte. Ein Symbol für Kampf und Gefahr, für Wagemut und risikoreiche Unternehmungen.

Und plötzlich überlegte er sich, ob Falcon Delaney ihm diesmal bis Port Elizabeth folgen würde. Wahrscheinlich. Mit großer Sicherheit sogar. Falcon würde unbeirrbar der Spur folgen, die genau hierher führte.

Und nur der Tod würde ihn davon abhalten können.

4

WASHINGTON

Leon Hamilton wartete, bis Falcon und Victoria die Party verließen, bevor er sich unter die Gäste mischte und einige der Herren bat, ihm ins Raucherzimmer zu folgen. Nach außen hin wirkte er fröhlich, als handele es sich im Grund um eine eher belanglose Angelegenheit. Die Frauen sahen es nicht gern, wenn er ihre Männer entführte, aber sie waren daran gewöhnt, daß die Pflicht stets Vorrang hatte.

Keiner der Männer zeigte sich übermäßig darüber überrascht, daß Leon sie zusammengebeten hatte. Sie kannten einander gut, und sie plauderten höflich miteinander. Doch sie alle hörten auf zu sprechen, als Leon ein einziges Wort sagte: »›Camelot‹.«

Für einen Moment herrschte absolutes Schweigen, während die vier Männer Leon schockiert betrachteten.

»Aber das ist doch schon Jahre her«, sagte Senator Ryan Stewart schließlich. Er war ein unauffälliger Mann mittleren Alters, mittlerer Größe, mittleren Gewichts, nur seine scharfen grauen Augen gaben einen Hinweis auf seine außergewöhnliche Intelligenz. »Warum hast du dieses Wort erwähnt?« wollte er wissen.

»Weil sich etwas Neues in dieser Sache ergeben hat.«

»Aber das ist doch nicht möglich!« sagte Richter Steven

Franks und nahm in einem der großen, bequemen Sessel Platz. Der Richter war schon älter, weißhaarig und nervös, und er hatte ein dehnbares Gedächtnis. Er neigte dazu, Probleme, die seine Bequemlichkeit beeinträchtigen konnten, einfach zu ignorieren.

»Ich fürchte, es ist doch möglich.«

»Sieh mal«, mischte Senator James Sheridan sich jetzt ein. »Wir haben damals sehr darauf geachtet, daß es keinen Hinweis auf die ganze Sache mehr gab. Nichts kann uns jetzt noch gefährlich werden. Der Krieg ist schon lange vorbei, und wir alle haben die Erinnerungen daran verdrängt. Wir sind sicher.«

Der vierte Mann, Paul Anderson, gehörte der Regierung an und war bekannt für seine Organisationsfähigkeiten. Er war ebenfalls mittleren Alters, schlank, gutaussehend und immer noch Junggeselle. Und er wußte die Gesellschaft schöner Frauen zu schätzen. Nun sagte er langsam und bedächtig, wie es seine Art war: »Einen schwachen Punkt gab es stets. Damals erschien uns der Mann nicht gefährlich.«

Stirnrunzelnd sah Senator Sheridan Leon an. »Tyrone?« fragte er. »Meinst du ihn?«

»Ja. Captain Tyrone.«

Sheridans Stirnrunzeln vertiefte sich. Er war klein und schlank, mit dem aggressiven Charme des geborenen Politikers, und ein Mann von ungeheurer Ungeduld, die leider allzu oft seine Handlungen bestimmte. »Tyrone hat doch die ganzen Jahre nicht geredet, warum sollte er es ausgerechnet jetzt tun? Er würde doch nichts dadurch gewinnen. Und wenn die Sache an die Öffentlichkeit kommt, dann hat er genausoviel zu verlieren wie wir alle.«

»Tatsächlich?« fragte Leon. »Damals hat er uns zugestimmt, daß es die einzig mögliche Lösung ist, er verstand, daß es keine andere Wahl gab. Aber ihr wißt ja, daß es dann eine Panne gab.«

»Aber das war doch nicht unsere Schuld«, erwiderte Sheridan sofort. »Wir konnten doch nicht voraussehen, daß es einen solchen Zwischenfall geben würde. Das war reiner Zufall.«

»War es das wirklich?« fragte Leon nachdenklich.

»Du glaubst doch nicht etwa im Ernst, daß es etwas anderes als ein Zufall war?« fragte Senator Stewart scharf. »Du lieber Himmel, Leon, wer hätte denn so etwas planen sollen?«

»Einer von uns«, erwiderte Leon. »Jeder von uns hätte es planen können. Erinnert ihr euch daran, was Tyrone erzählte, als er zurückkam? Es wäre ein brutaler, schlecht organisierter Überfall gewesen, der nur durch den Überraschungseffekt Erfolg gehabt hätte.«

»Aber wenn ihn einer von uns geplant hätte, was hätte er denn dadurch gewinnen sollen?« wollte Sheridan wissen.

»Alles. Erinnert euch daran, wir hatten unseren eigenen Mann bereit stehen. Unser eigener Plan damals war auch so gewagt, daß wohl kaum jemand auf die Idee gekommen wäre, daß die ganze Angelegenheit eine wohldurchdachte Sache war.«

Man merkte, daß Richter Franks sich unbehaglich fühlte. »Aber wir hatten Tyrone doch nur angeheuert, um ihn wegzuschaffen«, sagte er. »Um ihn nach Neu-England zu bringen. Das andere war wirkich ein Zufall. Es *muß* ein Zufall gewesen sein.«

»Ich hoffe es«, antwortete Leon. »Ich hoffe es wirklich.«

»Einen Moment lang schwiegen sie alle, dann meinte Anderson: »Du sagstest eben, daß sich etwas Neues ergeben hat. Was meinst du damit.«

»Einer meiner eigenen Männer ist durch Zufall auf die Sache gestoßen«, erzählte er, und sein Ton war grimmig. »Falcon Delaney ist schon sehr lange auf der Jagd nach den Dieben, die während des Bürgerkriegs eine Schiffsladung Unionsgold gestohlen hatten; und es scheint so, als wäre Tyrone derjenige, der das Gold jetzt hat.«

»Selbst wenn er es hat, dann gibt es doch noch immer keine Verbindung zu ›Camelot‹«, meinte Sheridan ungeduldig.

»Delaney ist davon überzeugt, daß es eine gibt«, erwiderte

Leon. »Und ihr alle dürft euch bei mir dafür bedanken, daß er euch heute abend keine peinlichen Fragen gestellt hat.«

Die Männer schwiegen schockiert.

»*Uns?* Fragen gestellt?« Sheridan ergriff erneut das Wort. »Wieso kommt er ausgerechnet auf uns?«

»Weil Tyrone, verdammt soll er sein, sich Notizen gemacht hat. Und die hat Delaney gefunden, nachdem Tyrone sich wer weiß wohin davongemacht hatte. Das Wort ›Camelot‹ war unterstrichen, und darunter waren unsere Namen aufgeführt.«

»Ruf deinen Mann doch einfach zurück«, schlug Anderson vor.

»Ich kann es nicht. Er gehört zu den Arizona-Delaneys, und das sind keine Männer, die sich zurückpfeifen lassen. Aus genau diesem Grund hatte ich ihn ja auch auf den Diebstahl angesetzt. Er ist mittlerweile schon seit acht Jahren hinter dem Gold her, und nun hat er sich eben an dem Gedanken festgebissen, daß ›Camelot‹ irgend etwas mit dem Diebstahl zu tun hat. Vielleicht, weil Tyrone in beiden Fällen mitgemischt hat – ich weiß es auch nicht. Wahrscheinlich ist er schon wieder auf dem Weg nach New York, um dort Tyrones Spur aufzunehmen.«

»Würde Tyrone diesem Delaney etwas verraten?« wollte Anderson wissen.

Leon zuckte mit den Schultern. »Das weiß ich auch nicht. Die beiden mögen und achten sich trotz allem, jedenfalls schien es mir immer so. Sie sind keine Feinde, aber auch keine Freunde. Sie betrachten einander mit respektvollem Mißtrauen, würde ich sagen. Könnte sein, daß Tyrone ihm die ganze Geschichte erzählt. Vielleicht aber auch gar nichts. Ich habe keine Ahnung.« Er blickte die anderen Männer an. »Und ich weiß auch nicht, was Delaney tun wird, sollte er mehr über ›Camelot‹ herausfinden. Er ist kein Mann, dessen Handlungen man stets voraussagen könnte.«

»Es wäre unser aller politisches Ende, wenn die Sache an die Öffentlichkeit käme«, murmelte Anderson vor sich hin.

»Unser politisches Ende?« rief Sheridan, doch dann senkte er rasch wieder die Stimme. »Du lieber Himmel, Paul, wir könnten froh sein, wenn man uns nicht hängt! Es gibt nur unser Wort dafür, daß dieser Überfall damals nicht von uns geplant war; wollte Tyrone das Gegenteil behaupten und uns unterstellen, es wäre unsere Absicht gewesen, ihn umzubringen – wie sollten wir dann das Gegenteil beweisen? Nach dem, was wir getan haben, würde man uns bestimmt nicht sehr bereitwillig Glauben schenken!«

»Dein Mann müßte doch eigentlich begreifen, daß es absolut notwendig war, was wir taten, oder nicht?« sagte Richter Franks, und seine Stimme zitterte dabei. »Und warum sollte er die ganze Sache denn noch einmal aufrollen wollen? Es gibt doch keinen Grund dafür.«

Leon seufzte. »Ich habe nicht die geringste Ahnung«, meinte er. »Ich weiß nur, daß Delaney einen ausgeprägten Sinn für Recht und Unrecht hat – und wenn er der Meinung sein sollte, daß die Öffentlichkeit ein Recht darauf hat, alles zu erfahren, dann wird er sich durch nichts und niemanden davon abbringen lassen!«

»Du *mußt* ihn aufhalten«, sagte Sheridan. »Wir haben einfach zuviel zu verlieren!«

»Ich kann es aber nicht.«

»Und was sollen wir jetzt tun?«

»Warten.« Leon zuckte wieder mit den Schultern. »Und hoffen, daß Tyrone den Mund hält. Oder zumindest, daß Tyrone Delaney klarmacht, daß es damals gar nicht anders ging – falls er redet. Seht ihr denn eine andere Möglichkeit?«

Niemand antwortete darauf.

NEW YORK

Drei Tage später trafen Falcon und Victoria in New York ein und begaben sich geradewegs ins Hafenviertel. Falcon war zwar nicht allzu erpicht darauf, seinem Schwager bestimmte Fragen zu stellen, denn dieser würde sie mit Recht als

Beleidigung und einen Einbruch in sein Privatleben sehen. Und doch hatte er keine andere Wahl.

Jesse Beaumont saß an Tyrones Schreibtisch und mühte sich mit verschiedenen Dokumenten ab, als seine Schwester und sein Schwager das Büro betraten. Die Ärmel hatte er hochgerollt, die Haare waren zerzaust, in seinen grünen Augen zeigte sich Verzweiflung.

Jesse blickte auf, und als er die beiden erkannte, stöhnte er. »Tory, ich sehe dich ja schrecklich gerne, aber schaff mir bloß deinen Ehemann vom Hals! Er wirkt so entsetzlich entschlossen, und ich will gar nicht erst hören, was er mir zu sagen hat, was auch immer es sein mag!«

»Hallo, Jesse«, begrüßte Victoria ihn lächelnd.

»Hallo. Du sieht wieder einmal hinreißend hübsch aus«, antwortete ihr Bruder, während er Falcon mißtrauisch beobachtete.

»Danke. Und du scheinst mir etwas entnervt zu sein.«

»Entnervt?« Übertrieben betont sprach Jesse dieses Wort aus. »Warum sollte ich entnervt sein? Marcus hat mir doch nur sein Geschäft überlassen und ist ins Blaue davongesegelt – und nun sitze ich mir hier über der Schreibtischarbeit den Hintern wund, wo mein armer Po doch noch immer darunter leidet, daß ich so lange auf verschiedenen Pferderücken gesessen habe! Hör gefälligst auf zu lachen!« sagte er dann in strengem Ton zu Falcon.

»Tut mir leid.« Falcon räusperte sich und versuchte, ein ernstes Gesicht zu machen. »Da du gerade Tyrone erwähnt hast . . .«

»Nein«, unterbrach Jesse ihn und wirkte plötzlich ausgesprochen dickköpfig. »Ich habe dir doch schon einmal klipp und klar erklärt, daß ich dir nicht dabei helfen werde, Tyrone in irgend etwas hineinzureiten, ob du nun mein Schwager bist oder nicht.«

»*Du* brauchst mir auch gar nichts zu sagen. Ich muß mit Tyrone selbst reden.«

»Dann warte, bis er wieder hier in New York ist.«

»Wie lange wird er denn fort sein?«

»Keine Ahnung«, behauptete Jesse.

»Jesse, es ist sehr wichtig!«

»Wenn es wieder um dein verdammtes Gold geht – und ich weiß, daß es darum geht! –, dann wirst du ja wohl noch ein paar Monate warten können, schließlich hast du schon acht Jahre gewartet!«

»Ein paar Monate!« rief Falcon aus.

Jesse biß die Zähne zusammen und versuchte, sich nicht anmerken zu lassen, daß er schon viel mehr verraten hatte, als er eigentlich wollte. Aber es gelang ihm nicht. »Verdammt noch mal, Tory, wenn du mich, deinen Bruder, wirklich liebst, dann führ deinen Gatten sofort aus diesem Büro!«

»Ich kann es nicht, Jesse«, sagte Victoria ruhig. »Tut mir leid, aber Falcon muß wirklich dringend mit Captain Tyrone reden. Selbst wenn du es ihm nicht verrätst, wird er trotzdem herausfinden, wohin Tyrone gesegelt ist, und das weißt du auch. Er ist sehr gut, wenn es um solche Sachen geht. Warum willst du es uns also nicht gleich erzählen?«

Jesse lehnte sich in seinem Stuhl zurück und fuhr sich mit den Fingern durchs Haar. »Verdammt noch mal«, meinte er unglücklich. »Verdammter Marcus. Warum muß er immer dann verschwinden, wenn ihn jeder sucht und . . .«

»*Jeder?*« Falcons Stimme klang scharf. »Was soll das heißen, Jesse?«

Jesse blickte ihn an und zuckte mit den Schultern. »Nun ja, einer von seinen Geschäftsfreunden hat auch Verbindung mit ihm aufnehmen wollen. Er kam vor ein paar Tagen hierher und schien völlig aufgelöst zu sein. Es ging wohl um irgendwelche wichtigen Papiere. Ich konnte ihm nicht helfen.«

»Wie hieß er?«

»Na ja, es war ein Senator. Sentor Sheridan.«

Victoria schnappte hörbar nach Luft. »Aber er ist doch . . .«

»Ja«, unterbrach Falcon sie. »Sein Name stand auch auf der Liste.« Er runzelte die Stirn. »Ich kann mir nicht vorstellen, daß das ein bloßer Zufall sein soll.«

»Worüber redet ihr eigentlich? Was für eine Liste meint ihr?« fragte Jesse verwirrt.

Falcon sah seinen Schwager an. »Jesse, du hast gerade gesagt, daß der Senator völlig aufgelöst war.«

»Ja, das war er auch. Er machte einen sehr nervösen, ängstlichen Eindruck.« Besorgt blickte er Falcon an. »Sag mal, worum geht es denn überhaupt?«

»Leon hatte Angst, hast du mir erzählt«, sagte Victoria zu Falcon. »Er wollte nicht, daß du irgend etwas über ›Camelot‹ herausfindest. Er hat dir verboten, Fragen zu stellen. Die anderen Männer könnten vielleicht sogar noch sehr viel mehr Angst haben als er. Angst vor dem, was du herausfinden könntest. Angst vor dem, was Tyrone dir erzählen könnte.«

»Und wenn das so ist«, spann Falcon ihren Faden weiter, »dann könnte einer von ihnen durchaus versuchen, vor uns zu Tyrone zu gelangen. Aber weshalb? Um ihn zu bestechen und ihn somit am reden zu hindern? Oder um ihn für immer zum Schweigen zu bringen?«

»Du lieber Himmel«, meinte Jesse und starrte sie entsetzt an. Er hatte zwar immer noch nicht ganz begriffen, worum es eigentlich ging, aber soviel hatte er doch verstanden: daß Tyrone möglicherweise in Gefahr war. Er wurde blaß. »Ich habe dem Senator gesagt, wo Marcus ist. Es schien nichts dagegen zu sprechen, und er hatte mich so inständig darum gebeten.«

»Wir müssen ihn warnen«, sagte Victoria.

Falcon sah Jesse an. »Können wir ihm ein Telegramm schicken?«

»Nein. Es ist eine Insel, und es gibt kein Amt dort. Die einzige Verbindung ist per Schiff.«

»Weißt du, ob Sheridan schon abgereist ist?« wollte Falcon wissen.

»Ja, das ist er. Du lieber Himmel, ich habe ihm auch noch geholfen! Ich habe ihm noch für denselben Tag eine Passage besorgt, das heißt, ich habe den Kapitän sogar noch überredet, einen Umweg über Port Elizabeth zu machen. Er hat zwei Tage

Vorsprung und müßte jetzt schon fast die halbe Strecke zurückgelegt haben.«

Falcon fluchte vor sich hin. »Verdammt. Wir werden das schnellste Schiff nehmen müssen, das wir finden können. Jesse, wo genau liegt dieses Port Elizabeth?»

Einen Moment lang blickte Jesse ihn nur schweigend an. »Ich komme mit euch«, sagte er dann.

»Jesse . . .«

»Sieh mal«, unterbrach Jesse ihn »es gibt im ganzen Hafen kein einziges Schiff, das vor morgen nachmittag mit Kurs nach Süden ablegt, und ihr hättet nicht die geringste Möglichkeit, Sheridan noch einzuholen, wenn ihr so lange wartet. Ihr habt nur mit einem einzigen Schiff noch eine Chance: mit der *Robyn*, meinem Schiff, dem zweitschnellsten, das Marcus hat. Wir können noch heute auslaufen. Und selbst wenn wir Sheridan nicht einholen, werden wir ihm doch hart auf den Fersen sein.«

Die *Robyn* war wie ihr Schwesterschiff, die *Raven*, ein ganz auf Schnelligkeit gebauter Clipper. Sie war zweihundert Fuß lang und dicht bestückt mit Segeln. Sie konnte, so erzählte Jesse stolz, durchaus zwanzig Knoten pro Stunde machen.

Jesse war wie umgewandelt. Schon bei den ganzen Vorbereitungen hatte er gezeigt, wie tüchtig er war; er hatte innerhalb kürzester Zeit genügend Freiwillige für die Mannschaft zusammengetrommelt und das Schiff mit den nötigen Vorräten ausgestattet und außerdem einen Anwalt auf die *Robyn* kommen lassen, um Tyrones geschäftliche Angelegenheiten in dessen erfahrene Hände zu übergeben.

»Wird ihm das gefallen?« fragte Falcon neugierig, nachdem der Anwalt gegangen war.

»Wem? Marcus?« Jesse grinste. »Nein. Er vertraut Anwälten nicht. Noch nicht einmal seinem eigenen. Dem eher schon gar nicht.«

»Meinst du nicht, daß es dann ein bißchen riskant für dich

ist, hier alles stehen und liegen zu lassen und die Geschäfte ausgerechnet einem Anwalt zu übergeben?«

Jesses Grinsen vertiefte sich. »Das geschieht ihm recht«, meinte er. »Dann wird er sich beim nächsten Mal nicht so schnell davonmachen und mich hier mit all der Schreibarbeit sitzenlassen.«

Falcon beobachtete Jesse, als er einen kleinen Streit zwischen den Matrosen beilegte, und überlegte, daß sein Schwager wirklich beunruhigt war. Aber das war er selbst ja auch. In seinem Leben war er öfter sowohl Jäger als auch Gejagter gewesen, und er wußte, was es hieß, wenn sich einem ein Feind auf die Fersen gesetzt hatte. Und plötzlich fragte er sich, ob Tyrone ihn wohl auch als Feind betrachtete – es erstaunte ihn selbst, daß er inständig hoffte, daß es nicht so war.

Victoria stellte sich neben ihn und legte ihm eine Hand auf den Arm. »Was wirst du tun, wenn Tyrone tatsächlich das Gold hat?« wollte sie wissen.

Falcon war von ihrer Frage nicht im geringsten überrascht. Je länger er und Victoria zusammenwaren, desto näher kamen sie sich. Sie brauchte ihn nur anzusehen, um zu wissen, was er dachte. »Ich weiß es nicht, Liebes«, antwortete er, und es beunruhigte ihn, daß er so unentschlossen war. »Ich weiß es wirklich nicht.«

»Ist dieses ›Camelot‹, was immer es sein mag, denn wichtiger?«

»Ich glaube schon. Und ich glaube auch, daß es eine Verbindung zwischen ›Camelot‹ und dem Gold gibt. Ich *spüre* es. Und ich glaube auch . . .« Falcon schwieg einen Moment und runzelte die Stirn. »Irgendwie sagt mir mein Instinkt«, fuhr er dann fort, »daß es nicht das Gold sein wird, das am Wichtigsten ist, denn ursprünglich gab es bestimmt keine Verbindung zwischen den beiden Fällen. Tyrone selbst ist das einzige Bindeglied.«

»Glaubst du, daß das Zufall ist?«

»Hm. Ich kann mich einfach nicht des Gedankens erwehren, daß irgendwie eine Ironie des Schicksals dahintersteckt.« Er sah

Victoria an, ohne sie richtig wahrzunehmen, und sie wußte, daß sein Blick forschend nach innen gerichtet war.

Sie versuchte, ihm zu helfen. »Inwiefern?« fragte sie.

Seine Augen verengten sich. »Es ist eine Art Doppelspiel oder so etwas Ähnliches, glaube ich«, antwortete er. »Das, was wir bis jetzt für richtig halten, stimmt nicht, irgend jemand möchte, daß wir das glauben, was wir sehen.«

»Du meinst, irgend jemand hat uns eine falsche Fährte gelegt?«

»Ja. Zumindest in einigen Bereichen, aber ich weiß nicht, in welchen. Es gibt zwei verschiedene Spuren – die eine führt zum Gold, die andere zu dem Geheimnis, das sich hinter ›Camelot‹ verbirgt. Und Tyrone hält aus irgendeinem Grund alle Fäden in der Hand.« Wieder schwieg er einen Moment. »Verdammt noch mal, ich hatte das Gefühl, daß ich ganz nah dran war, aber jetzt ist es weg.«

»Mach dir deshalb keine Vorwürfe«, antwortete Victoria. »Schließlich kennst du doch längst nicht alle Details – wie also sollst du die Einzelteile zusammensetzen können? Dabei kann dir nur Tyrone helfen.«

»Ja. Aber wird er das auch tun?«

Sie liefen mit der Nachmittagsflut aus. Das andere Schiff, ein langsamer Kauffahrer, war ihnen um knapp zwei Tage voraus. Der Wind war nicht sehr stark, aber die *Robyn* mit ihren vielen Segeln kam trotzdem gut voran. Ihr schlanker Kiel schnitt durch das Wasser, die Mannschaft hatte Erfahrung, und der Kapitän war der Beste unter ihnen. Ganz allmählich begann die *Robyn,* den Vorsprung aufzuholen, als hätte ihr jemand zugeflüstert, wie wichtig dieses Rennen war.

Oder vielleicht hatte sie auch nur den Ruf ihres Schwesternschiffs gehört – und falls das so war, dann antwortete sie prompt darauf. Denn trotz der nicht eben günstigen Wetterverhältnisse war sie auf dem besten Weg, ihren eigenen Geschwindigkeitsrekord zu brechen.

5

PORT ELIZABETH

Der Schrei weckte ihn aus tiefem Schlaf. Es war ein Schrei in Todesangst, ein Schrei voller Furcht, aber er wußte sofort, daß es kein Mensch gewesen war, der ihn ausgestoßen hatte. Tyrone richtete sich auf und schlug die Decken zurück. Rasch zog er sich an und lief die Treppe hinunter. Das Haus war still, und er wußte, daß er der einzige war, der den Schrei gehört hatte.

Er hielt sich in seinem Arbeitzimmer nur solange auf, bis er seine Waffe gefunden hatte, dann lief er aus dem Haus. Die Nacht war still. Tyrone blieb einen Moment stehen, um zu lauschen, dann wandte er sich zu den Ställen auf der Rückseite seines Hauses.

Die Stalltür stand weit offen.

Er entsicherte seinen Revolver und hielt ihn im Anschlag, während er sich vorsichtig dem Stall näherte. Zur Zeit hielt er ein halbes Dutzend Pferde hier, und er hörte, wie sie stampften und sich nervös bewegten. Aber sonst nichts. Vorsichtig schob er sich durch die Tür, drückte sich flach an die Wand und wieder lauschte er.

Seine Augen gewöhnten sich schnell an die Dunkelheit, und schon bald konnte er einiges erkennen. Zehn Boxen, alle verschlossen bis auf die vier, die nicht benutzt wurden. Und bis auf die, in der gewöhnlich der Braune stand, den er stets als Kutschpferd benutzte. Tyrone trat noch einen Schritt vor, die Box war leer.

Tyrone blieb stehen und runzelte die Stirn. Der Braune war weder das wertvollste noch das schönste seiner Pferde, und wenn jemand ein Tier hätte stehlen wollen, dann hätte er sich wohl kaum den Braunen ausgesucht. Aber jemand mußte hier drin gewesen sein, denn die Stalltür war mit schweren Bolzen verriegelt, und auch die Box des Braunen war verschlossen gewesen. Von allein konnten die Türen sich nicht öffnen.

Es machte jedoch einfach keinen Sinn. Der Schrei, den er gehört hatte, jener Schrei, der von solchem Schrecken erfüllt gewesen war, war kein Schrei, den ein Pferd ausstieß, wenn es aus seiner Box geführt wurde.

Plötzlich fühlte Tyrone sich bis in sein Innerstes kalt. Er wandte sich um und ging aus dem Stall, wobei er darauf achtete, die Tür gut zu verriegeln. Doch sein Instinkt sagte ihm, daß der ungebetene Besucher in dieser Nacht nicht mehr zurückkehren würde.

Dann, die Pistole immer noch bereit in der Hand, entfernte er sich in südwestlicher Richtung vom Haus. Über einem schmalen Sandstreifen stieg das Kliff hier an die vierzig Fuß in der Höhe, unzugänglich von Meer her. In einiger Entfernung vom Kliff hatte Tyrone Stacheldraht ziehen lassen, um seine Tiere zu schützen, denn hier war eine kleine Weide, auf der er seine Pferde oft grasen ließ. Doch die Tiere hielten instinktiv Abstand, noch nie war eins dem Zaun je zu nahe gekommen, als fühlten sie den drohenden Abgrund, der dahinter lag.

Marcus ging ein Stück den Zaun entlang und fand schon bald etwas, das bestätigte, was er vermutet hatte: An einer Stelle war der Zaun glatt durchgeschnitten worden. Und er fand noch etwas anderes: einen schweren, blutverschmierten Stock. Und plötzlich wurde ihm übel. Er wußte nun, was passiert war, und eigentlich hätte er nicht mehr in den Abgrund zu schauen brauchen, aber er tat es trotzdem. Tief unten, deutlich sichtbar gegen den hellen Sand, lag eine dunkle Masse. Unnatürlich ruhig.

Der Braune hatte nicht die geringste Chance gehabt.

Es war nicht Marcus' Art, sich mit seinen Problemen an andere zu wenden, und das tat er auch jetzt nicht. Am Morgen erzählte er Reuben von dem Pferd, aber er stellte es so dar, als sei es ein Unglücksfall gewesen. Falls Reuben es für unwahrscheinlich hielt, daß ein Pferd, das auf der Insel aufgewachsen war, so unvorsichtig gewesen sein sollte, so sagte er es nicht.

Bei Sonnenaufgang hatte die Flut den Kadaver ins Meer hinaus geschwemmt.

Marcus grübelte den ganzen Morgen über diese Sache nach. Es war nicht nur der Verlust des Pferdes, der ihm so zu schaffen machte, sondern die Art, wie das Tier den Tod gefunden hatte. Er war die Gewalttätigkeit, die Brutalität, die sich in dieser Tat zeigte. Der Gedanke daran verursachte ihm Übelkeit.

Zögernd hatte er Tully nach ihrem Patienten gefragt, aber sie war sich ganz sicher gewesen. Er hatte die ganze Nacht tief geschlafen, und sie hätte es gehört, wenn er aufgestanden wäre. Und er hatte schon lange keine Gewalttätigkeit mehr gezeigt, in dieser Beziehung hatten sie schon seit zwei Jahren keinen Ärger mehr mit ihm gehabt.

Marcus glaubte ihr nur zu gern, aber seine Erleichterung hielt nicht lange an. Wenn es nicht der kranke Mann in seinem Haus gewesen war, wer hatte dann diese Untat begangen? Wer auf der Insel hätte so etwas tun können? und ganz abgesehen von allem anderen, lag sein Haus meilenweit vom nächsten Nachbarn entfernt. Wer mochte mitten in der Nacht hier hinausgekommen sein, um das Tier zu stehlen, und es so zu quälen, bevor er es umbrachte.

Und plötzlich fiel ihm wieder Lettia Symingtons kleiner Hund ein. Er sollte ertrunken sein? Jetzt, wo er darüber nachdachte, kam es ihm seltsam vor, das der Hund einfach so in dem kleinen Flüßchen umgekommen sein sollte. War das Tierchen vielleicht auch absichtlich getötet worden, genau wie sein Pferd?

Nach dem Mittagessen spannte er ein Pferd vor den Buggy und fuhr in die Stadt. Er hielt zunächst am Hafen und ging an Bord der *Raven* um zu fragen, ob seine Männer während der Nacht alle an Bord gewesen wären. Lyle, der Maat, versicherte ihm, daß dies der Fall gewesen war.

Ganz in seine Gedanken versunken fuhr Marcus dann weiter in die Stadt. Er hielt vor dem Lebensmittelgeschäft.

»Guten Tag, Captain«, begrüßte Mr. Abernathy ihn fröhlich. Marcus war im Moment der einzige Kunde. »Kann ich Ihnen behilflich sein?«

»Das können Sie, Mr. Abernathy.« Marcus lehnte sich über die Theke und zündete sich ein Zigarillo an. »Sie haben mir doch neulich erzählt, daß Mrs. Symingtons kleiner Hund ertrunken ist«, begann er. »Wissen Sie zufällig, ob in letzter Zeit vielleicht auch noch andere Tiere, sagen wir auf nicht ganz natürliche Weise, umgekommen sind?«

Mr. Abernathy runzelte die Stirn, während er nachdachte. »Hm, eigentlich fällt mir nichts ein«, sagte er schließlich. »Oder warten Sie – doch. Ungefähr vor einem halben Jahr hat Dr. Scott sein altes Pferd verloren. Es muß auf der Weide in ein Loch getreten sein und hatte sich das Bein gebrochen. Es mußte getötet werden. Haben Sie auch Fälle solcher Art gemeint?«

»Ja, ich glaube, ich habe auch Fälle solcher Art gemeint«, antwortete Marcus. »Fällt Ihnen sonst noch etwas ein?«

Der Ladenbesitzer lehnte sich über die Theke. »Im letzten Sommer«, sagte er, »wurde plötzlich Mrs. Jessops großer Hund vermißt. Alle glaubten, daß er davongelaufen und dann umgekommen sei, schließlich war er schon alt. Und kurz zuvor hatte man Miß Landers gelben Kater tot aufgefunden.«

Nur zögernd stellte Marcus seine nächste Frage. »Hat eigentlich außer Mrs. Symington noch jemand behauptet, daß sein Tier absichtlich getötet wurde?«

Abernathy blickte ihn mit schmalen Augen an. »Nein, nicht daß ich mich erinnern könnte.«

Zwei Hunde, eine Katze, und nun waren zwei Pferde innerhalb von sechs Monaten getötet worden, oder tot aufgefunden worden. Marcus überlegte, ob es tatsächlich einen Zusammenhang gab. »Nun ja, vielen Dank, Mr. Abernathy.« Er hatte schon halbwegs die Tür erreicht, als der Ladenbesitzer ihn ansprach.

»Captain?«

»Ja?«

»Ihre Fragen schienen doch in eine bestimmte Richtung zu zielen, nicht wahr? Ist es in Ihrem Sinne, wenn ich das besser für mich behalte?«

Marcus lächelte leicht, denn er wußte, daß Mr. Abernathy tatsächlich ein Geheimnis für sich behalten konnte – vorausgesetzt, man hatte ihm deutlich gemacht, daß es wirklich ein Geheimnis war. »Ich wäre Ihnen sehr dankbar dafür«, antwortete er.

Mr. Abernathy nickte. »Ich werde es Sie wissen lassen, wenn ich noch etwas Neues erfahre.«

»Danke«, sagte Marcus, dann verließ er endgültig den Laden. Er blieb einen Moment auf dem Bürgersteig stehen und zog seine Uhr heraus. Es war fast zwei. Vielleicht wartete Catherine schon auf ihn . . . oder auch nicht. Allmählich ärgerte ihn die Ungewißheit in ihrer Beziehung, Catherines unzugängliches Wesen.

Er stieg in seinen Wagen, nahm die Zügel auf und dirigierte die Stute die Hauptstraße hinunter. Das Gefühl, daß hier irgendwo ein unsichtbarer Gegner, ein Mensch, der mit brutaler Gewalt vorging, auf ihn lauerte, beunruhigte ihn zutiefst, und er sehnte sich nach Catherine. Es überraschte ihn, daß sein Verlangen weit über körperliches Begehren hinausging, und während er die Stadt hinter sich ließ, grübelte er über seine Gefühle für diese Frau nach.

Körperliches Verlangen nach ihr hatte er vom ersten Augenblick an empfunden, daran hatte sich nichts geändert. Oder? Ihm wurde bewußt, daß er immer öfter an sie dachte, immer öfter mit ihr zusammensein wollte. Eine wahre Gier erfüllte ihn in ihrer Gegenwart, so als ob er nicht genug von ihr bekommen könnte. Und ihr kühles Verhalten in der Öffentlichkeit ärgerte ihn inzwischen genauso wie ihre gewisse Unnahbarkeit, selbst wenn sie allein waren.

Tyrone hielt sich an die üblichen Vorsichtsmaßnahmen, bevor er von der Hauptstraße in den schmalen Waldweg bog. Stirnrunzelnd blieb er vor der kleinen Holzhütte stehen und machte die Stute an einem Pflock fest. Er durfte heute abend – und auch in Zukunft – nicht vergessen, die Stalltüren zu kontrollieren. Aber ein unbestimmtes Gefühl, ein Instinkt, sagte ihm, daß seinen Pferden nichts mehr passieren würde. Hoffentlich täuschte er sich nicht.

Die Hütte war leer. Tyrone wanderte auf und ab und betrachtete das Messingbett, das jetzt nur noch mit einer bunten Patchwork-Decke bedeckt war. Dieses Bett hatte er eigenhändig hergeschafft.

Es war Catherines Idee gewesen, sich in dieser Hütte zu treffen. Sie bot alles, was sie brauchten – ein Dach über dem Kopf – und Ungestörtheit. Die ersten Male hatten sie sich auf einem Stapel Decken auf dem Boden geliebt, aber bei seinem nächsten Besuch hatte er das Bett mitgebracht. Catherine hatte nichts dazu bemerkt.

Die Hütte war vor etwa zwanzig Jahren gebaut worden, in der Zeit der ersten Siedlungen auf der Insel, inzwischen aber in Vergessenheit geraten und verfallen. Für ihn und Catherine war es seit zwei Jahren die einzige Zuflucht, ein Ort der Einsamkeit und der zügellosen Leidenschaft.

Die Tür öffnete sich. »Du hast heute ja die Stute genommen.« Catherine klang überrascht.

Tyrone wandte sich zu ihr um. »Ja. Die Bewegung wird ihr guttun.« Er hätte es nicht begründen können, aber er wollte ihr um keinen Preis etwas über das Schicksal seines Braunen erzählen.

Catherine, die zwei gefaltete Leinentücher unter dem Arm trug, trat in das winzige Schlafzimmer. »Laß mich schnell das Bett überziehen«, sagte sie kurz. »Du bist früh dran.«

»Letztes Mal habe ich mich verspätet.« Ein schwacher Duft von Zimt umwehte ihn, als sie an ihm vorüberging, und fast schmerzhaft überfiel ihn jähes Verlangen. »Vergiß die Bettwäsche«, murmelte er heiser.

Sie wande sich überrascht um. Ihre Augen verdunkelten sich, und halb unbewußt öffnete sie die Lippen. »Aber, Tyrone . . .«

Er trat zu ihr, löste die Nadeln in ihrem Haar und ließ die dunkle, seidige Flut über ihren Rücken fallen. Catherine blieb regungslos stehen. Der dünne Baumwollstoff ihres züchtig zugeknöpften Kleides hob und senkte sich immer schneller über ihrer Brust, und das Feuer, das in ihr brannte, zeigte unübersehbar Spuren auf ihren Wangen, die sich röteten.

In Tyrones Augen war sie die schönste Frau der Welt.

Langam, ganz langsam, öffnete er einen Knopf nach dem anderen. Es kostete ihn ungeheure Kraft, sie nicht sofort in seine Arme zu reißen. Die Zeit, die ihnen blieb, war so kurz, und er war sich deutlich des Wunschs bewußt, daß er Catherine für immer bei sich haben wollte.

Als das Kleid bis zur Taille offen war, schob er es sacht über ihre Schultern. Ihr hauchdünnes Leinenhemd straffte sich über ihren vollen Brüsten, und die harten Spitzen hoben sich deutlich unter dem Stoff ab.

Catherine atmete tief ein, bewegte sich aber nicht.

Tyrone ließ das Kleid über ihre Hüften gleiten. Jetzt war sie nur noch mit Hemd, Strümpfen und Schuhen bekleidet. Sie machte eine kleine Bewegung auf ihn zu, als wolle sie nun ihn ausziehen. Er jedoch hielt sie zurück und drängte sie sacht auf die Bettkante. Er kniete sich nieder, nahm einen Fuß und zog ihr den Schuh aus. Liebkosend glitten seine Hände ihr Bein hinauf, bis über das Knie und rollten langsam und genießerisch den Strumpf hinunter. Dann war das nächste Bein an der Reihe . . .

Catherine sah zu ihm hinunter, aus dunklen, von Leidenschaft verschleierten Augen. Ihr Körper bebte, ihr Atem ging schnell und stoßweise, und ihre Hände umklammerten die bunte Bettdecke.

Tyrone stand auf und zog sie hoch, um sie einen Moment zu betrachten. Jetzt war sie nur noch Frau. Die dunkle Flut ihrer Haare wogte über ihre Schultern und schimmerte geheimnisvoll in dem gedämpften Licht. Durch das fast durchsichtige Leinen ihres Hemds konnte er die Spitzen ihrer Brüste erkennen und weiter unten einen dunklen Schatten, der ein fast unerträgliches Verlangen in ihm entfachte.

»O Gott«, murmelte er wie betäubt. Er griff nach ihrem Hemd und zog es ihr mit einer schnellen Bewegung über den Kopf.

Catherine hatte unwillkürlich die Arme gehoben und ließ sie jetzt langsam wieder sinken. Tyrones Blicke wanderten über ihren Körper, verweilten auf ihren Brüsten, dann auf dem Dreieck weicher Haare viel weiter unten. Er berührte ihre Brüste mit den Fingerspitzen, ließ sie leicht über die Brustwarzen kreisen.

Catherine schloß die Augen, und mit einem leichten Stöhnen neigte sie sich ihm entgegen. Seine Hand umschloß ihre Brust fester.

»So wollte ich dich gestern nacht erleben«, sagte er rauh. »Nackt und so verrückt nach mir, daß nichts anderes mehr zählt.« Er preßte sie so jäh und fest an sich, daß er sie fast zu erdrücken drohte. Mit einer Hand griff er in ihr Haar, bog ihren Kopf zurück, und küßte sie voller Hunger und fast quälender Leidenschaft. Er preßte seine Lippen auf ihren Mund, wie von Sinnen und alles fordernd.

Und Catherine verweigerte ihm nichts. Durch den rauhen Stoff seiner Kleidung, der sich an ihre weiche Haut drückte, von ihm getrennt zu sein, war eine süße Qual. Sie konnte kaum noch atmen und war sich der erstickten Laute, die über ihre Lippen kamen, nicht mehr bewußt. Ihr Herz hämmerte gegen ihre Rippen, und ihr Körper brannte; brannte lichterloh.

Tyrone hob sie auf die Arme und legte sie auf das Bett. Schnell entkleidete er sich, ohne auch nur eine Sekunde den Blick von ihr zu wenden. Ein silbriges Feuer glitzerte in seinen Augen, ein Feuer voller Leidenschaft und Verheißung. Catherine streckte beide Arme aus und schlang sie um seinen Hals, als er sich über sie beugte.

Tyrone bedeckte ihren Mund mit seinen Lippen und küßte sie wieder und wieder, noch immer fordernd, noch immer hungrig. Seine Hände glitten über ihren Körper und liebkosten ihn, bis sie vor Verlangen stöhnte. Und beinahe hätte sie aufgeschrien, als er ihre Schenkel auseinanderpreßte und sich dann dazwischen schob.

Sie sah in sein hartes Gesicht, in seine fiebrigen Augen, die keinen Augen glichen, die sie je zuvor gesehen hatte. Ihre Hände vergruben sich in seinem dichten Haar, ihre Beine umschlossen seinen muskulösen Körper. Ein leises Wimmern entrang sich ihr, als er endlich in sie eindrang und sie mit seiner wilden Leidenschaft erfüllte.

Sie bewegte sich in einem Rhythmus mit seinem Körper, nahm seine Lust an und erwiderte sie. Mit Armen und Beinen umklammerte sie ihn, fing ihn und sein ungezügeltes Verlangen auf. Ihre Bewegungen wurden schneller und rissen sie mit sich, getrieben von einer ursprünglichen Kraft, die sie nicht beherrschen konnten, die wie eine gewaltige Woge über sie hinwegspülte und sie mit einem Feuer dem Höhepunkt entgegentrieb, das sie bei lebendigem Leib zu verbrennen drohte.

»Mein Gott!« Tyrones Atem kam stoßweise, und seine Muskeln bebten, als er sich auf die Ellbogen stützte. Er sah Catherine an, sah ihr erhitztes Gesicht, ihre geschlossenen Augen, das Lächeln, das ihre Lippen umspielte. Besorgt, daß sein Gewicht zuviel für sie wäre, begann er widerstrebend, sich von ihr zu lösen.

»Nein!« Sie preßte die Beine fester um seine Hüften. Ihre Augen waren noch immer geschlossen.

»Ich bin zu schwer für dich«, murmelte er und küßte sie zärtlich.

»Bleib da.« Ihre Stimme war leise, kaum zu hören. »Bitte bleib noch da.«

Tyrone tat, was sie sagte, stützte sich aber weiter auf den Ellbogen ab. Ihre Hände glitten durch sein Haar, und er beugte sich vor, um die weiche zarte Haut der Innenseite ihres Arms zu küssen. Erst jetzt fiel ihm die häßliche Quetschung auf.

Er griff nach ihrem Arm und starrte auf die purpurne Verfärbung, die sich fast den ganzen Unterarm entlang, vom

Handgelenk bis zu dem Ellbogen erstreckte. Jemand mußte sie hart, ja fast brutal angefaßt haben. War er das etwa gewesen? Wenn ja, so konnte er sich jedenfalls nicht erinnern . . .

»Catherine, war ich das?«

Ihre Lider flatterten und sie schlug die Augen auf, um dann seinem Blick folgend auf ihren Arm zu sehen. Etwas flackerte in den blauen Tiefen ihrer Augen auf, aber der Ausdruck war zu flüchtig, als daß Tyrone ihn hätte deuten können. Sie zuckte die Schulter. »Wenn ja, habe ich es vergessen.«

»Falls ich es war, tut es mir leid. Sehr leid.« Die Vorstellung, daß er ihr so weh getan haben könnte, entsetzte ihn.

Sie schüttelte leicht den Kopf, als ob der Vorfall bedeutungslos wäre. Ihr Lächeln kehrte zurück, und ihre Augen verschleierten sich erneut auf eine Weise, die er nur zu gut kannte.

Tyrone spürte, wie sie ihn fester umschloß, die Muskeln an einer ganz bestimmten Stelle anspannte und wieder lockerte, und er hielt den Atem an. Eine Woge der Lust stieg in ihm auf, und er wußte, daß sie sein erneut wachsendes Begehren fühlen konnte.

»Catherine«, murmelte er, »wo zum Teufel hast du das gelernt?«

»Was denn?« fragte sie leise, und auf den Lippen, die er küßte, lag ein Lächeln.

»Ich muß gehen.«

Tyrone schlug widerwillig die Augen auf, drehte sich zur Seite und betrachtete Catherine. Sie lag neben ihm auf dem Rücken, und das Glück, das noch vor wenigen Momenten aus ihren Augen geleuchtet hatte, war verschwunden. Ihr Gesicht war unbewegt, und ihre Augen, deren Ausdruck zwischen dem von klarem Eis und dunklem Feuer lag, starrten an die Decke.

Er legte zärtlich eine Hand auf eine ihrer Brüste. »Noch nicht. Es ist noch früh.«

Mit einer merkwürdigen abrupten Bewegung – als geschähe

es gegen ihren Willen –, griff sie nach seiner Hand und preßte sie auf ihren Körper.

Er wollte versuchen, sie zu verstehen, gleichgültig, wie lange es dauern würde. Und mehr als alles andere wollte er verstehen, warum sie sich weigerte, ihn zu heiraten. Er konnte ihren Wunsch begreifen, ihre Beziehung geheimzuhalten, nicht aber ihre Weigerung, seine Frau zu werden, obwohl sie etwas so Wunderbares und Einmaliges miteinander verband.

»Catherine, hat es in deinem Leben vor mir einen anderen Mann gegeben? In England?« Er spürte, wie sich ihr Körper versteifte, aber ihr Gesicht blieb ausdruckslos.

»Du weißt, daß es keinen gegeben hat.«

»Keinen Liebhaber natürlich, das weiß ich. Aber einfach einen anderen Mann?«

Sie schwieg einen Moment, und sagte dann, ohne ihn anzusehen: »Ich war verlobt. Kurz.«

»Was ist passiert?«

Ihr Mund verhärtete sich. Sie sah ihn immer noch nicht an, aber ihre Finger spielten mit seinen. »Der Lauf der Dinge. Meine Mutter starb, mein Vater und ich beschlossen, hierher zu ziehen. Meine Verlobung war zu Ende.«

»Hast du ihn geliebt?« Er spürte plötzlich eine innere Anspannung, eine Enge in der Brust. Hatte sie schon einmal geliebt und nach dem Verlust dieser Liebe beschlossen, nie wieder zuzulassen, daß jemand oder etwas ihr das Herz brach? Konnte die Antwort so einfach sein? Und würde er sich damit abfinden können? »Catherine, hast du ihn geliebt?«

Sie warf ihm einen verwirrten Blick zu. »Du klingst ja so . . .«

Er wußte, wie er klang. Barsch, heftig. Er zwang sich mit Mühe zu einem unbefangenen Tonfall. »Hast du ihn geliebt?«

Sie zögerte und zuckte die Achseln. »Ich glaubte es zumindest. Aber es war . . . es war nichts Aufregendes. Ich kannte ihn fast mein Leben lang. Und ich kannte ihn sehr gut. Zwischen uns gab es keine Geheimnisse.« Bis auf eins, fügte sie in Gedanken hinzu.

»Das kann man von uns nicht gerade behaupten«, bemerkte er etwas bitter.

Panik stieg in ihr auf, und sie sprach hastig weiter, damit er nichts merkte. »Warum auch? Das hier ist alles, was uns verbindet.«

Sie deutete auf den kleinen Raum, auf das Bett, in dem sie nackt lagen. »Das hier. Mehr nicht.«

»Das liegt nicht an mir«, erwiderte er schroff.

»Am Anfang hat es dir genauso gepaßt wie mir«, erinnerte sie ihn. Sie wünschte, die Zufriedenheit von vorher würde zurückkehren, wünschte, sie könnte dieses Gespräch abbrechen.

»Und wenn es dir jetzt nicht mehr paßt, dann . . .« Sie brach ab, weil sie nicht einmal den Gedanken ertragen konnte, in Zukunft nicht mehr diese gestohlenen Stunden des Glücks mit ihm genießen zu können.

»Was dann?« Seine Stimme war gefährlich ruhig.

Plötzlich verlor sie die Beherrschung, zermürbt von Angst und Qual. »Oh, hör auf«, flüsterte sie. »Bitte, bitte hör auf!« Sie umklammerte seine Hand und glaubte, tief im Inneren zu weinen. Sie schloß die Augen und wünschte, die Tränen würden kommen, weil es sonst noch weit mehr schmerzte.

»Catherine . . .«

Sie spürte seine Lippen zart über ihre Wangen und ihren Mund streichen, hörte Überraschung – und noch etwas anderes – in seiner Stimme. Sie hielt die Augen fest geschlossen, aus Angst, er könnte zu viel sehen.

Und dann redete Tyrone leise. Er begann, von sich zu erzählen, von seiner Kindheit, daß er sehr jung Waise geworden und gezwungen gewesen war, sich schon sehr früh als Schiffsjunge seinen Lebensunterhalt zu verdienen. Er sprach von einem Mann namens Morgan Fontaine, der einmal eine Art Gentleman-Pirat gewesen war und der sich für den weit jüngeren Tyrone interessiert, ihn ermutigt und schließlich sogar mit Geld unterstützt hatte, damit er sich die *Raven* hatte kaufen können. Er erzählte ihr von dem Bürgerkrieg und davon, daß er in diesem Krieg ein Blockadebrecher gewesen war, und berichtete von Gefahren und Kämpfen.

Und Catherine, die mit einer Aufmerksamkeit lauschte, von der sie hoffte, daß sie ihm nicht auffiel, wurde klar, daß er zum ersten Mal etwas von sich preisgab. Nicht seine Leidenschaft oder sein Verlangen, sondern ein Stück von sich selbst. Er ermöglichte ihr, das Leben, das ihn geprägt hatte, zu sehen und zu begreifen. Sie betete inständig, daß er nicht bemerkte, was er tat, um dann vielleicht aufzuhören. Sie wollte alles von ihm wissen.

Plötzlich jedoch traf sie mit fast schmerzlicher Gewalt eine Erkenntnis: Er wußte, was er tat. Er wollte, daß sie alles von ihm wußte.

Als er schließlich schwieg, schlug sie die Augen auf und sah ihn an. Sein Gesicht war ernst, sein Blick fest und direkt. Er hatte sich ihr gegenüber geöffnet, und es tat ihr unendlich weh, daß sie nicht dasselbe tun konnte.

»Ich muß gehen«, sagte sie leise.

Tyrones Züge verhärteten sich. »Du bist sehr widerspenstig, Catherine.«

»Ich muß gehen«, wiederholte sie nur.

Er stand abrupt auf und zog sich an. Catherine sah ihm hilflos zu, voller Angst, daß jetzt alles zu Ende war und sie ihn nie wiedersehen würde.

Dann trat er an ihr Bett und beugte sich zu ihr. Ihren Körper an sich gepreßt, murmelte er: »Meinen Namen, Catherine.«

Mühsam brachte sie ihn hervor: »Tyrone.«

Er nickte, als ob er nichts anders erwartet hätte. Sein Gesicht war unbewegt. Eines Tages wirst du mich Marc nennen. Und dann werde ich dich noch einmal fragen, ob du mich heiraten willst.«

Ein undefinierbares Gefühl durchzuckte sie jäh, halb Glück, halb Qual, halb süß, halb schmerzhaft. Es war nicht aus; er würde sie nicht verlassen.

»Eines Tages«, wiederholte er. »Und zwar bald, Catherine.« Er drehte sich um und verließ die Hütte.

Endlose Minuten verstrichen, bevor Catherine aufstand und sich anzog. Bei jedem Kleidungsstück erinnerte sie sich daran, wie Tyrone es ihr ausgezogen und sie dabei angesehen hatte. Schließlich sammelte sie die Haarnadeln auf, die verstreut am Boden lagen, und steckte sorgsam ihre Frisur auf. Als sie fertig war, blieb sie sitzen und starrte auf das Bett, in dem sie und Tyrone Glück und Erfüllung fanden.

Wie lange konnte sie dieses Risiko noch eingehen? Zuerst hatte alles so einfach ausgesehen. Tyrone war selten auf der Insel und immer bereit gewesen, ihren Wunsch nach Geheimhaltung zu respektieren. Aber jetzt . . . Ihre Vernunft befahl ihr, so schnell wie möglich ein Ende zu machen, aber sie brauchte ihn so sehr, brauchte *es* so sehr.

Wenn er doch nur wie früher nach ein paar Tagen wieder abreisen würde! Dann wäre alles in Ordnung. Aber er wollte bleiben, und jeder zusätzliche Tag bedeutete zusätzliche Belastung, eine aufreibende Mischung von Furcht und Freude.

Catherine spürte, daß ihre innere Anspannung noch nie so groß gewesen war wie in den vergangenen Tagen. Das lag nicht nur an seinem veränderten Verhalten und ihrer Erkenntnis, daß sie ihn liebte, es lag daran, daß ihr bewußt geworden war, wieviel er ihr bedeutete und wie quälend der Gedanke war, ihn zu verlieren.

Aber es würde passieren. Die Frage war nur, wann . . .

Sie stand langsam auf und glättete die bunte Decke. Überall würde sie gern Tyrones Bett machen, ob auf seinem Schiff, in New York oder in seinem großen, stillen Haus hier auf der Insel, in das er noch niemals jemanden eingeladen hatte – außer ihr. Aber selbst wenn sie könnte, würde sie ihn nicht bitten, sie zu heiraten. Sie wollte ihn, aber eben nur solange wie möglich.

Das würde nicht lange sein.

Als Catherine die Hütte verließ, fühlte sie sich plötzlich sehr müde. Es war die ständige Anspannung. Zu lange war sie auf der Hut und verbarg ihr wahres Wesen hinter einer kalten und abweisenden Maske, und jetzt war sie erschöpft.

Langsam schlenderte sie durch den Wald zurück zur Straße und betrat verstohlen den Garten, der hinter dem Haus ihres Vaters lag. Sie pflückte ein paar der wenigen Blumen, die zu dieser Jahreszeit blühten, und bemühte sich im Weitergehen, ihre Willenskraft und ihre Energie wiederzufinden. Als sie um das Haus bog, entdeckte sie ihren Vater, der in der Auffahrt stand und auf das offene Tor starrte.

»Hallo, Vater.«

Er drehte sich zu ihr um. »Dieser Tommy Jenkins hat auf unserem Tor geschaukelt«, erklärte er gereizt. »Und jetzt ist das Scharnier kaputt.«

Catherine, die sich nur mühsam wieder unter Kontrolle gebracht hatte, hörte ihm nur mit halben Ohr zu. »So sind Jungen nun mal«, beschwichtigte sie ihn.

»Wo warst du?« Lucas klang noch immer verärgert.

»Spazieren.«

»Das tust du in letzter Zeit oft.«

Catherine sah ihn ruhig an. »Hast du mich gebraucht?«

Er zuckte die Achseln. »Nein, nein. Aber du solltest dich mehr um mich kümmern. Ich glaube, ich habe mich erkältet.«

Soweit sie das beurteilen konnte, fehlte ihm nichts. Trotzdem sagte sie: »Dann gehörst du ins Bett, Vater. Warum legst du dich nicht hin und . . .«

»Ich will mein Dinner«, verlangte er mißmutig.

»In Ordnung, ich bringe es dir ans Bett.« Sie nahm ihn am Arm und führte ihn zum Haus.

»Stellst du die Glocke an mein Bett? Falls ich dich brauche, meine ich?«

»Ja, Vater.«

»Und heiße Ziegelsteine für das Fußende? Mir ist schrecklich kalt, Catherine.«

»Ja, Vater. Es wird dir bestimmt bald besser gehen.«

Sie hatte sich geirrt. Gegen Mitternacht hatte er Fieber, war unruhig und beklagte sich ständig, daß ihm entweder zu heiß oder zu kalt wäre. Die kleine Glocke auf seinem Nachttisch bimmelte fast ununterbrochen, und Catherine war die ganze

Nacht auf den Beinen, um seine vielfältigen Wünsche zu erfüllen, seine Beschwerden und sein Jammern und Klagen über sich ergehen zu lassen.

Kurz nach dem Morgengrauen verließ sie übermüdet und erschöpft das Haus, um zu Dr. Scott zu gehen.

Als der Doktor das Zimmer seines Patienten wieder verließ, nickte er zuversichtlich. »Es ist nur eine Erkältung, Miß Catherine. Das Fieber ist nicht mehr hoch, und er dürfte das Ärgste überstanden haben.« Er musterte sie besorgt. »Er ist kein leichter Patient. Brauchen Sie vielleicht Hilfe? Ich könnte jemanden aus der Stadt bitten, Ihnen zur Hand zu gehen . . .«

»Nein, danke.« Sie zwang sich zu einem Lächeln. »Ich schaffe es schon.«

»Sehen Sie zu, daß Sie sich ein bißchen ausruhen«, ermahnte er sie. »Rennen Sie nicht ständig treppauf, treppab. Ich möchte nicht, daß Sie meine nächste Patientin werden. Und essen Sie etwas. Verstanden?«

»Ja, natürlich.« Sie lächelte wieder. »Vielen Dank, daß Sie gekommen sind.«

»Ich schaue später noch mal vorbei.«

Nachdem er gegangen war, ließ Catherine sich gegen die Tür sinken. O Gott, war sie müde! Mühsam schleppte sie sich die Treppe hinauf und blieb kurz vor der Schlafzimmertür ihres Vaters stehen, um zu lauschen. Er schien tief und fest zu schlafen. Sie wußte aus Erfahrung, daß er wirklich ein schwieriger Patient war und sie während der nächsten Zeit kaum zur Ruhe kommen lassen würde. Besser, sie versuchte, ein bißchen zu schlafen. Das Essen mußte warten.

Langsam ging sie in ihr Zimmer, öffnete ihr Kleid, streifte die Schuhe ab und ließ sich erschöpft auf das Bett fallen. Ihre Muskeln entspannten sich, das Hämmern in ihren Schläfen ließ allmählich nach. Bald war sie in tiefen Schlaf gesunken.

Das Läuten der Glocke weckte sie bereits eine Stunde später.

Dieser Tag und die nächsten stellten Catherines Widerstandsfähigkeit auf eine harte Probe. Sie lief hin und her, kochte Suppe und Tee für ihren Vater, trug Tabletts die Treppe hinauf und hinunter und leistete ihrem Vater Gesellschaft, wenn er danach verlangte.

Sie schlief nur selten, hier und da eine Stunde, wenn nämlich auch ihr Vater eingenickt war. Sie versuchte, jeden Gedanken an Tyrone zu verdrängen, obwohl ihr Verlangen, bei ihm zu sein und – wenn auch nur kurze – Momente des Glücks zu genießen, fast übermächtig war. Sie hatte keine Ahnung, ob er von der Krankheit ihres Vaters erfahren hatte, und sie wagte nicht, ihm zu schreiben.

Sie brauchte ihn so sehr, und das zu wissen, machte ihr Angst.

»Catherine . . .«

»Ja, Vater?« Sie pflegte ihn nun den zweiten Tag und bemerkte, wie seine Finger krampfhaft die Bettdecke umklammerten.

»Ich habe deine Mutter geliebt.«

»Ich weiß.«

»Aber hat sie es auch gewußt?«

»Ganz bestimmt.«

Seine Augen füllten sich mit Tränen. »Ich habe sie geliebt, wirklich. Aber ich war ein Narr. Einmal, als du noch ein Kind warst, war sie böse auf mich und ging mit dir zu ihrer Familie zurück.«

»Ich weiß. Du hast es mir erzählt, Vater.« Es war vor ein paar Monaten gewesen, als er bei einer ähnlichen Erkrankung weinerlich und rührselig geworden war. Er hatte ihr erzählt, wie er ihre Mutter mit einer Straßenhure betrogen hatte, und er hatte sie mit sämtlichen widerwärtigen Details dieses Zwischenfalls gequält. Catherine hatte wortlos zugehört und nachher versucht, alles so schnell wie möglich wieder zu vergessen, obwohl sein Gesicht Erinnerungen an die heftigen Auseinandersetzungen ihrer Eltern – als sie selbst gerade zehn Jahre alt gewesen war – zurückgebracht und gleichzeitig die Erklärung dazu geliefert hatte.

»Wirklich?« fragte er unsicher und wimmerte leise vor sich hin. »Ihr habe ich es auch erzählt. Und ich habe sie um Verzeihung gebeten. Dann wurde ich krank, und sie schien mir zu vergeben.«

»Das hat sie, Vater«, sagte Catherine beruhigend.

»Sie erwartete später wieder ein Kind, aber sie hatte eine Fehlgeburt, und dann wieder eine . . . Danach haben wir es aufgegeben.«

»Vater . . .« Catherine schloß die Augen. Sie konnte sich an alles erinnern, an den schlechten Gesundheitszustand ihrer Mutter nach den Fehlgeburten, an ihre Tränen. Und daran, daß ihre Eltern von dem Zeitpunkt an getrennte Schlafzimmer hatten.

»Ich habe sie umgebracht«, stieß Lucas hervor.

»Sie war krank, Vater. Du konntest nichts für sie tun.«

Er lachte, ein seltsam wildes Lachen. »Nein, nein, du verstehst mich nicht. Ich habe sie umgebracht. Und sie wußte es. Ihr Geist läßt mir keine Ruhe, Catherine.«

»Vater, bitte. Du brauchst Ruhe. Versuch zu schlafen.«

»Sie läßt mir keine Ruhe«, flüsterte er, schloß aber gehorsam die Augen.

Catherine beobachtete ihn schweigend, und erst eine Stunde später, als sie sicher war, daß er fest schlief, stahl sie sich hinaus, um sich selbst kurz auszuruhen.

Als am nächsten Tag Dr. Scott kam, begleitete Catherine ihn nicht ins Zimmer ihres Vaters. Sie stand unten, sah sich geistesabwesend um und dachte an die Hausarbeiten, die sie noch erledigen mußte.

Ein Klopfen an der Tür riß sie aus ihren Gedanken. Sie ging unwillkürlich zur Tür und öffnete. Ihr wurde heiß, dann kalt, als sie sah, wer vor ihr stand.

Tyrone.

Er musterte sie scharf, sprach aber ruhig und höflich. »Ich bringe Ihnen nur ein paar Lebensmittel von Mr. Abernathy.« Er schwenkte demonstrativ eine große Kiste. »Sagen Sie mir nur, wo ich die Sachen abstellen soll.«

Catherine zögerte kurz, bevor sie ihn ins Haus ließ. »Sehr freundlich, daß Sie sich die Mühe machen.« Es fiel ihr schwer, ihre Stimme unter Kontrolle zu halten. »Wenn Sie die Kiste bitte in die Küche stellen würden?«

»Gern.« Er war schon hier gewesen und kannte den Weg.

Sie folgte Tyrone, blieb aber vor der Tür zur Bibliothek stehen, um auf ihn zu warten. Ihre Kehle schnürte sich zusammen, und ihr Körper war wie erstarrt. Die Haustür hatte sie einen Spalt offen stehenlassen.

Tyrone kam aus der Küche zurück und blieb vor ihr stehen. Er streckte unvermittelt die Hand aus, um leicht über ihre Wange zu streichen, und seine Stimme senkte sich zu einem rauhen Flüstern.

»Du siehst so müde aus, Catherine.«

6

Catherine spürte, wie ein Zittern sie durchlief, aber sie versuchte, sich nichts anmerken zu lassen. »Meinem Vater geht es schon besser. Morgen darf er wieder aufstehen.« Sie behielt sorgsam die Treppe im Auge.

»Du hast dich für ihn halbtot geschuftet, stimmt's?« In Tyrones Stimme klang ein ungeduldiger, fast unwilliger Unterton mit.

Sie brachte kein Wort heraus. Allein seine Gegenwart ließ ihr Blut rascher pulsieren. Sie konnte kaum atmen oder denken. Aber sie versuchte beides krampfhaft. »Danke, daß Sie die Sachen gebracht haben. Das war sehr nett.«

Tyrone hatte nicht die Absicht, sich so leicht verabschieden zu lassen. Er packte sie am Handgelenk und zog sie in die Bibliothek. »Hör auf, auf die verdammte Treppe zu starren«, stieß er hervor. »Und sprich mit mir, Catherine!«

Mit unendlicher Mühe brachte sie ein schwaches Lächeln zustande. »Vermißt du deine Bettgefährtin, Tyrone?«

Er zog sie an sich und küßte sie mit dieser besitzergreifenden Leidenschaft, die so neu an ihm war. »Reicht das als Antwort?« wollte er wissen.

Sie holte tief Luft. »Ich glaube, ja.«

»Und du hast verdammt recht.« Ein Lächeln huschte über sein Gesicht, und er sah sich um. »Das hier scheint mir allerdings nicht der richtige Ort zu sein . . .«

»Allerdings nicht«, sagte sie entschieden. Sie würde ihn nicht in diesem Raum lieben. Niemals.

Sein Blick blieb auf einem großen Ölgemälde haften, das über dem Schreibtisch ihres Vaters hing, und seine Augen verengten sich. »Deine Mutter?«

»Ja.«

»Du bist ihr wie aus dem Gesicht geschnitten.«

»Das habe ich schon öfter gehört.«

Tyrones Blick wanderte zu ihr zurück. »Mein Gott, habe ich dich vermißt«, flüsterte er.

»Das sagtest du bereits«, brachte sie nur mühsam heraus.

»Nicht nur im Bett, Catherine.«

Catherine war sich seiner Hand, die ihren Nacken liebkoste, nur allzu bewußt. »Vielleicht morgen, wenn es Vater besser geht.«

»Ich möchte bei dir sein.« Er schien ihr – oder sich? – etwas erklären zu wollen. »Dich ansehen, mit dir reden. Dich berühren. Ich möchte bei dir sein, Catherine.«

Und ich möchte bei dir sein! Wie gern hätte sie diese Worte laut ausgesprochen, und ausgekostet, wie seine Augen aufgeleuchtet hätten. Aber das war ausgeschlossen. »Ja. Aber du mußt jetzt gehen. Dr. Scott ist bei meinem Vater. Bitte, geh jetzt.«

Seine grauen Augen forschten in ihren. »Ich wünschte, du würdest mir sagen, wovor du Angst hast«, sagte er dann leise.

Sie erstarrte und trat einen Schritt zurück. »Du weißt es.«

»Daß du Angst hast, vor deinen Mitbürgern als Hure dazustehen?« fragte er mit brutaler Direktheit. »Das glaube ich nicht. Du bist mir in dieser Sache sehr ähnlich, Catherine: Es interessiert dich nicht im geringsten, was andere von dir denken. Es ist etwas anderes. Aber was? Ich will dir helfen.«

Das kannst du nicht. Niemand kann es. Laut sagte sie: »Ich komme morgen, wenn es geht.«

Tyrone atmete tief durch. »Wie du willst.« Sein Mund war eine harte Linie, seine Augen glitzerten. »Aber ich werde es herausfinden, Catherine. Du kannst es nicht für immer vor mir verbergen.«

Genau davor hatte sie Angst. Sie wandte sich um und ging Tyrone zur Tür voraus. Ohne ein Wort zu sagen, öffnete sie die Tür ganz und wartete darauf, daß er ging.

Draußen blieb Tyrone kurz stehen und sah sie an. »Du solltest ruhig zulassen, daß sich jemand um dich kümmert.« Er ging, ohne ihre Antwort abzuwarten.

Mit zitternden Händen schloß Catherine die Tür und lehnte sich dagegen. Sie wußte, daß sie Schluß machen sollte, wußte gleichzeitig, daß es ihr unmöglich war, ihn zu verlassen. Und morgen würde sie zu ihm eilen, koste es, was es wolle.

Wie eine Motte ins Licht fliegt – dem Tod entgegen.

Tyrone war ärgerlich, war wütend. Er dachte an Catherines blasses, erschöpftes Gesicht, und sein Ärger verwandelte sich in Sorge. Er wollte sie in den Arm nehmen und halten und ihr den Kummer und die Angst vom Gesicht wischen.

Er fühlte sich so verdammt hilflos, und das war ein überaus ungewohntes Gefühl für ihn. Das Rätsel, das Catherine darstellte, verwirrte ihn immer mehr.

Sie wollte ihn, aber ihr Verlangen schien ihr Qual zu bereiten. Sie wollte nicht, daß jemand von ihrem Verhältnis erfuhr, obwohl ihr die Meinung ihrer Mitbürger sicher gleichgültig war. Ihren Körper, ihre Leidenschaft, schenkte sie ihm rückhaltlos, aber mehr wollte sie nicht geben. Und sie hatte Angst.

Gedankenverloren fuhr Tyrone nach Hause. Catherine

erinnerte ihn an ein Puzzle, bei dem ein Stück fehlte, und genau auf dieses eine Stück kam es an, ein einziges Stück, das sie um keinen Preis hergeben wollte. Und er hatte nicht den geringsten Anhaltspunkt.

Als er vor seinem Haus vorfuhr, war er der Lösung des Rätsels mit Namen Catherine nicht einen Schritt nähergekommen. Er versorgte das Pferd und kontrollierte den Stall, bevor er abschloß. Es hatte keine weiteren Übergriffe auf seine Tiere gegeben. Warum auch? Warum hatte es überhaupt diesen bisher einzigen gegeben. Auch auf diese Frage hatte er keine Antwort gefunden.

Später, als er dem kranken Mann vorlas, fühlte Tyrone, wie ihn eine bleierne Müdigkeit und Mutlosigkeit überfiel. Es lag daran, daß diesem alten Mann mit dem hageren Gesicht und den kindlichen Augen, das Leben zusehends zu entgleiten schien. In gewissem Sinne existierte dieser Mann schon lange nicht mehr, aber Tyrone hatte eine Erinnerung aufrechterhalten, und das hatte genügt. Eine lange Zeit, jedenfalls jetzt jedoch nicht mehr.

Er wünschte, er könnte Catherine von dem Mann erzählen, sein Geheimnis mit jemandem teilen . . .

In diesem Moment erkannte er die Wahrheit. Du Narr, dachte er, du elender Narr! Warum hast du es nicht früher gemerkt?

Er hatte sich in Catherine Waltrip verliebt.

Sie kam am nächsten Tag zehn Minuten nach ihm in der Hütte an. »Mr. Odell ist bei Vater«, sagte sie, anstelle einer Begrüßung. »Sie spielen Karten. Ich kann nicht lange bleiben und . . .«

Tyrone zog sie in seine Arme und küßte sie. »Ich will dich halten«, murmelte er und preßte ihren Körper an seinen. Einen kurzen Augenblick hielt sie still, dann schob sie ihn von sich.

»Wir haben nur wenig Zeit«, sagte sie.

Ihr Drängen, ihr fast wilder Blick brachten ihn aus der Fassung. Er hatte Rücksicht auf ihre Erschöpfung nehmen, sie zärtlich und langsam lieben und trösten wollen. Aber sie schien das nicht zuzulassen, und er fühlte sich wie von einem Sturmwind überrannt.

»Catherine . . .«

»Wir haben kaum Zeit.« Sie löste hastig ihr Haar und begann, ihr Kleid aufzuknöpfen. »Nur *das* verbindet uns, Tyrone. Nur das.«

»Nein. Mehr.« Er spürte, wie sein Körper auf ihr unbeherrschtes, wildes Verlangen reagierte.

»Es darf nicht mehr werden.« Ihre Stimme bebte. »Das wußtest du von Anfang an.« Sie streifte ihre Schuhe ab und trat in Hemd und Strümpfen zu ihm. Ihre Hände griffen nach seinem Mantel, seiner Krawatte, knöpften ungeduldig das Hemd auf und warfen es auf den Boden.

»Catherine . . .« Seine Stimme war heiser.

»Ich will dich. Hier und jetzt. Ich will nicht reden. Ich will nicht denken.«

Sie zog ihn zum Bett, und sie liebten sich auf der bunten Decke, wie schon das Mal zuvor. Aber diesmal taten sie es so wild, so ungezügelt wie nie. Catherine schien wie ausgehungert, und doch schwang in ihrer Lust eine unterschwellige Verzweiflung mit, die Tyrone kaum ertragen konnte. Sie schien entschlossen, sich alles von ihm zu nehmen, was sie bekommen konnte, so als ob sie wüßte, daß sie nie wieder in seinen Armen liegen würde.

Diesmal lag nicht die Spur eines Lächelns auf ihrem Gesicht, gab es keine Ruhe und Entspannung. Diesmal bat sie ihn nicht, ihr Zeit zu lassen. Und Tyrone, mitgerissen von ihrem Feuer und ihrem unbändigen Verlangen, versuchte, ihr alles zu geben, was sie brauchte. Er versuchte es – und war sich schmerzlich bewußt, versagt zu haben. Leidenschaft konnte er ihr geben, aber seine Zärtlichkeit und seinen Trost lehnte sie ab.

Und wenn sie nicht einmal das von ihm wollte, wie würde sie dann auf seine Liebe reagieren?

Die Antwort auf seine Frage schmerzte unerträglich.

Nachher, als es in dem kleinen Raum wieder still und ruhig war, glitt Catherine vom Bett, schlüpfte in ihre Sachen und setzte sich dann auf die Bettkante, um ihr Haar aufzustecken.

Tyrone beobachtete sie und überlegte, daß sie die Hütte noch nie als erste verlassen hatte. Er fragte sich, warum sie es diesmal tat, und fürchtete sich vor der Antwort. »Wovor hast du solche Angst, Catherine?« fragte er.

Es dauerte eine Weile, bevor sie etwas sagte. »Ich muß nach Hause. Das weißt du doch.«

Als sie aufstehen wollte, griff er nach ihrem Handgelenk. »Sieh mich an«, befahl er.

Sie drehte sich um. In ihren Augen las er Wachsamkeit.

»Laß mich dir helfen«, bat er.

»Ich brauche keine Hilfe.« Ihre Stimme war ruhig. »Nichts ist passiert, nichts hat sich geändert.«

»Du bist eine schlechte Lügnerin, Catherine.«

Sie wand sich aus seinem Griff, stand auf und sah ihn an. »In den nächsten Tagen habe ich einiges zu tun«, sagte sie. »Ich kann nicht kommen. Vielleicht Freitag.«

Bis Freitag waren es noch drei Tage. Tyrone fühlte Zweifel, Ärger und Sorge in sich aufsteigen. »Gut«, sagte er. »Bis Freitag.«

Ein Ausdruck von Erleichterung huschte über ihr Gesicht. Sie nickte, drehte sich um und verließ das Zimmer. Tyrone hörte noch das leise Rascheln ihrer Kleider, dann das Öffnen und Schließen der Tür.

Er blieb noch lange in der kleinen Hütte.

Catherine huschte unbemerkt ins Haus und lauschte erleichtert auf das Lachen, das aus der Bibliothek ertönte. Gut. Odell war also noch da.

Sie machte sich im Haus zu schaffen, um endlich die Arbeit zu erledigen, die sich während der Krankheit ihres Vaters angehäuft hatte. Sie mußte daran denken, die Frau, die täglich zum Aufräumen kam, zu benachrichtigen, daß ihr Vater wieder gesund wäre und sie wieder kommen könnte.

Sie dachte nicht an Tyrone. Sie stellte alles Denken ab und konzentrierte sich auf ihre Arbeit. Es kostete sie fast übermenschliche Kraft, aber sie hatte keine andere Wahl – der Schmerz und der Kummer, sie würden anderenfalls noch qualvoller.

Am folgenden Tag ging es ihrem Vater besser. So war es immer – wenn er erst wieder auf den Beinen war, schien es, als ob er nie krank gewesen wäre. Sie war erleichtert, weil sie wußte, daß sie jetzt ein wenig ausruhen und frische Kräfte würde sammeln können. Sie hatte es dringend nötig.

»Ich glaube, ich mache einen kleinen Ausritt, Catherine«, verkündete ihr Vater fröhlich.

»Überanstrenge dich nicht, Vater!«

»Nein, nein, bestimmt nicht. Das Pferd braucht Bewegung, und ich auch. Nur zum Hafen und zurück. Ich bin völlig in Ordnung, Catherine. Mach dir nicht soviel Sorgen um mich.«

Sie unterließ es, ihn darauf hinzuweisen, daß er in den vergangenen Tagen nichts anders verlangt hatte als ihre Fürsorge. Er würde sich nur ärgern, wenn sie ihn daran erinnerte, aufbrausend werden, alles abstreiten und sich in Wut reden. Sie hatte gelernt, keinen Anlaß zu Ausbrüchen solcher Art zu liefern.

Statt dessen sagte sie: »Ich gehe in die Stadt. Ich brauche noch ein paar Sachen von Mr. Abernathy.«

»Gut. Bring bitte eine Flasche Wein mit, ja?«

»Vater . . .«

»Eine Flasche Wein, Catherine.« Lucas zog die Brauen zusammen.

»Also gut.« Ihr fiel plötzlich ein, daß sie während seiner Krankheit nicht daran gedacht hatte, die Droge in sein abendliches Glas Wein zu geben. Es kann nichts ausmachen, redete sie sich ein. Es geht ihm gut.

In einem seltenen Anflug von Hilfsbereitschaft brachte er ihr Pferd und Wagen, bevor er seinen alten Grauen sattelte und gemächlich in Richtung Hafen davontrabte. Catherine machte sich auf in die Stadt, unfähig, die Hoffnung zu unterdrücken, Tyrone dort über den Weg zu laufen, obwohl sie aus Erfahrung wußte, wie unbefriedigend und bitter diese Begegnungen stets waren.

Es wird nicht mehr lange dauern, bis mir nur noch diese zufälligen Treffen bleiben, dachte sie verzweifelt.

Sie schob den Gedanken beiseite. Als sie den Wagen von Mr. Abernathys Laden zum Stehen brachte, stellte sie voller Unbehagen fest, daß in den Straßen viel Betrieb war. Das war ungewöhnlich, vor allem an einem Wochentag, aber fast die Hälfte der Bewohner von Port Elizabeth schien einen Grund gefunden zu haben, in die Stadt zu fahren.

Es gab wenig Kinder auf der Insel, da die wohlhabenden Familien ihre Lieblinge meist auf Internate in Europa schickten; nur der Nachwuchs der Kaufleute blieb und wurde in einer winzigen Schule von einer mürrischen alten Jungfer unterrichtet. An diesem Tag war die Schule allerdings bereits aus, und auf den Straßen ertönte das laute Lachen und Schreien der Kinder.

Catherine, von ihrer Selbstbeherrschung wie von einer eisernen Maske beschützt, machte ihr Pferd fest und betrat den Bürgersteig. Gepolter von Kinderfüßen schreckte sie auf, und einer der Jungen, der an ihr vorbeistürmte, zog an ihrem Rock und rannte kichernd weiter.

Die Mutter des Jungen stand nur ein paar Meter entfernt, wandte aber gleichgültig das Gesicht ab. Catherine fragte sich trocken, wie sie Respekt von den Kindern erwarten sollte, wenn ihre Eltern es so offensichtlich daran mangeln ließen.

Sie fühlte sich verletzt, obwohl sie diese Empfindung zu bekämpfen suchte.

Sie straffte die Schultern und trat in das Geschäft. Drinnen standen mehrere Frauen, und ein paar Männer unterhielten sich und lachten. Catherine erschrak, kaum daß sie sich umgesehen hatte. Ihre stolze Haltung verriet jedoch nichts von ihren Gefühlen.

Tyrone, der in einer Ecke stand, eine Zigarre rauchte und mit Dr. Scott redete, sah sie hereinkommen. Er hatte den Arzt über den Verlust seines Pferdes ausgefragt und möglichst unauffällig versucht, dahinterzukommen, ob die anderen Tiere, die unter mysteriösen Umständen gestorben waren, genauso brutal getötet worden waren wie sein eigenes. Aber bei Catherines Eintritt schwand sein Interesse an dem Doktor und den toten Tieren und richtete sich statt dessen auf sie.

Ihm wurde ihre Isolation, ihre Einsamkeit bewußt, weit deutlicher als je zuvor. Die anderen Kunden waren zu ›zivilisiert‹, um sie gehässig anzustarren oder häßliche Bemerkungen zu machen; aber sie taten einfach so, als ob es sie gar nicht gäbe. Blicke glitten über sie hinweg und wurden abgewandt, Schultern wurden ihr unauffällig zugekehrt, und die Stimmen erhoben sich leicht. Und mittendrin stand Catherine, unbewegt und gelassen, und suchte die Waren aus, die sie brauchte.

»Armes Mädchen.«

Tyrone sah Dr. Scott scharf an, dessen Blick nachdenklich auf Catherine ruhte. »Was meinen Sie damit?« Er fragte sich, ob der Arzt dasselbe sah wie er.

Dr. Scott seufzte leicht auf. »Sie hat viel zu ertragen.«

»Die Menschen hier hassen sie«, sagte Tyrone langsam. »Ich weiß zwar nicht, warum, aber sie tun es offensichtlich. Dabei hat sie niemandem etwas getan.« Er behielt den Arzt genau im Auge, denn plötzlich hatte er das Gefühl, daß er mehr über Catherine wußte als er – Tyrone. Aber was nur?

»Vielleicht geben sie ihr das einzige, das sie annehmen kann«, erwiderte Dr. Scott nach einer Weile. »Haben Sie schon mal daran gedacht, daß Haß das geringere zweier Übel sein kann?«

Tyrone runzelte die Stirn. »Ich verstehe Sie nicht. Und welches sollte das andere Übel sein?«

Dr. Scott warf ihm einen seltsamen, eindringlichen Blick zu, zuckte dann die Achseln und wandte sich ab. »Wir alle haben unsere Dämonen, mein Freund. Catherine auch.«

Tyrones Blick wanderte zu Catherine zurück, die sich unter Menschen bewegte, die sie offensichtlich nicht zur Kenntnis nehmen wollten. Er war völlig ratlos.

Tommy Jenkins war sieben Jahre alt und, wie seine Mutter sagte, unverbesserlich. Tommy fand, es klang so, als handele es sich bei ›unverbesserlich‹ um eine Krankheit, gegen die man eine Medizin einnehmen mußte, aber da ihm der Doktor bisher noch nichts verschrieben hatte, war er zu dem Schluß gekommen, daß es nicht gar so schlimm sein konnte.

Sowie Miß Peabody ihren Unterricht beendet hatte, war Tommy zum Hafen geeilt, wie immer, wenn Schiffe vor Anker lagen. Schiffe faszinierten ihn mehr als alles andere in seinem ansonsten enttäuschend friedlichen Leben.

Die *Raven*. Tommy liebte die *Raven*. Sie war für ihn das schönste Schiff auf der Welt und jede ihrer glänzenden Planken schien von den Abenteuern zu erzählen, die sie hinter sich hatte. Manchmal ließen sich ein paar Leute der Crew dazu herab, von der *Raven* und Captain Tyrone zu berichten, davon, daß er ein Blockadebrecher gewesen war, was für Tommy nach einer wunderbar aufregenden Sache klang.

Tommy saß am Rand der Hafenmole, ließ die Beine über dem Wasser baumeln und starrte sehnsüchtig auf sein angebetetes Schiff. Selbst jetzt, als sie ruhig und friedlich vor Anker lag, sah sie elegant und schnittig aus. Schnittig – ja, das war genau das richtige Wort.

Er wünschte von ganzem Herzen, er hätte den Mut, Captain Tyrone um Erlaubnis zu bitten, an Bord der *Raven* gehen zu dürfen. Er hatte nicht gerade Angst vor dem Captain, aber in Tommys Augen war er eine geheimnisumwitterte Figur, und der Junge war sicher, daß Captain Tyrone blitzartig furchtbar böse werden konnte, noch böser als sein Pa. Allerdings hatte er schon ein paarmal den Eindruck gehabt, daß seine merkwürdigen grauen Augen heimlich lachten . . .

Ich frag' ihn, beschloß Tommy plötzlich. *Ich werde ganz höflich sein und . . . und ihn einfach fragen!*

Tommy konzentrierte sich so sehr darauf, all seinen Mut zusammenzuraffen, daß er die leisen Schritte, die sich näherten, nicht hörte. Er witterte keine Gefahr, und es gab keine Vorwarnung. Den einen Moment hatte er noch selig auf der Mole gehockt, den nächsten strampelte er verzweifelt im Wasser, das unbarmherzig über ihn zusammenschlug.

Tommy konnte nicht schwimmen.

»Catherine?«

Sie verstaute ihre Sachen im Wagen, ohne sich umzudrehen. »Wie schade, daß es in dieser Stadt keinen Pranger gibt«, sagte sie leise und erzürnt. »Du würdest mich wohl zu gern daran sehen, was?«

»Keineswegs.« Er sprach leise und in seiner Stimme schwang ein amüsierter Unterton mit.

»Wenn hier einer an den Pranger gehört, dann ich. Ich habe den Bürgern dieser Stadt soeben mein wahres Ich offenbart; endlich wissen sie, daß ich ein herzloser Mann ohne Skrupel und Gewissen bin.«

Sie warf ihm einen eiskalten Blick zu. »Was soll das heißen?«

In seinen Augen blitzte es belustigt auf. »Ich habe mit Abernathy gewettet – in Hörweite fast sämtlicher Anwesenden. Ich habe gewettet, daß ich es schaffen würde, Miß Waltrip ein Lächeln zu entlocken. Daher habe ich eine untadelige Entschuldigung, mit dir zu sprechen. Nach einer Weile ziehe ich mich geschlagen zurück und bezahle meine Schuld.«

Fast hätte sie gelächelt.

»Vorsicht«, ermahnte er sie. »Diese Wette *muß* ich verlieren.«

Catherine mußte anerkennen, daß sein Plan fehlerlos war.

Tyrone hatte sich so aufgebaut, daß sie nicht in ihren Wagen steigen konnte, und etwaige Beobachter würden den Eindruck gewinnen, daß sie nur darauf wartete, bis er sich wieder entfernte. Sie verzog keine Miene. »Du bist völlig skrupellos«, stellte sie fest.

»Richtig.« Er stützte nachlässig einen Fuß auf das Trittbrett. »Vor allem, wenn ich mir etwas in den Kopf gesetzt habe. Hast du das noch nicht bemerkt?«

»Es wird mir allmählich klar.«

»Warum kämpfst du dann immer noch gegen mich?« fragte er sanft.

»Ich weiß nicht, wovon du redest.«

»Lüg mich nicht an, Catherine. Wie ich schon einmal gesagt habe: Du bist nicht sehr geschickt im Lügen. Du weißt genau, was ich meine. Du hast mich von Anfang an auf Distanz gehalten, und jetzt versuchst du, mich noch weiter wegzuschieben.«

»Wie kannst du das nach gestern sagen . . .« Sie brach ab, bemüht, ihre aufsteigende Panik niederzukämpfen, den Anschein kühler Beherrschtheit zu bewahren.

»Ja? Was ist mit gestern?« fragte er leiser, aber um so eindringlicher.

»Nicht hier«, erwiderte sie hastig.

»Wo sonst, Catherine? In der Hütte willst du nur Leidenschaft, zu Hause darf ich dich nicht besuchen, zu mir kommst du auch nicht, und in der Öffentlichkeit zeigst du mir die kalte Schulter. Wo also kann ich mit dir reden?«

Sie starrte ihn an und stellte halb unbewußt fest, daß das Lächeln, das um seine Mundwinkel spielte, nur dazu diente, etwaige Beobachter zu täuschen. In seinen grauen Augen lag nicht die Spur eines Lächelns. Leise erwiderte sie: »Du hast kein Recht, Fragen zu stellen.«

»Sicher. Wir leben jeder sein eigenes Leben. Aber immerhin teilst du mein Bett mit mir. Und das gibt mir das Recht.«

»Nein.« Ihre Lippen waren trocken. »Nicht *dein* Bett. Ein Bett in einer verlassenen Hütte.«

»Ein Bett, in dem wir uns lieben«, entgegnete er. »Wem es gehört, und wo es steht, spielt keine Rolle. Unser Bett, Catherine. Du kannst nicht leugnen, daß ich dein Liebhaber bin. Und das gibt mir das Recht, Fragen zu stellen.«

»Laß mich gehen«, murmelte sie. Sie wußte selbst nicht, ob sie ihn nur bat, zur Seite zu treten, oder ob sie wollte, daß er aus ihrem Leben verschwand.

Sein Blick verriet, wie zornig er war. »Weißt du, was du mir antust?« Das leere Lächeln lag noch immer auf seinen Lippen. »Du sagst mir nichts, beantwortest keine meiner Fragen, hast kein Vertrauen zu mir . . .«

Er hielt inne, als vom Hafen her plötzlich lautes Geschrei ertönte und einige Männer hastig die Straße hinunterrannten.

»Was zum Teufel ist da los?« stieß Tyrone hervor. »Warte auf mich, Catherine!«

Sie nickte, erleichtert über die Unterbrechung. Niemand achtete mehr auf sie. Sie sah Tyrone nach, und unwillkürlich ließ der Anblick seiner breiten Schultern und seines geschmeidigen Gangs ihr heiß werden. Sie sah an Tyrone vorbei, und plötzlich durchlief es sie eiskalt.

Einer von Tyrones Leuten kam näher. Auf den Armen trug er einen völlig durchnäßten, totenbleichen Tommy Jenkins.

Ein Unfall, dachte sie. Natürlich war es ein Unfall. Kleine Jungen gerieten andauernd in die Klemme, und Tommy trieb sich ständig am Hafen herum, um die Schiffe zu bewundern. Ein Unfall . . .

Sie beobachtete, wie der Junge seiner schluchzenden Mutter übergeben wurde und mehrere Leute dem verlegenen Retter die Hand schüttelten. Allmählich löste die Menge sich wieder auf; nur Tyrone stand noch auf der Straße und redete mit seinem Mann. Ein paar Minuten später nickte Tyrone, sagte etwas, das ein breites Grinsen auf das Gesicht des Seemanns zauberte, und wandte sich dann von ihm ab.

Der Held marschierte eilig in Richtung Bar, und Tyrone kehrte zu Catherine zurück.

»Was ist passiert?« wollte sie wissen.

Tyrone sah sie eine Weile stumm an, dann schüttelte er langsam den Kopf. »Lyle, mein Maat, hat den Jungen im Wasser herumstrampeln sehen. Er hat es zum Glück noch geschafft, mit dem Beiboot rechtzeitig zu ihm zu gelangen und ihn herauszufischen. Dem Kind ist nichts passiert, glaube ich. Es ist nur durch und durch naß und erschrocken. Dr. Scott wird ihn sich anschauen.«

Catherine forschte in seinem Gesicht. »Das ist nicht alles, oder?«

Er stieß einen Fluch aus. »Verdammt, ich weiß es nicht! Lyle hat es keinem anderen gegenüber erwähnt, weil er nicht sicher ist, aber . . . aber er glaubt, daß der Junge ins Wasser gestoßen wurde.«

Ihre Stimme blieb unverändert ruhig. »Was hat er gesehen?«

»Nicht viel, die Sonne stand zu ungünstig und hat ihn geblendet. Aber er hat zum Hafen gesehen, um nach diesem Tommy Ausschau zu halten, der um diese Zeit oft dort sitzt und die *Raven* stundenlang anstarrt. Dann war da plötzlich eine Bewegung, irgend etwas. Lyle ist ein guter Mann. Wenn er sagt, der Junge wurde ins Wasser gestoßen, glaube ich ihm.«

»Weiß Tommy, was passiert ist? Ich meine, hat er etwas gesagt . . .«

»Im Augenblick ist er noch viel zu verängstigt. Später vielleicht, wenn er sich etwas beruhigt hat. Aber es ging wohl so schnell, daß er sich wahrscheinlich an nichts erinnern kann.«

Catherine durchlief ein Schauder. »Vielleicht war es ein anderer Junge, der ihm einen Streich spielen wollte?«

Tyrone dachte über ihre Worte nach. »Ja, das könnte sein. Und der andere Junge ist vor Schreck getürmt, als er sah, daß Tommy nicht schwimmen kann. Das wäre die einzig logische Erklärung.«

Während Tyrone noch grübelte, stieg Catherine schnell in ihren Wagen.

»Catherine . . .«

»Geh deine Wettschuld zahlen«, sagte sie ruhig. »Ich muß jetzt nach Hause.«

»Verdammt«, entgegnete er. Der kleine Tommy war vergessen. »Warum läufst du immer vor mir davon?«

Sie gab keine Antwort, sondern nahm die Zügel auf und fuhr los. Sie sah weder nach links noch nach rechts und auch nicht zurück. Hocherhobenen Hauptes, die Miene kühl und unbewegt, verließ sie die Stadt.

Die Furcht in ihr war wie ein lebendiges Wesen, das sie aufzufressen drohte. Ein hartes, trockenes Schluchzen stieg ihr in die Kehle, aber keine Tränen, die ihre Qual erleichtert hätten. Als sie zu Hause angekommen das Pferd in den Stall führte, zitterte sie am ganzen Leib und mußte kurz stehenbleiben. Zum Teufel, sie mußte sich zusammenreißen!

Aber heute gelang es ihr nicht, ihre Selbstbeherrschung wiederzuerlangen. Sie konnte die Gefahr nicht länger ignorieren, konnte sich nicht mehr einreden, daß ihre Treffen mit Tyrone dieses Risiko wert waren. Nichts und niemand konnte sie davon abhalten, bei ihm zu sein, in seinen Armen zu liegen, nichts, bis auf dieses eine Risiko, der Preis war zu hoch. Und am qualvollsten war, daß sie es Tyrone nicht erklären konnte, nicht durfte.

O Gott.

Sie hatte das Gefühl, an einer inneren Wunde langsam zu verbluten. Sie liebte Marc Tyrone, und vielleicht gerade weil sie diese Liebe mit aller Kraft unterdrückte, wurde sie immer stärker. Catherine liebte ihn, und sie brauchte ihn, aber sie war dazu verdammt, ihn für immer von sich fernzuhalten.

Du hast immer gewußt, daß es nicht ewig dauern würde, brachte sie sich in Erinnerung.

Aber eine Zeitlang hatte sie sich erlaubt, zu träumen. Die Stunden voller Leidenschaft mit ihm und die Erinnerungen daran hatten sie immer wieder alles andere vergessen lassen. Ihre Leidenschaft war gefahrlos, solange niemand davon wußte. Von der Hütte und davon, was darin geschah, wußte niemand, und die Erinnerung an die Zeiten dort würde sie den Rest ihres Lebens wie einen kostbaren Schatz hüten.

»Närrin«, flüsterte sie. Eine Närrin, weil sie sich auch nur diese gestohlenen Stunden gegönnt hatte. Sie hätte nichts vermißt, was sie nicht gekannt hätte. Sie hätte sich nie verliebt, nie jemanden hinter ihre sorgfältig aufgebaute Fassade sehen lassen.

Catherine straffte sich. Erst in diesem Moment fiel ihr auf, daß sie mit gebeugtem Rücken dagestanden hatte, wie eine alte Frau. Es überraschte sie nicht. Sie fühlte sich alt, unermeßlich alt. Sie hob ihre Päckchen auf und zwang sich, zum Haus zu gehen. Sie fragte sich, ob ihr Gesichtsausdruck die Leere in ihrem Inneren verriet.

Du wirst es überstehen, versuchte sie sich Mut zu machen. Sie lachte freudlos auf. Natürlich würde sie das, denn schließlich hatte sie keine andere Wahl.

»Catherine, wo warst du?« wollte Lucas wissen.

»In der Stadt, Vater. Das habe ich dir doch gesagt.«

»Oh.« Er runzelte die Stirn. »Du bist blaß.« Es klang fast wie ein Vorwurf.

Sie legte ihre Päckchen auf das Sideboard und streifte langsam ihre Handschuhe ab. »Es hat einen Unfall gegeben«, sagte sie. »Tommy Jenkins wäre beinahe ertrunken.«

Ihr Vater knurrte unwillig. »Am Hafen, möchte ich wetten, als er das Schiff beobachtet hat. Jungs interessieren sich immer für Schiffe.«

»Hast du ihn denn nicht gesehen?« fragte sie.

»Wie? O nein, ich war nicht am Hafen. Ich bin nur ein Stück die Straße hinuntergeritten, dann bin ich müde gewesen und umgekehrt. Hast du den Wein mitgebracht?«

»Ja, Vater. Du bekommst ein Glas zum Dinner.«

»Ich habe es satt, daß du mich ständig bevormundest!« brauste er sie unvermittelt an.

Catherine verzog keine Miene. »Es gibt Brathühnchen. Und junge Erbsen. Die magst du doch so gern, oder?«

Er starrte sie finster an. Aber allmählich wurde der Blick seiner strahlend blauen Augen milder. »Ja. Du bist eine gute Köchin, Kate, wirklich.«

»Danke«, flüsterte sie.

Er lächelte glücklich.

Es war spät am Nachmittag, als Tyrone äußerst unzufrieden die Stadt verließ. Er hatte sich wie beiläufig mit Leuten unterhalten, von denen er wußte, daß sie während der letzten Monate Tiere verloren hatten. Nur Lettia Symington war fest davon überzeugt, daß ihr Hund vorsätzlich getötet worden war, und zwar von Catherine. Als Motiv konnte sie nur ›reine Bosheit‹ angeben.

Tyrone, der wußte, daß Catherine weder boshaft noch grausam war, schenkte dieser unsinnigen Behauptung keine Sekunde lang Glauben. Er war keinen Schritt weiter, der Antwort auf seine Fragen keinen Schritt näher gekommen, es gab keine Anhaltspunkte für seinen Verdacht. Aber er vertraute seinem Instinkt, und sein Instinkt sagte ihm, daß all diese Tiere vorsätzlich getötet worden waren.

Aber warum? War es eine krankhafte Form von Rachsucht? Das wäre eine Erklärung, aber Tyrone konnte sich – was ihn selbst betraf – nicht erinnern, jemandem auf der Insel irgend etwas angetan zu haben, was auch nur im entferntesten eine so grausame Rache herausgefordert hätte. Aber anscheinend hatte er sich doch jemanden zum Feind gemacht – zu einem gefährlichen Feind.

Der Gedanke gefiel ihm nicht. Schlimm genug, einen Feind zu haben, den man kannte; aber in dem Fall konnte man wenigstens auf der Hut sein. Aber einen unbekannten, gespenstischen Feind, von dem man weder Namen noch Gesicht kannte – was konnte man da schon tun?

Vor und während des Krieges hatte Marc Tyrone einen sechsten Sinn für Gefahr entwickelt; dieser Sinn hatte ihm in vielen Situationen geholfen und ihn nie im Stich gelassen. Auch jetzt regte er sich wieder, mit einem Gefühl, als ob die Klinge eines Messers nur wenige Zentimeter von seinen Schulterblättern entfernt war. Kein schönes Gefühl – vor allem, da er keine Ahnung hatte, wer das Messer hielt.

Stirnrunzelnd fuhr er aus der Stadt. Als er am Haus der Jenkins' vorbeikam, sah er Tommy trübsinnig auf der Vordertreppe hocken. Tyrone zögerte kurz und hielt dann an. »Tommy, komm doch bitte mal her.«

Der Junge zuckte zusammen, einen flüchtigen Ausdruck von Furcht auf seinem Gesicht. Er stand auf, kam langsam näher und blieb ein paar Schritte vom Wagen entfernt stehen. Er sah aus angsterfüllten Augen zu Tyrone hinauf. »Ich wollte keinen Ärger machen, Captain, bestimmt nicht!« stieß er hastig und atemlos hervor.

Tyrone lächelte, um ihm die Furcht zu nehmen. »Natürlich nicht, Tommy. Es war ein Unfall, nicht?«

»Ich hab' zum Schiff hinübergesehen«, murmelte Tommy. Er starrte zu Boden und trat von einem Fuß auf den anderen. »Ich weiß, daß Ma mir verboten hat, nah ans Wasser zu gehen, aber ich wollte ja bloß so nahe wie möglich ans Schiff ran. Es ist so ein schönes Schiff, und ich . . . ich wollte es anschauen.«

Tyrone hörte ihm zu, sein Lächeln verriet nichts von seiner Anspannung. Nachdem der Junge seine Erklärung vorgebracht hatte, fragte er freundlich: »Tommy, glaubst du, daß jemand dich gestoßen hat?«

Tommys Augen weiteten sich. »Warum sollte einer so was tun, Captain?« fragte er erstaunt.

»Vielleicht wollte dir jemand einen Streich spielen, jemand, der nicht wußte, daß du nicht schwimmen kannst. Hast du jemanden kommen hören?«

Tommy scharrte mit den Füßen und dachte angestrengt nach. »Nein, hab' ich nicht. Aber kann schon sein, daß jemand mich gestoßen hat, Captain. Von allein würde ich nie ins Wasser fallen. Ich passe immer gut auf.« Der letzte Satz wurde mit Trotz und einer gewissen Routine ausgesprochen. Tyrone nahm an, daß Tommys Mutter diese Worte schon unzählige Male gehört hatte, wenn sie ihren Sohn zur Vorsicht mahnte.

Und Tatsache blieb, daß Tommy sich nicht erinnern konnte, ob ihn jemand gestoßen hatte. Nicht verwunderlich, aber trotzdem sehr enttäuschend für Tyrone. »In Ordnung, Tommy.

Danke.« Er angelte eine Münze aus seiner Tasche und warf sie dem Jungen zu. »Kauf dir etwas zum Naschen!«

»Oh, vielen Dank, Captain!« rief Tommy und fing die Münze geschickt auf.

Tyrone erinnerte sich daran, wie sehr Schiffe ihn selbst fasziniert hatten, als er so alt gewesen war, wie Tommy jetzt sein mochte, und machte dem Jungen spontan einen Vorschlag. »Weißt du was, Tommy? Morgen bittest du deinen Vater, mit dir zum Hafen zu gehen, und ich sorge dafür, daß ihr die *Raven* besichtigen dürft.« Seine Einladung wurde mit dem Ausdruck fassungslosen Glücks auf Tommys Gesicht belohnt.

Der Junge bedankte sich stammelnd, und Tyrone fuhr weiter. Er dachte daran, wie wenig es kostete, einem Jungen dieses Alters eine Freude zu machen. Je älter man jedoch wurde, um so schwieriger wurde es auch, Zufriedenheit zu finden, mit Problemen fertigzuwerden. In Tommys Alter, dachte Marc, konnte man sich mit einem Feind auseinandersetzen, sogar prügeln, und eine Stunde später wieder miteinander spielen. So waren Jungs nun mal.

Erwachsenen Männern fiel es nicht so leicht, mit ihren Feinden umzugehen. Männer trugen Messer und Pistolen . . . und konnten eine lange Zeit hassen.

Tyrone hatte das Gefühl, daß ihm die Kontrolle über sein Schicksal aus der Hand genommen wurde, und das beunruhigte ihn. Es gab einen Feind hier auf der Insel, einen unbekannten und deshalb um so gefährlicheren Feind; dann einen anderen Feind – oder zumindest einen zu allem entschlossener Mann – der höchstwahrscheinlich schon auf dem Weg hierher war, um sich einer seit langem aufgeschobenen Konfrontation zu stellen. Dazu seine stärker werdenden Empfindungen für Catherine, und ihre verborgenen Ängste und Schmerzen.

Geheimnisse. Zu viele Geheimnisse, die plötzlich unter der Oberfläche brodelten, als daß sie noch länger bewahrt werden konnten. Der geheime Haß eines namenlosen Feindes, Tyrones geheime Unternehmungen, seine geheime Aufgabe; Catherines geheime Furcht.

Er hatte das vage Gefühl, als ob der Schlüssel zu allem in ihm selbst ruhte, und er ihn nur nicht zu fassen bekam.

Mit düsterer Miene fuhr er weiter, um jedoch im Hafen haltzumachen und alles für Tommys Besuch auf der *Raven* zu arrangieren.

Jungen waren leicht glücklich zu machen. Er fragte sich, ob Männer es je sein konnten.

7

Am Freitag beschloß Catherine endgültig, ihre Beziehung zu Tyrone zu beenden. Es war das einzig Vernünftige. So wie bisher konnte sie nicht weiterleben, mit zum Zerreißen gespannten Nerven und in der ständigen Angst, entdeckt zu werden. Sie hatte keine andere Wahl. Es mußte aus sein, aus und vorbei. Dann konnte sie ihr Leben neu ordnen.

Es klang so einfach und vernünftig. Aber schließlich war sie auch eine vernünftige, erwachsene Frau, kein Schulmädchen, das glaubte, daß es einem das Herz brach, etwas nicht zu bekommen, was man sich sehnlichst wünschte. Sie war achtundzwanzig Jahre alt und wußte, daß Herzen nicht wirklich brachen – so unerträglich sie auch schmerzen mochten – und daß es ein paar Dinge gab, die sie nie besitzen würde.

Captain Marc Tyrone zum Beispiel.

Aber Catherines vernünftiger und wohlüberlegter Entschluß, ihn aufzugeben, kostete sie mehr Überwindung und Schmerz, als sie für möglich gehalten hatte. Donnerstag nachmittag ertappte sie sich dabei, in den Spiegel zu sehen und sich zu fragen, warum man ihr diese Qual, die ihr so tiefe innere Wunden schlug, nicht ansah. Aber sie sah aus wie immer – kühl, distanziert, ruhig –, und sie erkannte voller Schrecken, daß sie mehr und mehr der Mensch wurde, der zu sein sie vorgab. Würde sie eines Morgens aufwachen und feststellen, daß sie ihre Maske nicht mehr aufzusetzen brauchte, weil ihr die Unnahbarkeit zur zweiten Natur geworden war? Würde das Feuer, das nur Tyrone in ihr zu entfachen verstand, langsam niederbrennen, bevor es endgültig verlosch? Würde sie nie wieder Freud oder Leid empfinden?

O mein Gott . . .

»Hast du etwas gesagt, Catherine?«

Es war Freitag, und sie saß ihrem Vater beim Lunch gegenüber. »Nein, Vater.«

»Ich dache, du hättest etwas gesagt.«

»Nein.«

Catherine starrte auf ihren Teller und überlegte beunruhigt, ob sie ihre innere Qual tatsächlich in einem schwachen Aufstöhnen geäußert hatte. Ihr Mangel an Selbstbeherrschung wurde gefährlich. Und gerade jetzt war es so wichtig, sich nicht zu verraten. Niemand durfte vermuten, was in ihr vorging, niemand – schon gar nicht Tyrone.

Er würde ihre Entscheidung nicht ohne weiteres hinnehmen, das wußte sie. Vielleicht war sie nur zu einer Gewohnheit geworden, jedenfalls betrachtete er sie als Teil seines Lebens, als einen so wichtigen Teil, daß er sie ein zweites Mal bitten wollte, seine Frau zu werden. Wenn sie seinen Vornamen aussprach.

Marc. Als ob ihr dieser Name jemals aus dem Kopf ginge, nicht ständig auf ihren Lippen brannte. Mit letzter Kraft nur war es ihr gelungen, sich zurückzuhalten, diesen Namen im Taumel der Leidenschaft laut auszurufen. Tyrone hatte erraten, daß sie damit ihren letzten Verteidigungswall gegen eine absolute und vollständige Vertrautheit aufgerichtet hatte. Die Tatsache, daß sie ihn nur bei seinem Nachnamen nannte, hielt ihn immer noch auf eine gewisse Distanz.

»Ich reite nachher zu Gerald, Catherine«, verkündete ihr Vater. »Er wollte mir ein Buch leihen.«

»Natürlich, Vater.«

»Was hast du heute nachmittag vor?«

Sie fragte sich flüchtig, wie er auf die Wahrheit reagieren würde. *Ich werde mir das Herz aus dem Leib reißen, Vater,* hätte sie dann sagen müssen, aber sie tat es nicht. »Ich werde vielleicht spazierengehen«, entgegnete sie statt dessen.

»Das wird dir bestimmt guttun. Du siehst mitgenommen aus, Catherine.«

Wenn es ihrem Vater schon auffiel, was würde Tyrone dann entdecken, da er sie noch viel aufmerksamer beobachtete? Sie durfte sich um keinen Preis anmerken lassen, wie sehr ihr Entschluß sie aufwühlte; falls Tyrone ihre Schwäche auch nur erahnte, würde sie nie in der Lage sein, die Wahrheit vor ihm zu verbergen. Sie mußte ruhig und gelassen auftreten, nicht blaß und nervös.

Ich werde nicht nervös sein, ganz bestimmt nicht. Und ich werde Rouge auflegen, damit er meine Blässe nicht bemerkt. Wie passend. Ich bemale mich wie eine Hure, bevor ich das letzte Mal zu ihm gehe.

Ihr Entschluß stand fest, und Catherine versuchte, Stein um Stein der schützenden Mauer aus kühler Beherrschtheit um sich herum aufzubauen. Noch nie hatte es sie soviel Kraft gekostet wie heute, und noch nie war es so wichtig gewesen – lebenswichtig. Immer wieder mußte sie sich in Erinnerung rufen, wieviel davon abhing, daß sie ihre Gefühle nicht preisgab – und daß ihr Körper sie nicht verriet.

Das würde am schwersten werden. Ihr Gesicht, ihre Miene konnte sie kontrollieren, selbst in seiner Gegenwart, aber ihren Körper . . .

Catherine spürte Hitze in sich aufsteigen, ein leises Prickeln tief in ihrem Inneren. Sie beugte sich tief über ihren Teller, damit ihr Vater nichts bemerkte. *Es ist so unendlich schwer!* dachte sie verzweifelt. So schwer zu ertragen, daß ihr Körper sich nach seinem sehnte, mehr als je zuvor, weil sie wußte, daß sie ihn nie mehr besitzen würde. Ihr Körper lehnte es ab, sich ihren Willen unterzuordnen, kühl und unbeteiligt zu bleiben, das Verlangen nach Tyrone zu unterdrücken.

Von Anbeginn an war es diesem Mann gelungen, sie allein durch seine Gegenwart, einen bedeutungsvollen Blick, ein langsames Lächeln zu erregen; wie um alles in der Welt, sollte sie ihn davon überzeugen, daß diese Anziehungskraft nicht mehr existierte?

Sie mußte es schaffen, irgendwie.

»Brauchst du etwas aus der Stadt, Catherine?« erkundigte ihr Vater sich kurz darauf.

»Nein, Vater. Bleibst du lange aus?«

»Zwei bis drei Stunden, denke ich. Du solltest wirklich an die frische Luft gehen. Sieh zu, daß du etwas Farbe ins Gesicht bekommst.«

»Ja, Vater.«

»Also gut, bis später.« Er verließ fröhlich pfeifend das Haus, und ein paar Minuten später hörte sie, wie sich das Hufklappern seines Pferdes entfernte. Sie wartete noch eine Weile, dann ging sie langsam auf ihr Zimmer.

Ein Töpfchen mit Rouge, alt und eingetrocknet, lag in ihrer Kommode; in England hatte sie das Rouge gelegentlich bei Maskenbällen und ähnlichen Anlässen verwendet, hier noch nie. Es hatte nie einen Grund gegeben, es aufzulegen. Jetzt gab es einen. Mit sicherer Hand tupfte Catherine das Rouge auf ihre bleichen Wangen. Nach einem prüfenden Blick auf ihr Spiegelbild nickte sie zufrieden. So würde es gehen.

Ihr Kleid war dunkelblau und schlicht, ohne jede Verzierung, wie ein Trauerkleid. Es *war* ein Trauerkleid.

Catherine verließ das Haus und eilte durch den Garten auf die Straße. Vorsichtig sah sie sich nach allen Seiten um, und als sie ganz sicher war, daß niemand sie beobachtete, überquerte sie die Straße und verschwand im schützenden Dunkel des Waldes. Ihre Schritte waren gleichmäßig, monoton, genau wie ihre Gedanken: *Du hast keine Wahl.*

Keine Wahl . . . keine Wahl . . . Immer wieder hallten diese zwei Worte in ihr. Keine Wahl.

Mit wem würde sie nachher reden können?

Keine Wahl.

Nie wieder würde sie seine Leidenschaft erleben . . .

Keine Wahl.

Nie wieder ihre eigene auskosten . . .

Keine Wahl.

Nie wieder sich ganz als Frau fühlen . . .

Keine Wahl.

Nie seinen Namen aussprechen . . .

Entschlossen betrat sie die Hütte, nahm die blauen Vorhänge, faltete sie sorgsam und legte sie auf den Boden. Die frische Bettwäsche, die sie nicht mehr benutzt hatten, und die bunte Patchwork-Decke folgten. Zum Schluß legte sie ihre Bürste auf den traurigen kleinen Stapel. Nicht viel, dachte sie, was von Leidenschaft und nie gekannter Lust übriggeblieben war. Zeugnisse eines für immer verlorenen Glücks.

Sie setzte sich auf die Bettkante, legte die Hände in den Schoß und starrte an die Wand. Während ihr Blick auf einem feuchten Mauerstück hängenblieb, wurde ihr bewußt, daß sie sich in dieser verfallenen kleinen Hütte nie verachtenswert oder schlecht gefühlt hatte, nie. Trotz des Wissens, daß man sie wegen der heimlichen Treffen hier in der Stadt zur Hure gestempelt hätte, hatte Catherine an diesem Ort nie auch nur das leiseste Gefühl von Scham gekannt. Und plötzlich wußte sie, warum – weil sie Tyrone von Anfang an geliebt hatte. Mit ihm würde jeder Ort ein Ort der Freude, des Lachens und der Liebe werden.

Sie hörte Hufschläge und fragte sich kurz, warum er heute zu Pferd statt im Wagen kam. Sie starrte auf ihre Finger und verschlang sie ineinander. Die Tür wurde geöffnet, eine kurze Pause, dann wurde sie geschlossen. Er hatte also die Sachen auf dem Boden gesehen, und er wußte, was es bedeutete.

Seine Schritte näherten sich und verharrten in der Tür. Catherine stählte sich innerlich und wandte sich zu ihm um.

Tyrone lehnte am Türrahmen, die Hände in den Taschen. Sein Gesicht war hart, finster, und seine Augen erinnerten Catherine an den wolkenverhangnen grauen Himmel über dem Atlantik kurz bevor einer jener heftigen Stürme losbrach.

Tyrone bewegte sich nicht. Er stand da, blickte sie stumm an und wartete.

»Es ist aus«, sagte sie.

Ein paar Sekunden herrschte Schweigen. »Das sehe ich«, sagte Tyrone schließlich. Seine Miene war unbewegt, sein Tonfall ruhig. »Und ich habe wohl nicht mitzureden?«

Plötzlich ertrug sie es nicht mehr ihn anzusehen, in diese merkwürdig starren, harten Augen zu blicken. Doch selbst jetzt, in diesem Moment, in dem sie seinen Zorn mit jeder Faser ihres Körpers empfand, verspürte sie Verlangen nach ihm. Jeder Herzschlag schmerzte. Sie senkte den Blick. »Es gibt nichts zu reden, Tyrone. Wir wußten beide, daß es nur vorübergehend war.«

»Am Anfang vielleicht«, gab er zurück. »Aber zwei Jahre sind eine lange Zeit. Man kann sie nicht so einfach vergessen wie vielleicht eine einzige Liebesnacht.«

»Es ist aus«, wiederholte sie.

»Warum?« Nur dieses eine Wort, hart und unerbittlich.

Catherine schwieg.

»Haßt du die Gefühle so sehr, die ich in dir erwecke? Sehnst du dich wirklich zurück nach deinem wohlgeordneten Dasein, in dem kein Platz für Gefühle ist?«

Sie hörte die Ironie aus seinen Worten und spürte Bitterkeit. *Wenn es nur wahr wäre, wenn ich es nur schaffen würde, Gefühle aus meinem Leben zu verbannen:* »Bitte, hör auf, Tyrone«, erwiderte sie tonlos. »Es ist aus.«

Er achtete nicht auf sie. »Unsere Beziehung ist das einzige, das du nicht unter Kontrolle hast, nicht wahr, Catherine? Du kannst dich gegen dein Verlangen nach mir nicht wehren, und deshalb willst du mich wie einen streunenden Kater zurück auf die Straße schicken, deshalb bin ich dir plötzlich lästig.«

»Bitte«, murmelte sie. Sie fühlte sich durchbohrt von dem

wütenden Blick seiner Augen. Wie konnte er ihr das antun? Wie konnte er einfach so dastehen und zusehen, wie seine Worte und seine Blicke sie erbarmungslos quälten? Sie versuchte, in eine andere Richtung zu schauen, Tyrone nicht in ihre Augen sehen zu lassen, aus Angst, daß sie sich verraten könnte, aber immer wieder ganz ohne es zu wollen, wanderte ihr Blick wie magisch angezogen zu ihm zurück.

»Bitte was, Catherine? bittest du mich, deinen Entschluß, mich abzuschieben, wie ein Gentleman hinzunehmen, womöglich noch mit einem ›Danke, Ma'am‹? Tut mir leid, das kann ich nicht. Ich bin genauso sehr Gentleman wie du Dame – nur an der Oberfläche.«

Sie zuckte zusammen wie unter einem Schlag. Aber hat er nicht recht? dachte sie müde. Er muß ja so denken. Ich bin keine Dame.

»Tut mir leid«, sagte er brüsk. »Ich habe es nicht so gemeint.«

»Doch, das hast du«, erwiderte sie. »Und es ist wahr. Warum sollte ich es leugnen?«

»Catherine . . .«

»Bitte, laß es einfach vorbei sein. Bitte . . .« Sie war am Ende ihrer Kraft.

»Nein. Ich will die Wahrheit wissen, Warum?«

Verzweifelt suchte sie nach einer Ausrede. »Es wird mir zuviel. Ich bin es müde, ständig in Angst zu leben, mich ständig heimlich mit dir treffen zu müssen.«

»Wir müssen uns nicht heimlich treffen«, stieß er rauh hervor. »Ich habe dich gebeten, mich zu heiraten, Catherine.«

»Ich will nicht heiraten.« *Ich kann es nicht.*

»Willst du nicht heiraten? Oder willst du nur mich nicht?«

»Bitte, frag mich das nicht!« Catherine bemühte sich verzweifelt um die letzten Reste ihrer Selbstbeherrschung; sie drohte ihr zu entgleiten.

Er lachte unfroh. »So ist das also. Jetzt bin ich wenigstens um einiges schlauer. Als Liebhaber bin ich gut genug, als Ehemann nicht. Stimmt, ich bin kein Gentleman. Ich bin der uneheliche Sohn einer irischen Kellnerin und eines griechischen Seemanns, und alles was ich besitze, habe ich mir selbst erarbeitet.«

»Nicht!« Es schmerzte fast unerträglich, daß er sie für so berechnend und gefühllos hielt. Und es überraschte sie, wie bitter er klang, wie verletzt; wie sehr ihm seine eigene Vergangenheit zu schaffen machte. Wie wenig sie doch von ihm wußte! aber vielleicht wäre es das beste, seinen Stolz zu verletzen. Er würde einen Grund haben, sie zu hassen, und sie niemehr wiedersehen wollen.

Nur – sie würde nicht ertragen, daß er sie haßte.

»Ich hätte nie gedacht, daß du wie die anderen feinen Bürger von Port Elizabeth bist«, fuhr er fort. »Aber zivilisiertes Benehmen ist hier ja alles; was unter der Oberfläche liegt, interessiert keinen. Nimm dir ruhig einen billigen Captain als Liebhaber und wirf ihn weg wie Abfall, wenn du ihn nicht mehr brauchst!«

»Hör auf!« Ihre Stimme klang brüchig. »Bitte, hör auf!« Ihr war schwindelig, übel, kalt.

»Oh, Verzeihung, Miß Waltrip. Verzeihung, daß ich Gefühle habe. Ich habe wirklich jede Menge Fehler, nicht wahr?«

Catherine war aufgesprungen. Sie mußte fort, fort von ihm, bevor ihr ein erstickter Aufschrei des Protests entschlüpfte. Ein leises, qualvolles Stöhnen entrang sich ihr, als sie blindlings an ihm vorbeitaumelte.

»Catherine!« Er packte sie hart an den Schultern.

»Laß mich gehen«, wisperte sie, den Blick starr auf seine Brust gerichtet.

Eine Weile herrschte erneut Schweigen, dann legte Tyrone eine Hand unter ihr Kinn und hob ihr Gesicht zu sich empor. »Sieh mich an!« befahl er.

Sie konnte nicht anders, als zu gehorchen, versuchte aber, jeden Hinweis auf das, was in ihr vorging, aus ihrem Gesicht zu verbannen. Tyrone war blaß, und ein kleiner Muskel zuckte in seiner Wange. Seine Augen jedoch schienen zu brennen, spiegelten seine kaum beherrschten Emotionen. Sie fragte sich, wie sie ihn je für einen kühlen, gefühllosen Mann hatte halten können. Er *hatte* Gefühle, sehr starke Gefühle. Catherine bemühte sich verzweifelt, ihre eigenen, quälenden Empfindungen vor ihm zu verbergen, ihre Empfindungen und die Gewißheit, daß ihr Körper ihm gehörte, und dazu ihr Herz und ihre Seele.

Plötzlich beugte Tyrone sich vor und preßte seine Lippen auf ihren Mund. Catherine erstarrte und versuchte, jede Reaktion zu unterdrücken. Vielleicht wäre es ihr gelungen, wenn er sie fordernd und voller Zorn geküßt hätte, aber sein Kuß war zärtlich und voller Süße, eine sanfte Liebkosung. Das war nicht nur Leidenschaft, das war weit mehr, und sie spürte, wie mehr als nur ihr eiserner Wille zerbrach, ihm zu widerstehen. Ihre Lippen gaben nach, ihr Körper bog sich ihm entgegen. Sie war eine Ertrinkende, und nur er konnte sie retten und ihr Leben schenken. Retten . . .

»Nein!« schrie sie auf und wich zurück.

»Du haßt mich nicht«, sagte er heiser.

»Laß mich . . .«

Tyrone sah ihr in die Augen, und sein Blick verdunkelte sich bei der Erkenntnis, daß er sie unverzeihlich verletzt hatte. Er hob eine Hand und streichelte ihr über die Wange. Sowohl er als auch Catherine starrten auf die Spuren, die das Rouge auf seinen Finger hinterlassen hatte. »Mit dem Mut der Verzweiflung«, murmelte er.

»Nein.«

»Ich war im Unrecht«, sagte er langsam. »Alles, was ich gesagt habe, war falsch. Catherine . . .«

Sie rannte hinaus. Blindlings, ohne an die Sachen zu denken, die vergessen auf dem Fußboden lagen, floh sie aus der Hütte . . . floh vor ihm. Sie bemerkte kaum, daß sein Pferd vor ihr scheute, als sie aus der Hütte stürzte, hörte wie von weither, daß Tyrone laut fluchte, blieb aber nicht stehen. Sie rannte und rannte, bis sie den Garten hinter ihrem Haus erreicht hatte.

»Catherine!« Tyrone packte sie am Handgelenk.

Nackte Panik überfiel sie und sie schrie entsetzt auf. »Nein!«

Er hielt sie fest. »Catherine, bitte, ich muß mich bei dir entschuldigen! Was ich zu dir gesagt habe, war grausam und falsch. Es tut mir leid. Du hast mir weh getan, und ich habe einfach zurückgeschlagen . . .«

»Du warst nicht im Unrecht!« *Mach Schluß, jetzt sofort!* Sie senkte die Stimme, aus Angst, jemand könne die Straße entlangreiten und sie hören.

»Du hattest recht, Tyrone absolut recht. Ich will dich nicht mehr.« Sie zwang sich dazu, ihre Stimme hart und kalt klingen zu lassen. »Du warst nur . . . nur etwas, das ich wollte und mir nahm. Aber jetzt ist es aus. Ich brauche dich nicht mehr, verstehst du?« Die letzten Worte waren fast ein Flüstern, und sie wappnete sich innerlich bereits gegen seinen Zorn, den sie herausgefordert hatte.

Aber Tyrone war nicht wütend. Ohne mit der Wimper zu zucken, hatte er zugehört. Er zeigte keine Spur von Zorn. Statt dessen sah er sie forschend an. »Du hattest von Anfang an Angst«, sagte er langsam. »Und jetzt bist du halb verrückt vor Furcht. Um Himmels willen, Catherine, sag mir, wovor du solche Angst hast!«

Sie suchte verzweifelt nach einer Erklärung, sie mußte etwas sagen, irgend etwas, nur nicht die Wahrheit. »Ich habe Angst, daß man unser Geheimnis entdeckt«, brachte sie schließlich mühsam heraus.

Er machte eine ungeduldige Handbewegung. »Das ist es nicht.«

»Doch.« Sie versuchte, die Lügen wie Wahrheit klingen zu lassen. »Ich werde ohnehin schon schlecht genug behandelt. Wenn man herausfindet, daß . . . Bitte, geh, Tyrone! Laß mich in Ruhe.«

»Das kann ich nicht. Du bist Teil meines Lebens, Catherine. Ich kann dich nicht einfach gehen lassen.«

»Du mußt! Ich will dich nicht wiedersehen! Nie mehr!« Sie riß sich los und wandte sich ab. Der Klang seiner Stimme ließ sie nach zwei Schritten innehalten.

»Catherine?«

Sie blickte sich über die Schulter nach ihm um.

»Wir leben auf einer Insel, Catherine. Wohin kannst du weglaufen?«

Eine Woge kalter Angst stieg in ihr auf, als sie langsam weiterging *Er wird wieder abreisen*, sagte sie sich. *Auch wenn er diesmal länger bleibt als sonst, er wird wieder abreisen.* Bald wird er wieder in New York sein, bei seiner Arbeit, und bald wird es in seinem Leben eine andere Frau geben.

Sie hätte sich gern um seinetwillen gefreut, aber der Gedanke, ihn verloren zu haben, verursachte ihr grausamen Schmerz.

»Kate . . .«

Sie erstarrte. Ihr Vater stand vor ihr auf der Veranda, und sie wußte sofort, daß er zuviel gesehen hatte. Ihre Kehle war plötzlich wie zugeschnürt.

»Ich . . .«

»Du hast Tyrone getroffen.« Seine Stimme war leise und hart. »Du hast bei deinem Spaziergang Tyrone getroffen, oder?«

Catherine eilte an ihm vorbei ins Haus. Sie mußte eine Erklärung, eine einleuchtende, unverfängliche Erklärung finden. An der Tür zur Bibliothek blieb sie stehen und starrte auf die halbleere Weinflasche, die auf seinem Schreibtisch stand. »Du hast getrunken«, flüsterte sie. »Du hast gesagt, du wolltest zu Mr. Odell . . .«

»Und *du* hast gesagt, du wolltest spazierengehen!« Lucas betrachtete sie aus funkelnden Augen.

»Vater . . .«

Er lachte kurz auf. »Das nützt dir nichts. Ich will wissen, warum Tyrone bei dir war, Kate.«

Sie zwang sich, ganz ruhig zu antworten. »Es war reiner Zufall. Er hat nur ein paar Worte mit mir gewechselt.«

»Was hatte er in meinem Garten zu suchen?«

»Er sah mich von der Straße aus.«

Lucas' Stimme wurde etwas freundlicher. »Ihr habt gestritten, nicht wahr? Worüber, Kate?«

»Nichts.« Catherine schluckte. »Er ist . . . er ist roh und widerwärtig, genau wie du sagst. Ein unangenehmer Mann.«

Lucas berührte mit dem Finger ihre Wange. »Du hast dir das Gesicht angemalt, Kate. Hast du es für ihn getan?«

»Nein«, wisperte sie. »Du hast gesagt, ich wäre blaß.«

»Ich mag das nicht. Wasch es ab.«

»Ja, Vater.«

»Sofort!«

Sie hastete in die Küche, in der Hoffnung, daß er sich in der Zwischenzeit beruhigte. Ihr Puls raste, ihr war kalt, und sie fühlte sich elend. Nachdem sie das Rouge mit einem feuchten Lappen abgewischt hatte, ging sie widerstrebend in die Bibliothek zurück.

»Du solltest nicht trinken, Vater. Du weißt genau, was Dr. Scott gesagt hat. Es verschlimmert deine Gicht.«

»Zur Hölle mit Scott.« Lucas starrte aus dem Fenster. »Ein Glas Wein hat noch niemandem geschadet.«

Catherine stahl sich leise zum Schreibtisch, griff nach der Flasche und versteckte sie hinter ihrem Rücken. Vielleicht ist das Schlimmste vorbei, dachte sie hoffnungsvoll. Vielleicht hat er sich tatsächlich wieder beruhigt. Mit angehaltenem Atem schlich sie zur Tür zurück.

»Hast du deinen guten Namen beschmutzt?« fragte ihr Vater plötzlich, ohne sich umzudrehen,

Catherine erstarrte. »Natürlich nicht.«

»Hast du mir Schande gemacht, Kate?«

»Nein.«

»Ich hoffe es.«

Sie blieb wie gelähmt stehen und starrte auf seinen Rücken. Nach ein paar endlosen Minuten drehte Lucas sich um. »Ich will meinen Wein«, verlangte er mürrisch.

»Zum Dinner, Vater«, erwiderte sie vorsichtig.

Er machte ein verärgertes Gesicht. »Ist es noch nicht Zeit fürs Dinner?«

»Nein, erst in zwei Stunden.«

»Ich habe aber jetzt Hunger!«

»Gut, Vater. Ich bereite gleich das Essen vor.«

Sie verließ das Zimmer und ging in die Küche. Diesmal versteckte sie die Flasche an einem anderen Ort, hinter einen Stapel Konservendosen. Dann bereitete sie mechanisch das Dinner vor, mit den Gedanken war sie jedoch nicht bei der Sache.

Warum jetzt, dachte sie verzweifelt, warum ausgerechnet jetzt noch, wo wie versuchte, ihre Beziehung zu Marc Tyrone abzubrechen? Es war endgültig aus, für immer. Wenn nur ihr Vater sie nicht beobachtet hätte und mißtrauisch geworden wäre . . . Was sollte sie nun tun . . . Sie wußte es nicht. Sie fühlte sich so allein, und sie hatte Angst. Wie lange konnte sie es noch aushalten?

Marc.

Tyrone ritt zum Hafen. Nachdem er sein Pferd dort angebunden hatte, ruderte im Beiboot zur *Raven.* Seine Männer waren nicht überrascht, ihn zu sehen. Er kam oft, um zu überprüfen, ob alles in Ordnung war. Die Männer grüßten freundlich und in Erwartung seiner Befehle. Doch er hatte keine.

Tyrone ging in seine Kajüte und schloß die Tür hinter sich. Auf dem kleinen Schreibtisch lag sein Logbuch, und er machte eine Eintragung. Das Datum und dann den Satz: *Die ›Raven‹ liegt noch immer in Port Elizabeth vor Anker.* Er starrte lange auf die Worte, bevor er das Buch wieder zuklappte und sich in seinen Stuhl zurücklehnte.

Für ein Schiff wie die *Raven* war die Kapitänskajüte sehr groß, fast luxuriös. Der Raum war zweigeteilt. In der einen Hälfte stand der Schreibtisch, die andere wurde fast völlig von einem riesigen holzgeschnitzten Bett mit seidenen Vorhängen ausgefüllt.

Ein Bett, wie in einem türkischen Freudenhaus, dachte Tyrone amüsiert. Etliche Frauen waren von diesem prunkvollen Lager tief beeindruckt gewesen, und sie hatten es mit ihm geteilt.

Tyrones Lächeln verschwand, und er starrte geistesabwesend vor sich hin. Catherine haßte ihn nicht. Sie wollte ihre Beziehung nicht beenden, davon war er überzeugt.

Es hatte lange gedauert, bis ihm das klargeworden war. Als er die Hütte betreten und den kleinen Stapel auf dem Boden entdeckt hatte, war ihm gewesen, als hätte ihn jemand ein Messer ins Herz gerammt. Es hatte ihn eine ungeheuere Kraft gekostet, ihr gegenüberzutreten und seine Bitterkeit und seinen Schmerz so gut wie möglich zu verbergen.

Leider war es ihm nicht besonders gut gelungen. Er war haßerfüllt auf sie losgegangen und hatte Dinge gesagt, die er sich nie verzeihen würde. All die längst vergessenen Gefühle von Minderwertigkeit, die er seit fünfzehn und mehr Jahren begraben glaubte, waren wieder aufgebrochen und hatten ihn blind gemacht für das, was sich hinter ihrer eisernen Ruhe verbarg.

O Gott, er hatte sie nicht verletzen wollen! Aber jedes Wort von ihm hatte sie gnadenlos getroffen.

Hinter ihrer kühlen Fassade war sie so verletzt und verängstigt gewesen, so voller Furcht. Aber er hatte es nicht bemerkt, rücksichtslos, wie er gewesen war. Erst als er sie immer mehr gequält hatte, immer unbeherrschter geworden war, erst da hatte er den Ausdruck der Verzweiflung in ihren Augen wahrgenommen, das leise, halberstickte Stöhnen vernommen, das kaum hörbar über ihre Lippen gekommen war.

»Captain?«

Tyrone sah zur Tür. Ihm wurde bewußt, daß er das Klopfen überhört haben mußte. »Ja, Lyle?«

Sein Maat trat etwas zögernd in die Kajüte. »Tut mir leid, daß ich Sie störe, Sir, aber ein paar der Männer würden gern wissen, ob Sie vorhaben, bald wieder abzulegen.«

Einen Augenblick lang war Tyrone versucht, tatsächlich den Befehl zu geben, unverzüglich den Anker zu lichten und immer weiter zu segeln, bis die See und der Wind allen Schmerz aus seinem Herzen gewaschen hätten. Das hatte schon früher funktioniert. Vor allem während des Krieges, als die Unsicherheit jener Zeit und seine innere Zerrissenheit ihn quälten. Aber jetzt war es keine Lösung, das wußte er. Wenn er jetzt fortging, würde er mehr als sein Herz zurücklassen.

»Nein«, erwiderte er schließlich kurz. »Meine Pläne haben sich nicht geändert. Wir bleiben noch ein paar Wochen, vielleicht Monate, hier.«

Lyle nickte und grinste plötzlich. »Ich glaube, unser Mick hat ein Mädchen in der Stadt. Wahrscheinlich macht er sich Sorgen, daß er sie verlassen muß.«

Tyrone lächelte. »Vorerst braucht er sich keine Sorgen mehr zu machen, es sei denn, er macht Ärger in der Stadt, dann lasse ich ihn nämlich kielholen.«

»Das weiß er, Captain.« Lyle wurde ernst. »Sie ist ein anständiges Mädchen, die Tochter eines Kaufmanns. Ich bin sicher, Mick weiß, was sich gehört.«

»Na gut.« Tyrone dachte an den jungen Mick, der hart arbeitete und der intelligenter als der Rest seiner Männer war. Fast wie Marc Tyrone in seinen Jugendjahren . . . »Sag Mick, daß er in die Stadt darf, so oft er will, solange er nachts an Bord ist. Und sag ihm auch, daß ich ihm höchstpersönlich alle Knochen im Leib breche, wenn er ein anständiges Mädchen in Schwierigkeiten bringt.«

Lyle blinzelte. »Ja, Sir, ich werd's ihm sagen.«

»Gut.«

Lyle verließ die Kajüte und schloß leise die Tür hinter sich.

Tyrone starrte ihm nach und preßte die Lippen aufeinander. Ein anständiges Mädchen in Schwierigkeiten bringen . . . Hatte er selbst nicht genau das getan, zumindest am Anfang? Sicher, Catherine war eine erwachsene Frau gewesen, aber unschuldig – und eine Dame durch und durch. Ohne die geringsten Skrupel hatte er sie zu seiner Geliebten gemacht, ohne an etwas anderes als sein Vergnügen und ihre Bereitwilligkeit zu denken. Zum Teufel, Catherine war mehr als willig gewesen, aber das war kaum eine Entschuldigung für sein Verhalten.

Er hatte Catherine eine bis dahin nicht gekannte Freude

geschenkt, hatte sie gelehrt, ihn zu begehren. Aber jetzt schien ihr dieses Begehren aus irgendeinem Grund nur noch Schmerz zu bereiten. Ihm wurde klar, daß er Catherine genauso wenig kannte, wie all die anderen sie kannten. Waren ihre Leidenschaft und ihr Lachen auch echt gewesen, so wußte er von der wirklichen Catherine genauso wenig wie der Rest der Bewohner von Port Elizabeth.

Aber er liebte sie. Liebte eine Frau, die bis ins Innerste verschreckt und verängstigt war und sich weigerte, ihm zu erzählen, wa sie fast um den Verstand brachte. Eine Frau, die ihm heute gesagt hatte, daß sie nichts mehr mit ihm zu tun haben wollte, die ihm, wie es den Anschein gehabt hatte, eiskalt befohlen hatte, aus ihrem Leben zu verschwinden. Eine Frau, die ihn in der Öffentlichkeit kühl ignorierte und die ihm in Zukunft nicht einmal kurze Treffen gestatten wollte.

Und er mußte ihre Wünsche respektieren, allein deshalb, weil sie vor Angst außer sich war. Bevor er den Grund für diese Angst nicht kannte, durfte er nicht riskieren, alles für sie dadurch zu verschlimmern, daß er sie möglicherweise ins Gerede brachte, indem er sie ansprach, wenn sie sich zufällig in der Stadt begegneten. Aber sie war die einzige, die ihm die Antwort auf alle seine Fragen geben konnte.

Er mußte warten.

Und warten konnte Tyrone. Das Meer hatte es ihn gelehrt, das älter war, als fast alles sonst auf der Welt, tief, unergründlich, beständig. Schon als Junge hatte er das Meer beobachtet, und das gleichmäßige Wiederkehren der Gezeiten hatte ihm beigebracht, geduldig zu sein.

Aber er wußte nicht, ob er warten konnte, bis Catherine ihm die Antworten gab, die er brauchte. Er wußte nicht, ob er dafür genug Geduld besaß. Er liebte sie, und sie litt – und das konnte er nicht ertragen.

»Guten Morgen, Captain Tyrone.«

»Mrs. Symington.« Tyrone neigte höflich den Kopf.

»Sie wirken ja geradezu sündhaft träge«, fügte sie hinzu, da er müßig neben der Tür zu Mr. Abernathys Geschäft an der Wand lehnte.

Er lächelte flüchtig. »Es ist ein träger Samstag.«

»Warten Sie auf jemanden?« erkundigte sie sich scheinbar arglos.

Tyrone verwünschte sie im stillen, behielt aber sein unverbindliches Lächeln bei. »Nein, Ma'am. Warum fragen Sie?«

»Ach, nur so.« Sie zögerte kurz, bevor sie fortfuhr.

»Ich habe gehört, daß Sie neulich eine Wette verloren haben?« Ihre scharfen Augen musterten ihn wachsam.

Tyrone runzelte die Stirn, als denke er angestrengt nach. »Ach, Sie meinen wohl meinen fehlgeschlagenen Versuch, Miß Waltrip ein Lächeln zu entlocken?«

»Ja.« Sie zuckte fast bedauernd die Schultern. »Sie wissen ja, es gibt Leute, die müssen alles weitererzählen.« Sie schien nicht im entferntesten in Betracht zu ziehen, daß sie eine der schlimmsten unter diesen ›Leuten‹ war.

»Meine Eitelkeit hat einen schweren Schlag erlitten«, entgegnete er scheinbar zerknirscht.

»Ihr Herz hoffentlich nicht?« Sie sagte es wie beiläufig, aber sie wandte den Blick keine Sekunde von ihm ab.

Tyrone war nicht durch Zufall im Lauf der Jahre aus so mancher Pokerrunde als Gewinner hervorgegangen. Seine Miene verriet nichts von seinen Gefühlen, sein Lachen klang echt. »Anscheinend wissen Sie nicht viel über Seeleute. Unser Herz gehört der See.«

Mrs. Symington wirkte leicht enttäuscht, sah aber ein, daß sie unmöglich weiterbohren konnte, ohne unhöflich zu erscheinen. »Was für eine Verschwendung«, meinte sie leichthin.

»Vielen Dank«, erwiderte er höflich.

Sie lächelte hoheitsvoll, neigte kurz das Haupt und setzte dann ihren Weg fort.

Tyrone sah ihr nach, er war beunruhigt. Lettia hatte

offensichtlich Verdacht geschöpft, und dahinter mußte mehr als nur seine verlorene Wette stecken. Irgend etwas hatte sie argwöhnisch gemacht, und wenn sie nur einen Bruchteil der Wahrheit ahnte, würde Catherine es nicht leicht haben.

Leicht! dachte er zornig. Sie wird jetzt schon geschnitten, und wenn Lettia ihr auf die Schliche kommt, wird man sie wie eine Aussätzige behandeln. Und er machte alles noch schlimmer, indem er grundlos auf der Straße herumlungerte. Das gehörte nicht zu seinen Gewohnheiten, und Lettia wußte es.

Verdammt . . . verdammt . . . verdammt!

»Wollen Sie jemanden umbringen, mein Junge?«

Tyrone fuhr herum und sah, daß Dr. Scott ihn interessiert beobachtete. Mühsam zwang er sich zu einem Lächeln. »Nein, nicht daß ich wüßte.

»Sie sahen aber ganz danach aus.«

Vielleicht war es doch purer Zufall gewesen, daß er hin und wieder beim Poker gewonnen hatte. Tyrone schüttelte den Kopf. »Ich fürchte, Mrs. Symington hat meine Geduld auf eine harte Probe gestellt.«

»Will sie Sie mal wieder verkuppeln?«

Tyrone hätte sich ohrfeigen können. Verdammt! Wenn er sich weiter so aufführte, würde bald die ganze Stadt Bescheid wissen. »Nein, nur das Übliche«, erwiderte er, so ruhig er konnte.

»Hm.« Dr. Scott betrachtete den anderen eine Weile und richtete dann den Blick auf die Straße. »Wissen Sie«, sagte er nachdenklich, »nicht immer sind die Dinge so, wie sie erscheinen.«

»Was meinen Sie?«

Dr. Scott lächelte leicht. »Fast alles. Die meisten Menschen, zum Beispiel. Nehmen Sie nur Lettia. Sie ist keine schlechte Frau. Sicher, sie ist neugierig und aufdringlich und felsenfest davon überzeugt, daß nur ihre Meinung die einzig richtige ist, aber sie würde auch einen Fehler eingestehen – wenn man sie zwingt, ihn zu erkennen. Wissen Sie, sie kann aber Geheimnisse nun mal nicht ausstehen.«

Jeder Muskel in Tyrones Körper spannte sich an. Er war überzeugt, daß das Geheimnis, auf das Dr. Scott anspielte, nichts mit dem kranken Mann zu tun hatte, der in seinem, Tyrones Haus, lebte, und das konnte nur eins bedeuten . . . »Doktor, versuchen Sie, mich zu warnen?« fragte er unumwunden.

Der Arzt sah ihn eine Weile stumm an, bevor er antwortete. »Sie verraten sich, mein Junge.«

»Tatsächlich? Womit?«

»Es ist die Art, wie Sie sie anschauen. Mir fiel es neulich bei Lettias Party auf.«

Tyrone wußte seit langem, daß er sich auf Dr. Scotts Verschwiegenheit verlassen konnte. Er dachte an Catherine und entschuldigte sich im Geiste bei ihr, bevor er die nächste Frage stellte. »Sie wissen es schon länger, nicht wahr?«

Leise, so leise, daß niemand anders ihn hören konnte, antwortete Dr. Scott: »Sehen Sie, ich war der einzige, an den sie sich wenden konnte. Der einzige der ihr etwas geben konnte, um eine Schwangerschaft zu verhindern. Guten Tag, Captain.« Er wandte sich brüsk um und ging eilig die Straße hinunter.

Tyrone starrte ihm lange nach.

8

Am Sonntagmorgen betrat Captain Tyrone die einzige Kirche von Port Elizabeth und sorgte damit für einige Aufregung unter den dort Versammelten. Er hatte noch nie an einem Gottesdienst teilgenommen, und manch einer fragte sich, aus welchem Grund er an diesem Tag gekommen war.

Tyrone gab ihnen nicht den kleinsten Hinweis auf die Antwort auf ihre Fragen. Als sähe er die neugierigen Blicke nicht, ließ er sich in einer der hinteren Sitzreihen nieder. Er hatte Catherine sofort entdeckt. Sie saß neben ihrem Vater in der dritten Reihe, einen hübschen kleinen Hut auf ihrem dunklen hochgesteckten Haar. Nur mit Mühe wandte er den Blick von ihr ab.

Es war unvorsichtig von ihm, zu kommen, das wußte er, Dr. Scott hatte recht – er drohte sich zu verraten. Aber er machte sich Sorgen um Catherine und mußte einfach sichergehen, daß alles in Ordnung war, sie aus der Ferne betrachten. Mehr wollte er gar nicht, redete er sich ein, obwohl er genau wußte, daß er die geringste Chance nutzen würde, ein paar Worte mit ihr zu reden.

Während des Gottesdienstes und kurz danach bot sich dazu allerdings keine Gelegenheit. Wie in fast allen kleinen Gemeinden standen auch in Port Elizabeth die Menschen in kleinen Gruppen vor der Kirche beisammen, als der Gottesdienst geendet hatte, und plauderten, lachten und machten Pläne für den Tag. Tyrone wurde von Mr. Odell in ein Gespräch über die schockierend hohen Preise für französische Spitzen und Stoffe verwickelt, und es war reines Glück, daß er ein paar Worte eines Gesprächs aufschnappte, das ein gutes Stück abseits hinter ihm geführt wurde.

»Natürlich nur ein ganz zwangloses Treffen zum sonntäglichen Dinner. Und nachher vielleicht eine Partie Bridge«, hörte er Mrs. Symington sagen. »Die Lydgates kommen, die Ralstons und natürlich der Herr Pfarrer. Und Sie doch auch, lieber Lucas?«

»Mit Vergnügen, Lettia«, erwiderte Lucas Waltrip überschwenglich. »Es macht dir doch nichts aus, Catherine?« fügte er hinzu, aber es war keine Frage, sondern eine Feststellung.

Natürlich nicht, Vater«, erwiderte Catherine ruhig.

»Gut. Nimm du den Wagen, ich fahre mit den anderen.«

Wilder Zorn stieg in Tyrone auf. Ihr eigener Vater! Ihr eigener Vater, verflucht sei er, behandelte sie abfällig, verletzend und scherte sich den Teufel um ihre Gefühle, ihre Empfindungen! Nur mit Mühe konnte er sich darauf konzentrieren, sein Gespräch mit Odell fortzusetzen. Er wartete, bis etliche Wagen abfuhren, bevor er sich höflich von Odell verabschiedete und zu seinem eigenen Wagen ging.

Aus den Augenwinkeln sah er, daß Catherine bereits den Weg zur Stadt eingeschlagen und ein gutes Stück Vorsprung hatte. Ohne Hast stieg er auf seinen Wagen und lenkte ihn in dieselbe Richtung. Niemand würde sich etwas dabei denken, denn sie mußten beide diesen Weg nehmen, um nach Hause zu kommen.

Die Geschäfte waren geschlossen, die Straßen ruhig und menschenleer. Tyrone, der Catherine in einigem Abstand folgte, hielt den Blick so starr auf ihren geraden schmalen Rücken gerichtet, daß er eine plötzliche Bewegung auf der rechten Seite erst im letzten Augenblick wahrnahm. Eigentlich sah er nur den Schatten einer Bewegung, aber die hellen Kinderstimmen waren deutlich zu verstehen.

»Hundemörderin! Miststück!«

Drei kleine Jungen waren aus einer Seitengasse gestürzt, und bevor Catherine wußte, wie ihr geschah, hatten die drei zielsicher schwere Klumpen Lehm auf sie geworfen und waren blitzschnell wieder verschwunden.

Tyrone war der einzige, der gesehen hatte, was passiert war. Aber da er wußte, daß die Eltern ihre Kinder für diese Tat nicht bestraft hätten, selbst wenn sie Zeuge gewesen wären, steigerte sich sein Zorn ins Unermeßliche, und Tyrone fluchte wild. Er trieb sein überraschtes Pferd zum Galopp an, das nur kurz zögerte und dann hinter Catherines Wagen herjagte.

Aber auch Catherines Pferd stürmte in wildem Galopp davon. Tyrone wußte nicht, ob es durchgegangen war, als die Kinder plötzlich am Straßenrand aufgetaucht waren und mit Lehm geworfen und auch das Pferd getroffen hatten, oder ob es von Catherine angetrieben wurde, auf jeden Fall zog es den Wagen in halsbrecherischem Tempo die Straße hinunter.

Tyrones Sorge wurde stärker als sein Zorn, als das Pferd immer weiter und weiter jagte, und sein Herzschlag setzte aus, als der Wagen bedenklich schlitternd in die Abzweigung zum

Hafen bog. Das Pferd raste in den sicheren Tod, und Catherine machte keinen Versuch, es aufzuhalten!

Vielleicht wollte Catherine ja sogar sterben!

Die Straße verlor sich an der Hafenmole buchstäblich im Nichts und das Pferd wäre nie rechtzeitig zum Stehen gekommen, wenn Lyle, Tyrones Maat, nicht gewesen war. Pflichtbewußt, da er für die *Raven* verantwortlich war, solange sie im Hafen lag, hatte er sich sofort nach Ende des Gottesdienstes zum Hafen aufgemacht. Als er den Wagen auf sich zurasen gesehen hatte, hatte er blitzschnell reagiert, sich vor das Pferd geworfen und in die Zügel gegriffen. Das Tier stieg, wurde fast von dem Wagen zu Boden geworfen und wieherte laut auf vor Angst – aber dann stand es mit allen vier Beinen sicher auf der Mole.

Tyrone hatte einige Mühe, sein eigenes Pferd zu zügeln. Er sprang aus dem Wagen, während Lyle bereits Catherines Wagen wendete und das Pferd langsam von der Mole führte, Tyrone blieb den Bruchteil einer Sekunde wie erstarrt stehen, als er Catherine auf dem Wagen sitzen sah, immer noch kerzengerade, den Blick geradeaus gerichtet und stumm.

»Lyle«, rief er leise.

Der Maat klopfte dem schwitzenden Pferd beruhigend den Hals und kam zu Tyrone gelaufen, der immer noch neben seinem Wagen stand. »Captain«, stieß er hervor, »ich habe die Lady angesprochen, aber sie sagt kein Wort. Und sie ist völlig mit Lehm bespritzt. Wer hat das nur getan?«

»Ein paar gottverdammte Bengel, die mehr als dankbar sein sollten, daß ich sie nicht erkannt habe«, antwortete Tyrone grimmig. Er zögerte, und sein Blick wanderte von Catherine zu seinem Schiff. »Ist jemand an Bord, Lyle?«

»Nein. Sir. Heute morgen sind alle in die Kirche gegangen.«

»Gut. Ich möchte Miß Waltrip eine Weile mit aufs Schiff nehmen. Bring' ihren Wagen in das kleine Wäldchen und binde das Pferd irgendwo an, wo es niemand sieht und es sich beruhigen kann. Mein Pferd kann hier bleiben. Du und die

Männer, ihr bleibt in der Stadt, bis ich komme und euch Bescheid sage.«

»Aye, Captain.«

»Noch was, Lyle . . .«

»Sir?«

»Miß Waltrip ist eine Dame. Ich wünsche nicht, daß man in der Stadt darüber spricht, daß sie an Bord der *Raven* war.«

»Natürlich nicht, Captain«, erwiderte der Maat. »Woher sollte auch jemand davon erfahren.«

Tyrone lächelte schwach, ging dann zu Catherines Wagen. Sie wandte das Gesicht ab, als er näherkam, und er unterdrückte einen Fluch, als er den Lehm sah, der ihr Samtkleid beschmutzte. Auch an ihrem Hals klebte Lehm, und über ihre Wange zog sich deutlich sichtbar eine Schmutzspur. Catherine sah ihn nicht an.

»Catherine . . .«

»Geh!« Ihre Stimme war leise und bebte. »Geh weg und laß mich in Ruhe!«

»Ich bringe dich auf mein Schiff, Catherine«, sagte er sanft. »Du möchtest doch sicher nicht in diesem Zustand gesehen werden.«

»Ich will nicht, daß *du* mich so ansiehst«, wisperte sie.

Sie hielt immer noch die Zügel in ihren starren Händen. Behutsam streckte Tyrone die Hände aus, um sie ihr wegzunehmen. »Ich habe bereits alles gesehen«, erwiderte er weit beherrschter, als ihm zumute war. »Aber niemand sonst wird dich so zu Gesicht bekommen. Dein Vater kommt erst in ein paar Stunden wieder nach Hause, und ich habe dafür gesorgt, daß meine Männer erst an Bord kommen, wenn ich nach ihnen schicke. Lyle wird kein Wort sagen. Komm mit, Catherine, und laß mich für dich sorgen.«

»Nein, nicht auf das Schiff . . .« Ihre Stimme war dünn und brüchig.

»Es gibt keinen anderen Ort, an den ich dich bringen könnte.« Er nahm sie fest bei der Hand und atmete erleichtert auf, als sie zuließ, daß er ihr beim Aussteigen half. Seinem Blick jedoch wich sie immer noch aus, und auch als sie das Beiboot bestiegen, schien ihre Anspannung nicht nachzulassen.

»Es ist alles in Ordnung, Liebes.« Tyrone bereitete es fast körperlichen Schmerz, sie so zu sehen. »Ich lasse nicht zu, daß sie dir noch einmal weh tun.«

Sie sagte kein Wort, sah ihn nicht an. Völlig regungslos saß sie auf der Bank und starrte blicklos auf ihre Hände, die sie im Schoß gefaltet hatte. Tyrone spürte ihre Qual, spürte, daß sie mehr als je zuvor dicht vor einem Zusammenbruch stand. Er ruderte schnell und ließ Catherine nur einmal aus den Augen, nämlich um sich zu vergewissern, daß Lyle ihr Pferd und ihren Wagen sicher in dem kleinen Wald nahe dem Hafen versteckt hatte.

Als sie die *Raven* erreicht hatten, vertäute er das Beiboot und half Catherine, an Deck zu steigen. Sie sah sich um, doch immer noch schien sie nichts wirklich wahrzunehmen. Sie wehrte sich nicht, als er ihre Hand nahm und sie in seine Kajüte führte.

Behutsam drückte er sie in einen Sessel. »Warte auf mich. Ich bin gleich zurück.« Die Teilnahmslosigkeit mit der sie hinnahm, was mit ihr geschah, beunruhigte ihn zutiefst. Er wandte sich ab, holte in einer Schüssel Wasser und dazu ein Tuch. Er streifte hastig seinen Mantel ab, ließ ihn achtlos zu Boden fallen und kniete sich neben Catherines Sessel.

»Nicht«, sagte sie tonlos.

»Psst.« Er zog ihr behutsam die Handschuhe aus, nahm ihr den Hut ab und legte die Sachen auf seinen Tisch neben die Schüssel mit Wasser.

»Das kann ich selbst machen«, murmelte sie.

»Laß es mich tun, Catherine.« Seine Stimme war sanft. Er tauchte das Tuch ins Wasser, wrang es aus und begann dann, vorsichtig ihr Gesicht abzutupfen. Ihre Lider flatterten, und ihr Blick irrte kurz zu seinem Gesicht, bevor sie die Augen schloß. Ihre Lippen bebten.

»Es waren nur Kinder«, sagte sie leise.

»Grausame Kinder.« Die Wut stieg wieder in ihm auf, und er mußte sich zwingen, ruhig zu bleiben.

»Nur gedankenlose Kinder«, hörte er sie flüstern.

Tyrone, der den getrockneten Lehm vorsichtig von ihrem Gesicht entfernte, sah keinen Grund, diese Kinder irgendwie zu entschuldigen. »Du hast sie erkannt«, brachte er so beherrscht wie möglich hervor. »Aber du wirst nichts gegen sie unternehmen, stimmt's?«

»Es hat nichts zu bedeuten.« Sie klang müde. »Warum . . . warum hast du mich hergebracht, auf dein Schiff?«

Er akzeptierte ihren Wunsch, das Thema zu wechseln, und lächelte. »Neutrales Territorium.«

»Ja.« Ihre Lippen bebten noch immer. »In die Hütte wäre ich dir nicht gefolgt.«

»Ich weiß. Nicht nach all dem, was ich dir dort gesagt habe.«

Sie schlug die Augen auf und sah ihn an. »Es hat nichts zu bedeuten.«

»Hör auf, so zu reden«, entgegnete er rauh. »Alles, was dir weh tut, hat etwas zu bedeuten, verdammt.«

Zum ersten Mal spielte die Andeutung eines Lächelns um ihren Mund, flackerte eine Spur von Leben in ihren Augen auf. »Du scheinst eine Schwäche für hoffnungslose Fälle zu haben.«

»Das bist du nicht«, widersprach er ihr heftig.

Eine Weile, während er damit beschäftigt war, die letzten Lehmbrocken von ihrem Hals zu wischen, herrschte Schweigen. Catherine war es, die es schließlich brach.

»Ich habe dich weggeschickt, aber du wirst nicht gehen.«

»Nein«, bestätigte er knapp und legte das fleckige Tuch neben die Waschschüssel. »Das werde ich nicht.« Er erhob sich und zog auch sie aus ihrem Sessel hoch. »Der Lehm auf deinem Kleid muß trocknen, bevor du ihn ausbürsten kannst, du solltest es lieber solange ausziehen. Dreh dich um, Catherine.«

Sie sah ihn stumm an und zögerte kurz, bevor sie dann tat, was er sagte. Er öffnete die lange Reihe winziger Haken und Ösen, während sie die gestärkten Manschetten aufknöpfte. Das

Kleid glitt von ihren Schultern auf den Boden. Tyrone hob es auf und breitete den blauen Samt auf einem Sessel aus.

Als er sich zu Catherine umwandte, blickte sie zu Boden. Sie trug nur ihr Hemd, einen dünnen Unterrock, Strümpfe und kleine Stiefeletten. Tyrone hob die Hand und wischte einen kleinen Schmutzfleck an ihrem Hals weg, den er zuvor übersehen hatte. Als seine Finger ihre Haut berührten, hielt Catherine für einen Moment den Atem an.

»Ich . . . ich würde gern eine Weile an Deck gehen«, sagte sie unsicher. »Bis das Kleid trocken ist.«

Ihm wurde plötzlich bewußt, wie allein sie hier auf dem Schiff waren, wie weit weg von allem anderen, und er atmete tief durch. Einen Moment später wandte er sich um, ging ins Schlafzimmer und kehrte gleich darauf mit einem langen schwarzen Umhang wieder. »Zieh das hier an«, befahl er, seine Stimme war rauh.

Nachdem sie sich in den Umhang gehüllt und so ihre Blößen bedeckt hatte, gingen sie beide an Deck. Nichts hat sich verändert, dachte Tyrone bitter. Sie würde sich nicht dagegen wehren, daß ihre Mitbürger sie verletzen, daß er sie verletze, sondern nur sagen, daß es nichts zu bedeuten habe. Er lehnte sich an die Reling und beobachtete stirnrunzelnd, wie sie über das Deck der *Raven* wanderte und sich alles ansah. Zumindest war die Leere aus ihren Augen verschwunden, aber Catherine war immer noch sehr blaß und viel zu sehr auf der Hut . . . sich zu sehr bewußt, daß sie ihm gesagt hatte, ihre Beziehung wäre zu Ende.

Sie kehrte zu ihm zurück, blieb aber mehr als eine Armlänge entfernt stehen und sah aufs offene Meer hinaus. »Ruft sie dich manchmal?« fragte sie unvermittelt. »Die See, meine ich.«

Es war das erste Mal, daß sie etwas über sein Leben, über ihn wissen wollte, und Tyrone gab eine ehrliche Antwort. »Manchmal.«

Catherine lächelte ihm zaghaft zu, als wolle sie damit die Spannung zwischen ihnen lösen. »Der Gesang der Sirenen?«

Er schüttelte den Kopf. »Nein. Das Flüstern der Wellen.«

Sie nickte und sah aufs Meer hinaus, während sie dem Wind lauschte. Wie weich alle Bewegungen und Geräusche waren, das sanfte Plätschern der Wellen an die hölzernen Planken, das leise Knarren der Fugen, das gleichmäßige Auf und Ab. Es war, als ob das Schiff ein Eigenleben besaß.

Alles war seltsam beruhigend und friedvoll. Catherine war nur einmal an Bord eines Schiffs gewesen, auf ihrer Reise von England hierher. Sie konnte sich nicht erinnern, damals ein Gefühl der Ruhe und des Friedens empfunden zu haben, und sie fragte sich, ob dieses neue Empfinden etwas mit dem Mann an ihrer Seite zu tun hatte.

»Ich höre es«, sagte sie. »Es ist wohltuend friedlich.«

»Das finde ich auch.« Er trat neben sie und sah mit ihr aufs Meer hinaus. »Ein Sturm zieht auf«, bemerkte er.

»Woher weißt du das?«

»Ich war fünfunddreißig Jahre am und auf dem Meer.« Er wandte sich ihr zu. »Ich wurde in einer Baracke nahe den Docks geboren.«

Catherine stiegen Tränen in die Augen. Das war das zweite Mal, daß er sich ihr gegenüber öffnete, ihr von sich und seiner Vergangenheit erzählen wollte. Das letzte Mal hatte sie ihn zurückgewiesen und verletzt – heute würde sie es nicht tun.

»Und deine Eltern?«

Eine unerklärliche Spannung schien von ihm abzufallen. Er zuckte die Achseln. »Sie taten, was sie konnten, aber sie waren praktisch noch Kinder. Und beide waren Waisen. Meine Mutter war knapp achtzehn, als ich auf die Welt kam. Sie hatte niemanden, der ihr zur Seite stand.«

Sie wandte sich halb um und betrachtete sein Gesicht. Es war ausdruckslos, und sein Blick war wieder aufs Meer gerichtet, Wieviel Schmerz und Leid mochte dieser Mann in sich tragen? »Wo war dein Vater?« fragte sie leise.

»Auf See. Die See und Schiffe waren sein Leben, das einzige, womit er sich auskannte. Er hatte kaum Schulbildung, aber er konnte doch wenigstens ein bißchen lesen und seinen Namen schreiben. Meine Mutter konnte weder das eine noch das andere. Aber sie wußte, wie wichtig Lesen und Schreiben ist. Sie hat sich zu Tode geschuftet, um mir zu ermöglichen, eine Schule zu besuchen.«

»Du meinst, daß sie . . .«

»Daß sie sich geopfert hat, um mir eine bessere Chance zu geben, als sie sie hatte?« Tyrones Lippen wurden schmal. »Ja, das stimmt. Sie war knapp dreißig, als sie starb, aber sie sah aus wie fünfzig. Mein Vater war keine große Hilfe, aber das war nicht seine Schuld. Er ertrank irgendwo im Atlantik, als ich fünf war. Die meisten Seeleute können nicht schwimmen.« Er zögerte kurz und fügte dann hinzu: »Ich sorge dafür, daß meine Männer es alle lernen.«

»Was geschah nach dem Tod deiner Mutter?«

»Ich habe gearbeitet. Meistens auf den Docks. Mit fünfzehn heuerte ich auf einem Schiff an. Es dauerte etwa zehn Jahre, bis ich mich zum Kapitän hinaufgearbeitet hatte. Es hätte länger dauern können, aber aus irgendeinem Grund glaubte Morgan an mich.«

Sie erinnerte sich, an etwas das er ihr einmal gesagt hatte. »Du hast mir erzählt, daß er dir Bücher gab und darauf achtete, daß du mehr lerntest.«

»Ja. Er meinte, die See wäre nicht alles, und eines Tages würde ich mehr wollen. Dafür und für das Geld, das er mir für mein erstes Schiff borgte, werde ich ihm immer dankbar sein.» Er strich fast zärtlich über die Reling. »Seit damals gehört mir die *Raven*.«

Catherine sah ihn lange an. »Im Krieg warst du Blockadebrecher. Aber du bist doch kein Südstaatler.« Sie spürte sofort, daß sie einen wunden Punkt berührt hatte. Seine Züge verhärteten sich, und seine Augen wurden hart.

»Nein«, sagte er barsch. »Ich bin kein Südstaatler. Ich habe nur ein Vermögen mit der Niederlage des Südens gemacht.«

Sie hörte den Schmerz in seiner Stimme. »Du hast sie mit wichtigen Waren versorgt«, warf sie sanft ein.

»Und ihr Gold genommen.« Abrupt wandte er sich ihr zu. Seine Augen glitzerten.

»Ihre verdammte ›Heilige Sache‹ hat mich einen Dreck geschert, Catherine. Der Süden war von Anfang an zum Scheitern verurteit. Sicher, ich habe ihnen Waren geliefert, aber auch Gewehre, und ihnen damit geholfen, ihren Todeskampf zu verlängern.«

»Wenn du es nicht getan hättest, dann . . .«

»Dann hätte es ein anderer getan?« Er lächelte verzerrt. »Aber *ich* war es. Und damit nicht genug, ich habe den Krieg von beiden Seiten beobachtet. Ich habe Lincoln gekannt. Er war mein Freund, Catherine, und ich habe an ihn geglaubt, aber selbst das konnte mich nicht aufhalten. Ich lieferte dem Süden Gewehre, nahm ihr Gold und verschwand mit meinem Schiff – und überließ es anderen, den Karren aus dem Dreck zu ziehen.«

Catherine spürte, wie er sich quälte, und litt mit ihm, versuchte ihm zu helfen. »Es ist vorbei«, sagte sie eindringlich. »Du kannst nichts mehr daran ändern. Und du darfst nicht zulassen, daß deine Erinnerungen dich zermürben. Du mußt all das hinter dir lassen und vergessen.«

»Nein. Es ist nicht vorbei, nicht für mich.« Erneut starrte er auf die See hinaus. »Irgendwo da draußen gibt es einen Mann, Catherine. Einen Mann, der zu allem entschlossen ist. Ich weiß seit Jahren, daß er die Vergangenheit nicht ruhen lassen wird. Ich habe die Antworten auf seine Fragen. Und bald wird er kommen.«

Catherine überlief ein Schauer. »Woher weißt du das?«

»Ich kenne ihn.«

»Was wird er tun?«

Tyrone lächelte kaum merklich. »Fragen stellen. Und ich werde sie beantworten.«

Catherines Furcht verstärkte sich. »Kann er dir schaden?«

Er runzelte leicht die Stirn. »Ich weiß es nicht. Vielleicht.« Er wandte sich wieder ihr zu. »Wir haben alle unsere Geheimnisse, Catherine, dunkle Zimmer in unserer Vergangenheit. Wir wollen die Türen nicht öffnen, aber manchmal bleibt es uns nicht erspart.«

»Türen kann man absperren«, entgegnete sie tonlos.

Er schüttelte den Kopf. »Nein, das wäre zu einfach. Könnte man diese Türen versperren, wären unsere Geheimnisse für immer sicher aufgehoben. Aber Geheimnisse kann man nie auf ewig verbergen. Und wir vergessen nie, daß diese Türen keinen Schlösser haben.«

Catherine dachte an ihre eigenen Geheimnisse. Er hatte recht. Wie lange schon bewachte sie diese dunklen Zimmer, weil sie wußte, daß sie nicht verschlossen waren. Und eines Tages würden die Türen sich öffnen, und alles würde ans Tageslicht kommen.

»Fahr fort von hier«, sagte sie unvermittelt. »Nimm dein Schiff und verschwinde, bevor dieser Mann kommt.« Sie hörte die Angst in ihrer Stimme, Angst um ihn. Er konnte fliehen, konnte die Türen versperrt halten.

»Ich kann nicht, Catherine.« Er hob die Hand und strich zärtlich über ihre Wange. »Ich kann nicht mehr davonlaufen.«

Sie hatte es nicht anders erwartet. Sie trat einen Schritt zur Seite und starrte auf den Ozean. Auch sie spürte jetzt den Regen, den der Wind mit sich brachte, sah die schweren Wolken, die langsam der Insel zutrieben. Tyrone würde sich nicht vertreiben lassen, würde die Insel nicht verlassen. Ihre innere Anspannung wuchs, und Catherine war so erschöpft, daß sie glaubte, sie kaum länger ertragen zu können.

»Ich liebe dich, Catherine« sagte er leise.

Ein ersticktes Keuchen entrang sich Catherines Kehle, Glück und Qual erfüllten sie, und sie umklammerte die Reling. »Nicht«, flüsterte sie.

»Ich liebe dich«, wiederholte er.

Sie fühlte Tränen unter ihren Lidern brennen. »Bitte nicht«, brachte sie gepreßt hervor. »Du darfst mich nicht lieben.«

»Ich liebe dich aber. Ich kann es nicht ändern . . . kann nicht davor weglaufen. Und du hast gespürt, daß ich mich in dich verliebt habe, Catherine, und nur deshalb hast du versucht, alles zwischen uns zu beenden.«

Stumm fragte sie sich, ob er recht hatte, ob ihr Instinkt sie davor gewarnt hatte, daß genau das geschehen war, was nicht hätte geschehen dürfen. Sie wußte es nicht . . .«

Sie hatte Angst, ihn anzusehen, fürchtete, daß ihre Augen ihm ihre eigenen starken Gefühle verraten würden. »Warum mußtest du alles ändern?« murmelte sie verzweifelt. »Ich war so glücklich. Nie wieder werde ich so glücklich sein . . .«

Unvermittelt faßte er sie bei den Schultern, drehte sie zu sich herum und zwang sie, ihn anzusehen. »Sag mir, daß du mich haßt, Catherine«, stieß er rauh hervor. »Sag mir, daß du es nicht ertragen kannst, von mir berührt zu werden! Das ist die einzige Möglichkeit, daß du mich dazu bringen kannst, aus deinem Leben zu verschwinden.«

Sie sah zu ihm auf. Im ersten Moment glaubte sie, es wäre der Regen, der alles vor ihren Augen verschwimmen ließ, aber als Tyrone sie in seine Arme zog, wurde ihr bewußt, daß sie weinte. Wildes Schluchzen brach aus ihr hervor, das nicht mehr enden wollte. Endlich brach sich die lang unterdrückte Flut von Tränen Bahn und löste den Druck, der sich lange, viel zu lange, wie eine Klammer um ihr Herz gelegt hatte.

Sie spürte, daß Tyrone sie aufhob und sie forttrug, aber es kümmerte sie nicht. Nichts existierte mehr, nur ihr wilder Schmerz, die furchtbare und schier unerträgliche Qual, zu lieben und geliebt zu werden. Sie hörte seine liebevolle Stimme, spürte seine Hände, die ihren geschüttelten Körper zu besänftigen versuchten, aber sie konnte nichts sagen, konnte kaum noch atmen.

Sie wußte nicht, wie lange es dauerte, aber schließlich war es vorbei, und sie war völlig erschöpft. Sie lag auf einem Bett und starrte auf die üppige Fülle scharlachroter Seide, die über den Betthimmel drapiert war. Jemand kühlte ihr Gesicht mit einem feuchten Tuch, und sie nahm wahr, daß Tyrone wie schon zuvor wieder neben ihr war und ihre Wangen abtupfte.

»Ich muß zum Fürchten aussehen«, murmelte sie.

Er lachte kurz und rauh. »Verdammt, Catherine, tu mir so etwas nicht noch einmal an.«

Sie wandte den Kopf zur Seite, Tyrone lag neben ihr, auf

einen Ellbogen gestützt, blickte er sie an. Ein silbriges Glitzern lag in seinen Augen, und er war blaß. Sie spürte seinen Schmerz und streckte eine Hand aus, um Tyrone über die Wange zu streichen. »Es tut mir leid.«

Er ließ das feuchte Tuch zu Boden fallen und griff nach ihrer Hand und drückte zärtlich die Lippen auf die Innenseite. »Das sollte es dir auch«, gab er rauh zurück. »Die letzte halbe Stunde hat mich zehn Jahre meines Lebens gekostet.«

Ein seltsames Gefühl von Frieden überkam sie. Die dunklen Zimmer in ihrem Leben existierten noch immer, aber jetzt fühlte sie sich fast stark genug, die Türen zu öffnen. Sie hatte nach wie vor Angst, und die alten Wunden hatten nicht aufgehört zu schmerzen, aber die Tränen, die sie zu lange unterdrückt hatte, hatten sie vom Schlimmsten befreit. »Danke«, flüsterte sie.

»Wofür? Daß ich dich zum Weinen gebracht habe?« Er klang ungläubig.

»Ja.«

»Catherine . . .«

Sie hob den Kopf aus dem Kissen, küßte Tyrone leicht, dann ließ sie sich wieder zurücksinken. »Es regnet schon, nicht wahr?« fragte sie. »Ich kann die Tropfen hören und die Bewegungen des Schiffes stärker spüren. Es ist so friedvoll.« Sie hob die zweite Hand, berührte sein Gesicht und sah ihm in die Augen. Es war an der Zeit, alles zwischen ihnen zu klären. »Damals am Fluß hast du mich sehr glücklich gemacht«, sagte sie. »Ich hoffe, du weißt es.«

Seine Lippen wurden schmal. »Falls du mir wieder Lebwohl sagen willst . . .«

Sie legte einen Finger auf seine Lippen. »Bitte! Können wir das alles jetzt nicht vergessen? Ich will jetzt nicht nachdenken, nicht verletzen, keine Angst haben. Liebe mich, Tyrone!«

»Ist das alles, was du von mir willst?« Alles, was du mir zu geben bereit bist?« fragte er leise, tonlos.

Sie strich zärtlich über sein Gesicht. »Begehrst du mich nicht mehr?«

»Das ist eine dumme Frage«, erwiderte er unwillig.

Ihre Mundwinkel zuckten kaum merklich. »Sei nicht böse. Es ist nur . . . es ist nur, daß ich in diesem phantastischen Bett von dir geliebt werden will.«

Er lachte unwillkürlich auf, der harte Glanz war aus seinen Augen gewichen. »Du sagst immer, was man nicht erwartet.«

»Dafür kann ich nichts. Und das Bett *ist* phantastisch.«

»Es gefällt dir?« Als er sie jetzt ansah, spielte ein amüsiertes Lächeln um seine Lippen.

Catherines Blick glitt über die verschwenderische Seidenfülle über und auf dem Bett und über das reichverzierte Kopfende. »Welchem Sultan hast du das gestohlen? Und wie viele Haremsdamen hast du auf deiner Flucht durch die Wüste mitgenommen?«

»Du hast eine viel zu blühende Phantasie!« protestierte er lachend.

»Dieses Bett gehört in ein Freudenhaus«, stellte sie fest.

Er zog belustigt die Brauen hoch.

»Was weißt du über Freudenhäuser?«

»Nur, was du mir erzählt hast.« Sie lächelte. »Und du hast eine ganze Menge erzählt.«

Er grinste. »Verdammt, habe ich das wirklich?«

»Natürlich – aber schließlich hatte ich gefragt. Ich habe ein paar sehr interessante Dinge erfahren. Vor allem über dieses eine Haus in Spanien . . .«

Er verschloß ihren Mund mit seinen Lippen. »Sei ruhig«, brachte er zwischen zwei Küssen hervor, seine Stimme war rauh. »Sei ruhig, und laß dich in meinem Sultansbett von mir lieben.«

»Zuerst mußt du mir aus diesem Umhang heraushelfen.« Ihr Lachen und seine Küsse nahmen ihr den Atem. »Ich kann mich überhaupt nicht bewegen.«

Tyrone streifte ihr den Umhang ab, während sie sein Hemd aufknöpfte. Die Flucht von Tränen hatte sie verändert zurückgelassen, Catherine war glücklich und gelöst, wie in den Tagen, nachdem sie sich zum ersten Mal am Fluß begegnet waren. Er war dankbar, daß zumindest für den Moment Angst und Schmerz weggespült waren, und er bemühte sich, Catherine nichts von seinen eigener Qual spüren zu lassen.

Er hatte ihr gesagt, daß er sie liebte, und zum ersten Mal hatte sie in seiner Gegenwart geweint, bittere, wilde Tränen, die ihren ganzen Körper geschüttelt und ihn – Tyrone – fast um den Verstand gebracht hatten vor Schmerz.

Und er war bereit, ihr zu geben, was sie von ihm verlangte, und alles zu nehmen, was sie ihm geben wollte – konnte.

»Du hast abgenommen«, flüsterte er, nachdem er sie behutsam ausgezogen hatte, und sie nackt an seiner Seite lag.

Sie genoß es, seine zärtlichen Hände auf iher Haut zu fühlen. »Das bildest du dir ein.«

»Nein.« Er beugte sich vor, strich mit den Lippen über ihren Hals, während seine Finger über ihre Rippen fuhren. »Ich spüre es. Hier.« Seine Hand wanderte weiter zu ihrem Bauch. »Und hier.«

»Wie fühlt es sich an?« murmelte sie.

»Wie Seide.« Er spürte, wie seine Berührungen sie erbeben ließen. »Wie Seide über Glas, zart und zerbrechlich.« Mit seinen Lippen liebkoste er ihre Brüste.

»Und das?« flüsterte sie.

»Mhmm. Sag mir selbst, wie es sich anfühlt. Sein Mund umschloß eine der harten Spitzen und saugte daran.

Catherine stöhnte auf. »Heiß.« Ihre Stimme zitterte. »Ich fühle eine Hitze, die mich verbrennt . . .« Unwillkürlich tastete sie nach seinen Schultern, streichelte die kraftvollen Muskeln. Wilde Leidenschaft flammte in ihr auf. »Wieso kannst du solche Gefühle in mir erwecken? Nur in Momenten wie diesen, bin ich wirklich lebendig.«

Tyrone fühlte ein Verlangen in sich aufsteigen, das verzehrender war als je zuvor. Ein Hunger nach ihr, nach Catherine, etwas, das mehr war als reines Begehren, mehr als daß nur sein ganzer Körper nach ihren schrie. Sie jedoch wollte ihm nur ihren Körper geben, nicht mehr. Und wenn unbezwingbare

Leidenschaft das einzige Band zwischen ihnen war, das sie akzeptierte, würde er sie damit an sich fesseln.

Er senkte sich über sie, bedeckte ihren Körper mit Küssen, liebkoste ihn mit den Lippen, die über ihren Hals strichen, über ihre Brüste, ihren Bauch und tiefer. Er spürte sie erbeben, spürte die Leidenschaft wie eine Flamme in ihr auflodern, hörte undeutlich ein tiefes Aufseufzen, das sich ihrer Kehle entrang, ein Seufzen der Lust und des Verlangens.

»Bitte . . .« Sie drehte den Kopf ruhelos auf dem Kissen hin und her. »Tyrone, bitte . . .«

Selbst in diesem Augenblick hatte sie ihn Tyrone genannt, und nicht bei seinem Vornamen. Er empfand für einen kurzen Augenblick Enttäuschung, doch dann war da plötzlich etwas anderes, nämlich die Zuversicht, daß sie noch in dieser Stunde den Namen aussprechen würde, den seine Mutter ihm gegeben hatte. Er mußte nur warten, lange genug warten, selbst wenn es ihn dabei vielleicht fast vor Verlangen zerriß.

Er schob sanft ihre Beine auseinander, strich mit den Lippen über die Innenseite ihrer Schenkel, dann über ihren Bauch. Seine Finger folgten der Spur seiner Lippen, und mit einem Keuchen bäumte Catherine sich auf.

»Ist es das, was du willst?« Kaum erkannte Tyrone seine Stimme wieder, denn seine Erregung ließ sie rauh und heiser klingen. O Gott, wie sehr sehnte er sich danach, diese Frau ganz zu besitzen.

Sie stöhnte. »Ja.«

Seine Lippen wanderten unvermittelt zu der feuchten, pulsierenden Wärme zwischen ihren Schenkeln, erforschten und liebkosten die weiblichste Stelle ihres Körpers. Catherine stieß einen leisen Schrei aus.

»Willst du das?«

Ihr Körper erbebte, sie wollte antworten, doch ihre Stimme versagte. Catherine konnte nicht mehr denken, kaum noch atmen, spürte nur noch die süße Qual, die er ihr bereitete.

»O Gott!« hauchte sie.

»Meinen Namen, Catherine«, flüsterte er sanft.

»Nein!«

»Sag meinen Namen!« Er führte sein grausam-schönes Spiel weiter, verlängerte ihre süße Qual, sein Mund, seine Hände führten sie immer wieder bis fast zum Höhepunkt, ließen es aber nicht zu, daß sie Erfüllung fand. Catherine war nur noch wildes Verlangen, Hunger, Begierde, ohne Willen – bis sie schließlich die Mauer einriß.

»Marc!«

Er verharrte kurz, sah sie an, dann schob er sich über sie, zwischen ihre Schenkel. Tief drang er in sie ein, und mit einem leisen Wimmern bog sie ihm ihren Körper entgegen und schlang die Beine um seine Hüften.

»Noch einmal«, verlangte er, ohne sie aus den Augen zu lassen, ohne sich zu bewegen.

»Marc«, wisperte sie, endlich besiegt. »Marc.«

Er stöhnte auf, als ob er, nicht sie, besiegt worden wäre. Seine machtvollen Stöße entfachten in ihr ein Feuer, das sie bei lebendigem Leib zu verzehren drohte, bis sie es nicht länger ertrug, bis sie vor Lust fast verging, und dann, endlich, Erfüllung fand. Wie aus weiter Ferne nahm sie ihren wilden Schrei der Erlösung wahr, hörte Tyrones tiefes Aufstöhnen, bevor sich sein Körper auf sie senkte und sie so wundervoll wärmte und beschützte.

Lange Zeit später spürte sie, daß er sich bewegte. Er nahm sie fest in seine Arme und rollte sich mit ihr auf den Rücken. Plötzlich lag sie auf ihm, immer noch eins mit ihm, und mit einem zufriedenen Seufzer schmiegte sie sich an ihn.

»Dieb«, murmelte sie.

Sein Lachen ließ seine Brust vibrieren. »Ich habe bekommen, was ich wollte.«

»Du hast es gestohlen«, entgegnete sie, aber sie fühlte keinen Zorn. Tief im Inneren hatte sie immer gewußt, daß er eines Tages siegen würde.

Er hob die Hände und zog die Nadeln aus ihrem Haar,

breitete es über ihrem Rücken aus und streichelte die weiche Fülle. »Ich habe es bekommen«, wiederholte er leise, aber entschlossen. »Und ich lasse es mir nicht mehr nehmen. Nie mehr.«

»Nein.« Sie rieb ihre Wange an den Haaren auf seiner Brust. »Nie mehr.«

Seine Arme schlossen sich fest um sie.

9

Catherine saß in ihrem Wagen, verborgen in dem kleinen Wäldchen am Hafen. Sie lauschte dem Zwitschern der Vögel, dem leisen Plätschern der Wellen, die an den Strand schlugen. Sie fühlte sich lebendiger als je zuvor, empfänglich für alles um sie herum, als ob das Zusammensein mit Marc Tyrone alle ihre Sinne geschärft hätte.

»Ihr Blick fiel auf die *Raven*, die friedlich im Wasser lag, und ihr wurde bewußt, daß sie die letzten Stunden in einer anderen Welt verbracht hatte; einer Welt, in der die See geheimnisvoll flüsterte, ein Schiff anmutig auf den Wellen schaukelte, der Wind ein Liebeslied zu singen schien und ein üppiges Himmelbett ein Ort wilder Leidenschaft und zerbrechlichen Friedens sein konnte.

Eine Welt, die sie für kurze Zeit besuchen, die aber nie die ihre sein konnte.

Nichts hat sich geändert, dachte Catherine, als die vertraute Spannung langsam zurückkehrte, und mit ihr die lähmende Furcht und die Angst. Nichts, außer daß es fast schlimmer war als früher, weil sie wußte, daß sie Marc Tyrone nie geben konnte, was er sich wünschte, und weil sie ihn trotzdem nicht fortschicken konnte. Sie liebte ihn, und sie brauchte ihn so sehr.

»Und was hast du jetzt vor?« fragte er ruhig.

Er stand neben ihrem Wagen. Sie sah ihn an, und das Herz tat ihr weh. »Ich muß nachdenken«, flüsterte sie, obwohl sie wußte, daß auch das nichts ändern würde.

»Worüber? Über uns?«

»Du willst nicht, daß es zu Ende geht, nicht wahr?«

Seine Lippen würden schmal. »Nein. Ich liebe dich, Catherine. Und auch du empfindest etwas für mich, das weiß ich.«

Catherine starrte auf ihre Hände, die wieder in Handschuhen steckten. »Darauf kommt es nicht an.«

»Für mich schon!«

Sie nahm die Zügel auf, hielt aber inne, als Tyrone nach ihren Händen griff. »Bitte, Marc . . .«

»Zumindest das habe ich erreicht«, unterbrach er sie rauh. »Vielleicht habe ich es gestohlen, aber darauf kommt es wirklich nicht an. Ich habe dir einmal gesagt, daß ich nicht länger dein heimlicher Liebhaber sein will, wenn du meinen Namen je aussprechen solltest, und du hast es getan. Heirate mich, Catherine!«

»Nicht!« Vielleicht können Herzen tatsächlich nicht brechen, dachte sie, aber sie können schmerzen, als seien sie in tausend Stücke zerrissen worden.

»Du wußtest, daß ich dich fragen würde. Heirate mich.«

»Nein. Ich kann nicht.«

»Warum nicht? Weil du mich nicht lieben kannst?« fragte er sehr ruhig, sehr beherrscht.

Sie spürte die Tränen, die unter ihren Lidern brannten, und starrte auf die Hand, die ihre festhielt. »Ich kann dich nicht heiraten, Marc. Bitte, frag mich nie wieder.«

»Und du willst mir den Grund nicht sagen?«

Sie schüttelte stumm den Kopf.

Tyrone spürte einen Anflug von Verzweiflung. Himmel, es mußte einen Weg geben, an sie heranzukommen. Aber er wollte ihr nicht weh tun, und er wollte bei Gott die Angst nicht vergrößern, die wie ein kalter, dunkler Schatten in ihr lauerte. Es brachte ihn fast um den Verstand, nicht zu wissen, was sie so sehr quälte. Und seine Ohnmacht, ihr zu helfen, trieb ihn fast zur Raserei.

»Sehen wir uns wieder?« fragte er schließlich.

Sie hob den Blick, und ein verzerrtes Lächeln spielte um ihre Lippen. »Ich glaube nicht, daß ich . . . daß ich dich aufgeben kann.«

»Catherine . . .«

»Hast du eine Pistole?« fragte sie unvermittelt.

»Ja, natürlich.« Es war, als streife ihn etwas wie ein eisiger Hauch.

»Du solltest sie immer bei dir tragen«, sagte sie, den Blick starr geradeaus gerichtet.

»Warum, Catherine?« Er zwang sich, ruhig zu bleiben.

Sie entzog ihre Hand dem Griff der seinen und umklammerte die Zügel. »Ich muß jetzt fahren. Ich . . . ich muß nachdenken.«

Er trat zurück, als sie das Pferd antrieb, und starrte ihr nach, als sie davonfuhr. *Ich*? dachte er verwirrt. *Ich* bin in Gefahr? Er schüttelte den Kopf. »Verdammt!« stieß er heftig hervor. Es wollte ihm einfach nicht gelingen, zu verstehen, was Catherine ihm hatte sagen wollen.

Schließlich ging er zu seinem Wagen zurück, wo sein Pferd geduldig wartete. Er band das Tier los, stieg in den Wagen und fuhr in die Stadt, um seinen Männern zu sagen, daß sie auf das Schiff zurückkehren konnten.

Sie glaubt, daß ich in Gefahr bin!

Die Männer warteten in einer Taverne. Lyle und ein paar andere nahm er im Wagen mit; die übrigen gingen fröhlich zu Fuß. Tyrone fuhr zum Hafen zurück, antwortete geistesabwesend auf ein paar Bemerkungen von Lyle und sah dann zu, wie die Männer das Beiboot bestiegen und zum Schiff hinausruderten. Nachdem er den Wagen gewendet hatte, machte er sich auf den Weg zu seinem Haus.

Sie hat Angst, *ich* könnte in Gefahr sein!

War das schon immer so gewesen? Er durchforschte sein Gedächtnis, versuchte, Erinnerungen und Eindrücke einzufangen, die sich nur langsam und widerwillig zu einem vollständigen Bild formten. Stirnrunzelnd fuhr er vor seinem Haus vor und brachte das Pferd in den Stall.

Es war fast vier Uhr, die Zeit für den Lunch längst vorüber. Hoffentlich aß Catherine an diesem Tag überhaupt noch etwas; er machte sich Sorgen, weil sie an Gewicht verloren hatten, und wünschte leidenschaftlich, sie würde endlich zulassen, daß er für sie sorgte.

»Ein frühes Dinner, Captain?« erkundigte sich Sarah, als er das Haus betrat.

»Ja, bitte, erwiderte er zerstreut.

»In etwa einer Stunde steht es für Sie bereit.«

»In Ordnung. Danke.« Er ging in seine Bibliothek und wanderte ruhelos auf und ab. Da war etwas. Irgend etwas, das Catherine gesagt hatte . . . oder war es etwas, das ihm jetzt endlich voll zu Bewußtsein gekommen war?

Im Haus war es sehr still. Er trat ans Fenster und betrachtete die länger werdenden Schatten, die Vorboten der Nacht. Als Sarah ihn rief, verließ er die Bibliothek und aß sein Dinner, ohne etwas zu schmecken – aber nicht, ohne zu vergessen, Sarah ein Kompliment wegen ihrer Kochkunst zu machen.

Er kehrte in die Bibliothek zurück. Ging unruhig hin und her. Schließlich nahm er seine Pistole aus der Schreibtischschublade, reinigte und lud sie, ließ sie aber auf der Schreibunterlage liegen, als er sein zielloses Wandern wieder aufnahm. Es war mittlerweile dunkel. Sarah kam schweigend herein, um die Kerzen anzuzünden, und verließ den Raum wieder.

Er hat sie Kate genannt, erinnerte Tyrone sich plötzlich. Ihr Vater hatte sie Kate genannt, und Catherine war weiß wie die Wand geworden. Es mußte etwas zu bedeuten haben – aber was?

Ich will nicht von allen in der Stadt zur Hure gestempelt werden, hörte er sie im Geist sagen.

Aber das war nicht der Grund, war es nie gewesen. Catherine nahm seit langem scheinbar gleichgültig die kleinen Seitenhiebe und Kränkungen ihrer Mitbürger hin und kümmerte sich um ihren guten Ruf so wenig wie Tyrone sich um seinen. Dennoch hatte sie darauf bestanden, sich nur heimlich mit ihm zu treffen, war halb verrückt vor Angst, daß ihr Geheimnis entdeckt werden könnte. Dennoch ging sie ihm in der Stadt aus dem Weg, als ob allein die Tatsache, mit ihm auf der Straße gesehen zu werden, eine Gefahr bedeutete.

Hast du eine Pistole?

Er zwang sich, nachzudenken. Wenn sie nun die ganze Zeit nicht Angst um sich gehabt hatte, sondern um ihn . . . und wenn diese Angst größer geworden war, weil er sich verändert hatte, begonnen hatte, sie zu lieben. Gefordert hatte, den Heimlichkeiten ein Ende zu bereiten . . .

Sie wollte ihn nicht heiraten. *Ich kann nicht.*

Ihre Beziehung stellte eine Bedrohung für *ihn* dar, er war in Gefahr, weil er ihr Liebhaber war. Und es mußte eine große Gefahr, eine tödliche Bedrohung sein, um sie derart in Furcht zu versetzen. Verzweifelt hatte sie versucht, ihn von sich zu stoßen, weil sie überzeugt war, daß jemand ihn verletzen, vielleicht töten könnte. Ihretwegen. Weil er, Tyrone, sie liebte.

Tyrone blieb unvermittelt stehen und starrte ins Leere. So mußte es sein. Ganz waren ihm die Zusammenhänge immer noch nicht klar, aber zumindest glaubte er seinem Feind jetzt einen Namen geben zu können . . .

In diesem Moment hörte er lautes Hämmern an der Haustür.

Catherine brachte das Pferd in den Stall und ging ins Haus. Es herrschte Stille; ihr Vater war noch nicht zurück. Müde ging sie auf ihr Zimmer und zog sich um. Entgegen dem, was sie Tyrone gesagt hatte, bemühte sie sich verzweifelt, *nicht* nachzudenken, aber es wollte ihr nicht gelingen.

Während sie einen dunklen Rock und eine weiße Bluse überstreifte, dachte sie an scharlachrote Seide, und ein trauriges Lächeln spielte um ihre Lippen. Sie fragte sich, wie alt Tyrone gewesen war, als er dieses ›Sultansbett‹ aufstellen ließ. Jung genug vermutlich, um noch lebhaft das Bild einer müden, abgearbeiteten Mutter und die Ratten in einer elenden Baracke vor Augen zu haben, dachte sie. Und um sich den Wunsch nach verschwenderischem Luxus, weicher Seide und leuchtenden Farben zu erfüllen, hatte er dieses reichverzierte Bett gewählt. Inzwischen war er älter und reifer geworden und schien diese Anschaffung eher mit leichter Belustigung zu betrachten.

Wieder sah sie den jungen Marc Tyrone vor sich und glaubte, seine Qualen selbst mitzutragen. Und auch, daß dieser Mann selbst nach so vielen Jahren immer noch voller Bitterkeit bereute, welche Rolle er während des Kriegs gespielt hatte, erfüllte sie mit Schmerz.

O Gott, sie liebte ihn so sehr!

Sie fühlte sich erschöpfter und verlassener denn je zuvor in ihrem Leben, als sie wieder nach unten ging. Im Haus war es immer noch still. Sie trat in die Küche, um sich um das Abendessen zu kümmern. Sie schenkte der Tatsache, daß die Schatten länger wurden, kaum Beachtung. Erst als das Essen fertig war und sich draußen Dunkelheit herabgesenkt hatte, spürte sie einen ersten Anflug von Sorge.

Wo war ihr Vater? Er sollte längst zurück sein. War er vielleicht unbemerkt ins Haus geschlichen, als sie mit Kochen beschäftigt gewesen war?

Sie machte eine Runde durch das Haus, um die Lampen anzuzünden, und fühlte eine Woge von Erleichterung, als sie entdeckte, daß die Tür zur Bibliothek einen Spaltbreit offen stand, und ein Lichtschimmer zu sehen war.

»Vater?« Sie betrat den Raum und trat an den Schreibtisch, als sie sich umdrehte, lief es ihr plötzlich eiskalt über den Rücken. Ihr Herz hämmerte gegen die Rippen, und ein bitteres Würgen schnürte ihr die Kehle zusammen.

Das Porträt ihrer Mutter hing in Fetzen, war brutal und wild mit einem Messer zerschlitzt worden.

Ein schwaches Geräusch hinter ihrem Rücken ließ sie zusammenfahren, und sie riß instinktiv einen Arm hoch, um ihr Gesicht zu beschützen. Aber sie war nicht schnell genug, und der harte, flache Schlag seiner Hand traf sie mit solcher Wucht, daß sie gegen die Schreibtischkante prallte und dann auf den Boden sank. Sie schmeckte Blut, spürte den höllischen Schmerz, dort, wo sie auf den Schreibtisch gestürzt war. Für einen Moment war sie blind vor Tränen, und ihr Gesicht brannte noch von dem Schlag.

»Vater . . .«

»Hör endlich auf, mich so zu nennen!« brüllte er sie an.

»Vater, bitte . . . ich bin es, Catherine.« Sie wagte nicht aufzustehen, und es gelang ihr nur mit Mühe, die Worte ruhig herauszubringen.

»Catherine ist noch ein Kind«, fuhr er sie heftig an. »Laß sie gefälligst aus dem Spiel, Kate!«

»Ich bin nicht Kate«, flüsterte sie, aber er achtete nicht auf sie. Das Messer, mit dem er das Bild zerstört hatte, war nirgendwo zu sehen, aber in seinem Gürtel steckte eine Pistole.

Noch nie zuvor hatte sie ihn in einem solchen Zustand erlebt, noch nie hatte er sie geschlagen oder verletzt. Sein Anblick ließ sie schaudern. Sein Gesicht war stark gerötet, sein Blick wild und irr, und ein dünner Speichelfaden rann ihm aus dem Mund.

Catherine war vor Angst wie gelähmt. »Bitte!«

»Worum bittest du, Kate? Daß ich dich zu deinem Liebhaber gehen lasse?«

O Gott! dachte sie, er wird mich töten. »Nein, ich habe keinen . . .«

»Du warst heute auf seinem Schiff, nicht wahr?«

»Nein!«

»Ich habe dich gesehen, Kate!« Zornbebend türmte er sich über ihr auf, und seine Hand tastete nach der Pistole in seinem Gürtel. »Ich kam schon vor Stunden nach Hause und ging zum Hafen. Ich habe deinen Wagen neben seinem gesehen und in dem kleinen Wäldchen gewartet.«

Sie wischte die dünne Blutspur fort, die über ihr Kinn rann, und versuchte, nachzudenken. »Es war nur . . . nur ein kurzer

Besuch«, stammelte sie. »Ich wollte das Schiff besichtigen, und . . .«

»Und die ganze Mannschaft war in der Stadt! Ich habe sie gesehen. Du warst allein mit ihm auf dem Schiff, Kate! Er durfte dich nehmen, Kate! Du hast ihn zwischen deine Schenkel gelassen . . .«

»Hör auf!« schrie sie. »Ich bin nicht deine Frau! *Ich bin nicht Kate!*«

Er hörte ihr längst nicht mehr zu.

»Ich wußte es die ganze Zeit«, stieß er zwischen zusammengebissenen Zähnen hervor. »Bei Lettias Dinner habe ich es gesehen. Ich habe gesehen, wie du ihn angeschaut hast. Du hast ihm Blicke zugeworfen, als ob er dich dort, vor uns allen, nehmen dürfte! Aber du hast behauptet, es wäre nicht wahr! Zum Teufel, du hast gelogen!«

»Nein!«

Er kicherte plötzlich und verzog den Mund zu einem höhnischen Grinsen. »Aber ich hab's ihm gegeben. Ich habe ihn bestraft, weil er dich so ansah, weil du ihm gehört hast.«

Catherine durchzuckte jähe Angst. »Was hast du getan?« flüsterte sie.

»Ich habe sein Pferd umgebracht.« Lucas kicherte wieder leise, und seine Augen funkelten vor Genugtuung bei der Erinnerung. »Den hübschen Braunen. Direkt hinter seinem noblen Haus habe ich ihn geprügelt, so lange, bis er über die Klippen stürzte. In dieser Nacht habe ich mir meine Erkältung geholt.«

Ihr wurde übel. »O Gott!«

»Aber es hat ihn nicht aufgehalten. Und dich hat es auch nicht gehindert, dich wieder mit ihm zu treffen, nicht wahr, meine süße Kate?«

»Hör auf! Bitte, hör auf!« So weit war er noch nie gegangen, noch nie war er bei seinen Anfällen so gewalttätig gewesen, noch nie hatte es so lange gedauert. Und er hatte noch nie eine Waffe getragen. Angstvoll ließ sie den Blick zu der Pistole wandern, mit der seine Finger spielten. Sie war geladen, das wußte sie. Catherine schluckte. »Bitte!«

»Nein, es hat dich nicht gehindert!« Er starrte sie aus ratlosen Augen an. »Ich dachte, es würde dich aufhalten, aber ich habe mich geirrt. Du hast weiter gelogen und gelächelt, und du bist ihm gefolgt wie eine läufige Hündin!« Seine Stimme hob sich wieder. »Wie lange, Kate? Wie lange ist das so gegangen? Monate? Jahre?«

»Beruhige dich, bitte!« Aber sie wußte, daß es ihr diesmal nicht gelingen würde, ihn zu besänftigen.

»Weißt du, wohin ich vom Hafen aus gegangen bin, Kate? Ich habe mich auf die Suche nach eurem geheimen Treffpunkt gemacht. Ich wußte, daß er irgendwo hier in der Nähe sein mußte. Ich wußte, wohin dich deine unschuldigen Spaziergänge führten. Zu ihm!«

Der Haß in seiner Stimme ließ Catherine zusammenzucken, und sie würgte den wilden Protest hinunter, der sie zu ersticken drohte.

»Ich habe es gesehen, Kate, euer kleines Liebesnest in den Wäldern!« Sein Blick war verzerrt, unmenschlich. »O Gott, wie konntest du nur, Kate? Wie konntest du zu ihm gehen wie eine Straßendirne?«

»Nein!«

»Gib es zu!« Seine Stimme schwankte, und seine Hand umklammerte den Pistolengriff. »Du verdammte, herzlose Hure, sag endlich die Wahrheit!«

Catherine gab auf. Vielleicht würde es seinen Zorn besänftigen, wenn sie die Rolle der schuldigen Ehefrau spielte. Sie würde alles tun, um Marc zu retten – alles. »Gut«, brachte sie unsicher heraus. »Ich gebe es zu. Aber es wird nie wieder vorkommen. Ich verspreche es.«

Er wurde ruhiger, ließ aber die Pistole nicht los. »Du hast es früher schon versprochen, Kate«, sagte er fast bekümmert.

»Diesmal . . . diesmal halte ich mein Versprechen.« Sie holte tief Luft. »Wir können fortgehen, irgendwo neu anfangen.«

»Du wirst es wieder tun, einen anderen Liebhaber finden, der dir dein Bett wärmt.«

»Nein! Ich schwöre es!«

»Du wirst ihn verlassen? Mit mir fortgehen?«

»Ja.« *Alles würde sie tun, um Tyrone zu retten . . .*

Seine Augen verengten sich, und er stieß ein bitteres Lachen aus. »Das wirst du nicht!«

»Ich schwöre es!«

»Lügnerin!« murmelte er vor sich hin, und sein Blick irrte ruhelos durch den Raum. »Ich erwische ihn schon, diesen Bastard. Ich werd's ihm zeigen.«

»Nein!« Ohne auf den stechenden Schmerz in ihren Rippen zu achten, stieß Catherine sich vom Boden hoch. Sie mußte ihn aufhalten! Mit aller Kraft warf sie sich gegen ihn und hielt ihn fest.

Er schüttelte sie ab, wie ein lästiges Insekt, und sie krachte erneut gegen den Schreibtisch. Mit einem leisen Lachen schwenkte ihr Vater die Pistole. »Diesmal kriege ich ihn, Kate!«

»Nein!« Es war kaum zu hören. Catherines Rippen schmerzten unerträglich, und sie bekam kaum noch Luft. »Nein, Vater!« Ihre Augen waren tränennaß, und es dauerte eine Weile, bis sie erkannte, daß sie allein in der Bibliothek war. Furcht ließ sie erstarren. Ihr Vater war gegangen

Mit letzter Kraft zog sie sich hoch und unterdrückte einen Schmerzensschrei. Ihr ganzer Körper brannte vor Schmerz, und sie konnte sich kaum aufrecht halten. Mühsam zwang sie sich, auf unsicheren Beinen durch das Haus zu taumeln, hinaus zum Stall.

Keins von den Pferden fehlte, und mit zitternden Händen zäumte sie ihr Reitpferd auf. Zum Satteln blieb ihr keine Zeit. Vielleicht konnte sie es schaffen, noch vor ihrem Vater bei Marc zu sein. Sie mußte es einfach schaffen!

Ihre Unruhe übertrug sich auf das Tier, und es tänzelte unruhig hin und her. »Ganz ruhig, mein Junge«, flüsterte Chatherine und tätschelte ihn. »Ganz ruhig.«

Schließlich stand das Pferd still, und irgendwie schaffte sie es, ihren schmerzenden Körper auf den Rücken des Tieres zu schwingen. Ihr war schlecht vor Angst, und jeder Muskel tat höllisch weh. Sie biß die Zähne zusammen, nahm die Zügel auf und lenkte das Pferd von ihrem Grundstück hinunter in Richtung Süden. Sie spürte die Muskeln des Tieres unter sich arbeiten, als sie es zu immer schnellerem Galopp antrieb, fühlte den Wind in ihrem Haar. Ihr weiter Rock, der sich fast bis zur Taille hinaufgeschoben hatte, umflatterte sie.

Sie beugte sich vor, ohne wahrzunehmen, daß ihr die Mähne des Pferdes ins Gesicht peitschte. Nur ein Gedanke beherrschte sie: schneller, schneller! In halsbrecherischem Tempo legte sie ihren Ritt durch die Nacht zurück, bis sie in die Auffahrt zu Tyrones Haus bog.

Vor dem Haus zügelte Catherine das Pferd und ließ sich von seinem Rücken gleiten. In letzter Minute und mit fast übermenschlicher Kraft gelang es ihr, sich aufrecht zu halten und nicht auf den Boden zu stürzen. Sie preßte eine Hand gegen ihre Rippen, stolperte zur Tür und schlug mit den Fäusten dagegen.

Er mußte hier sein! Wenn er nicht hier war, sondern irgendwo anders, wo ihr Vater ihn finden konnte . . . wenn sie kostbare Zeit vergeudet hatte . . .

»Catherine!«

Er war da, Gott sei Dank, er war da! Ihre Erleichterung war so groß, daß sie laut aufschluchzte. »Marc! Marc!« Sie hörte, daß er einen unterdrückten Fluch ausstieß, überlegte flüchtig, daß sie schon wieder zum Fürchten aussehen mußte, und spürte dann, daß er sie in die Arme genommen hatte und an zwei aufgeregten Leuten vorbei ins Haus trug.

Sarah, dachte sie verschwommen. Und Reuben. Jetzt wird die Stadt etwas zu reden haben . . . aber es war nicht mehr wichtig, jetzt nicht mehr.

Tyrone legte sie sanft auf ein Sofa und ließ sich neben ihr nieder, so daß ihr Kopf auf seinen Schenkeln ruhen konnte. Immer noch preßte sie die Hand auf ihre Rippen und wünschte, der Schmerz würde endlich nachlassen. »Marc . . .«

»Psst. Nicht jetzt.« Er streckte die Hand aus, und irgend jemand reichte ihm ein Glas. »Trink das, Catherine.«

Sie wunderte sich flüchtig, warum er das Glas nur an eine Seite ihres Mundes legte, bis ihr klar wurde, daß ihre Lippen geplatzt sein mußten, und er die Wunde nicht berühren wollte. Sie öffnete den Mund, um zu protestieren, aber in diesem Moment rann ihr der Brandy durch die Kehle und erfüllte sie augenblicklich mit einer wohltuenden Wärme. Bis jetzt hatte sie nicht gespürt, wie schrecklich kalt ihr war.

Mit dem Brandy kehrte ihr Mut wieder zurück, der Mut der Verzweiflung. Der Raum drehte sich nicht mehr vor ihren Augen, und der Schmerz in ihrem Magen schien allmählich zu verebben, genauso das Brennen auf ihrem Gesicht.

»Marc . . .«

»Bleib ganz ruhig, Liebes, ganz ruhig.«

Wie gern hätte sie getan, was er sagte, wie gern sich in die Geborgenheit seiner Arme geschmiegt. Aber sie hatte keine Zeit. Ihr Vater würde kommen und versuchen, Marc etwas anzutun.

»Nein. Ich muß . . .« Sie machte Anstalten sich aufzurichten. Ihr Atem ging stoßweise, und ihr Magen rebellierte.

»Verdammt, Catherine!« Aber Tyrone half ihr, sich zu setzen, und legte einen Arm um sie.

Ihr Blick fiel auf die Pistole, die auf dem Tisch lag, und sie erinnerte sich plötzlich, daß er sie in der Hand gehalten hatte, als er zur Tür gekommen war. Gut, sehr gut, er war vorsichtig. »Marc, mein Vater . . .«

»Hat er dir das angetan?« Seine Stimme verriet nicht, was in ihm vorging.

Sie strich mit zitternder Hand das Haar aus ihrer Stirn und sah ihn an. »Er . . . er ist aus dem Haus gelaufen. Er hat eine Pistole bei sich, und er sucht nach dir!«

Er nickte, nicht im geringsten überrascht. »Du kannst ihn nicht mehr beschützen«, sagte er sanft. »Das weißt du doch?«

Sie schüttelte langsam den Kopf. »Woher weißt du über ihn Bescheid?«

»Das meiste habe ich mir nur zusammengereimt. Als du mir heute sagtest, ich sollte eine Waffe bei mir tragen, ergab alles langsam einen Sinn. Nun, nicht wirklich alles, aber doch zumindest einiges. Wer war Kate? Deine Mutter?«

»Ja.« Sie erschauerte. »Wenn er in diesem Zustand ist, hält er mich für sie. Und er glaubt, daß sie . . . daß sie mit einem anderen Mann zusammen war.«

Marc zog die Brauen zusammen. »Ich verstehe.«

»Nein, du verstehst noch nicht. Er will dir etwas antun, er sucht dich irgendwo da draußen. Wenn er herkommt . . .«

»Die Chance werde ich ihm nicht geben.« Er sah zu Sarah und Reuben, die verwirrt dastanden, und entsetzte Gesichter machten. »Reuben, sattele mein schnellstes Pferd.«

»Nein!« Mit beiden Händen klammerte sie sich an ihn, ohne auf die Schmerzen zu achten, die jede ihrer Bewegungen verursachte.

Tyrone stellte das Glas Brandy beiseite, das er noch immer in einer Hand gehalten hatte, und streichelte ihr dann sanft über die Wange. Seine Blicke blieben an ihren geschwollenen, aufgesprungenen Lippen hängen, und seine Augen wurden hart und kalt. »Liebes, ich kann nicht zulassen, daß er einem anderen etwas antut«, sagte er ruhig. »Ich muß ihn finden und ihn aufhalten.«

Nach kurzem Schweigen flüsterte sie. »Dann laß den Wagen anspannen. Wenn du gehst, komme ich mit.«

»Catherine . . .«

»Vielleicht kann ich ihn beruhigen. Es ist mir früher immer gelungen. Ich muß es versuchen!«

»Du bist nicht in der Lage, mitzukommen.«

Catherine schüttelte den Kopf. Sie würde um keinen Preis zulassen, daß er ohne sie aufbrach. »Ich komme mit. Du müßtest mich fesseln oder in einem Schrank einsperren, um das zu verhindern.«

Sein Mund verzog sich unwillkürlich zu einem leichten Lächeln. »Du bist eine verdammt widerspenstige, eigensinnige Frau, Catherine.«

»Das hast du mir schon mehr als einmal gesagt.«

Er seufzte und wandte sich erneut Reuben zu. »Gut, dann also den Wagen. Und bring Miß Waltrips Pferd im Stall unter.«

»Ja, Sir«, erwiderte Reuben und verließ den Raum. Sarah folgte ihrem Mann.

Catherine nahm eine Hand von Tyrons Arm und legte sie auf ihren Bauch, ohne daß sie sich dessen bewußt war. »Nimmst du deine Pistole mit?«

»Ja.« Er fluchte leise. »Bist du nie auf den Gedanken gekommen, daß ich ein Recht hatte, das alles schon viel früher zu erfahren? Ich hätte . . .«

»Du hättest was?« unterbrach sie ihn müde. »Du hättest gar nichts tun können. Außer . . . außer dich nicht mehr mit mir zu treffen. Vielleicht habe ich dir deshalb nie etwas gesagt. Er . . . er ist mein Vater.«

Tyrone blickte auf ihr blasses Gesicht, das sie halb von ihm abwandte, und der Druck in seiner Brust wurde noch stärker. Er verspürte keinen Funken Mitgefühl für Lucas Waltrip, nicht wenn er Catherines geschundenes Gesicht, ihre aufgeplatzten Lippen ansah. Und daß nicht nur ihr Gesicht mißhandelt war, verrieten ihre steifen Bewegungen und die Art, wie sie die Hand auf ihren Magen und ihre Rippen preßte. Tyrone spürte ihren Schmerz, als sei es sein eigener.

Sie ist so müde gewesen, müde und verängstigt, erinnerte er sich. Dennoch hatte sie eine gewalttätige Auseinandersetzung mit ihrem Vater überstehen müssen und es geschafft, sich auf ihr Pferd zu schwingen und durch die Nacht zu reiten, um ihn zu warnen. Er hatte immer gewußt, daß sie stark war und viel ertragen konnte, aber wie stark sie wirklich war, wurde ihm erst jetzt bewußt.

Er streckte eine Hand aus und legte sie sanft auf die ihre. »Was hat er dir getan?« fragte er, seine Stimme war rauh.

Sie warf ihm einen schnellen Blick zu. »Ich bin gegen den Schreibtisch gefallen, das ist alles. Nur ein paar Quetschungen.«

»Hat er so etwas schon mal getan?«

»Nein. Er war noch nie so gewalttätig. Es war das erste Mal.«

»Wie auch immer, du wirst nicht zu ihm zurückgehen.«

Ihr schien plötzlich aufzufallen, daß sie immer noch seinen Arm umklammerte, und zog hastig die Hand zurück. »Ich bin alles, was er hat.«

»Du bist alles, was *ich* habe.« Er beugte sich vor und küßte sie, als sie etwas erwidern, als sie protestieren wollte.

Dann nahm er ihr Gesicht behutsam in seine Hände. »Warum bist du nicht endlich ruhig und läßt mich für dich sorgen?«

Einen Augenblick erlaubte sie sich, sich sehnsüchtig vorzustellen, wie wundervoll es sein würde, von ihm behütet zu werden, ihn zu lieben und geliebt zu werden. Energisch schob sie jedoch diese Gedanken beiseite. Es waren sinnlose Gedanken. Noch hatte er nicht erkannt, daß es in ihrem Inneren noch ein dunkles Zimmer, noch ein Geheimnis gab. Und sie hatte nicht den Mut, es ihm zu sagen.

»Ich will nur noch, daß es endlich vorbei ist«, sagte sie leise.

In diesem Moment hörten beide, daß ein Wagen vorfuhr und vor der Tür zum Stehen gebracht wurde. Catherine ließ sich von Tyrone auf die Beine helfen. Allein hätte sie es nicht geschafft.

»Ist dir auch warm genug?« fragte er mit einem skeptischen Blick auf ihre dünne Bluse.

»Es wird schon gehen.«

Er sah sie auf eine Weise an, die sie nicht zu deuten wußte, und griff nach seiner Pistole.

Und wenn er meinen Vater töten muß? Schlagartig durchzuckte Catherine dieser Gedanke, und sie war sicher, daß Tyrone dasselbe dachte, weil er vor ihr stand, als warte er auf irgend etwas.

»Er . . . er ist krank«, sagte sie langsam.

»Ich weiß.«

Sie schaute zu ihm empor und sah einen großen, kraftvollen Mann mit rabenschwarzem Haar, kühlen grauen Augen und einem entschlossenen Gesicht. Sein Hemd stand am Hals offen, so daß seine starken Muskeln und ein Teil der dunklen Haare, die sich auf seiner Brust kräuselten, zu sehen waren. Die Pistole in seinem Gürtel schien die undefinierbare Aura von Kraft und Stärke zu betonen, die ihn umgab, und zum ersten Mal konnte sie ihn sich als den Mann vorstellen, der im Krieg unerschrocken eine gefährliche Blockade durchbrochen hatte.

Das Atmen fiel ihr schwer, und sie spürte ihr Herz gegen die Rippen pochen. »Wenn ich wählen müßte . . .«

»Das wird nicht geschehen«, versprach er ihr.

»Aber wenn . . .« Es erschien ihr ungeheuer wichtig, daß er es wußte. »Ich würde mich für dich entscheiden, Marc.«

Etwas blitzte flüchtig in der silbrigen Tiefe seiner Augen auf und war genauso schnell wieder verschwunden. Er zog ihre Hand an seine Lippen und küßte sie leicht. Dann führte er Catherine nach draußen zum Wagen.

Sie waren etwa eine halbe Meile vom Hafen entfernt, als ihnen der unheilvolle Feuerschein am Nachthimmel auffiel.

»Was ist das? Woher . . . Catherine brach ab, Bestürzung machte sich in ihr breit. »O nein!«

»Die *Raven*!« Tyrone fluchte wild. »Großer Gott, sie brennt!«

Catherine war vor Entsetzen wie gelähmt. Alles hatte sie erwartet, aber das nicht. Nicht, daß ihr Vater Tyrone an seiner empfindlichsten Stelle treffen würde, indem er nämlich seine geliebte *Raven* zerstörte. Und es konnte nur ihr Vater gewesen sein, der das Schiff in Brand gesetzt hatte.

Tyrone trieb das Pferd an, und sofort schoß der Wagen in halsbrecherischem Tempo nach vorn. Catherine spürte Tyrones Anspannung, seinen Wunsch, zu seinem Schiff zu kommen. Als sie schlitternd in die Abzweigung zum Hafen bogen, erkannte sie nahe der Stadt flackernde Lichtpunkte, und ihr wurde klar, daß man das Feuer dort bemerkt hatte und alle Einwohner zum Hafen liefen.

Catherine sah wieder nach vorn und hatte nur Augen für das Schauspiel, das sich ihnen jetzt an der Mole bot.

Es war ein einziges Inferno. Das Schiff stand lichterloh in Flammen, deren lautes Prasseln und Knistern die Nacht mit einem grauenhaften Lärm erfüllte. Die *Raven* war eine einzige Fackel geworden; Segel und Masten wurden von dem Feuer verschlungen, das einen flackernden rötlichen Schimmer auf das Wasser und die Mole warf, wo die Mannschaft stand und in stummem, hilflosem Entsetzen zusah, wie ihr Schiff ein Opfer der Flammen wurde.

Tyrone brachte den Wagen zu Stehen, sprang ab und wandte sich Catherine zu, um ihr hinauszuhelfen und trotz seines eigenen Schmerzes tröstend ihre Hand zu umschließen.

Er zählte hastig seine Männer und atmete erleichtert auf, als er feststellte, daß seine Crew vollzählig war. »Was ist passiert?« fragte er, als sie die Männer erreicht hatten.

Lyle fuhr herum. »Er hat uns mit Gewalt vom Schiff vertrieben, Captain!« stieß er gequält hervor. »Er hatte eine Pistole, und er war völlig durchgedreht, verrückt! Ich werde den Bastard verbrennen, ich werde den Bastard verbrennen, schrie er immer wieder, und dann zerbrach er die Lampen und drohte uns alle zu erschießen, wenn wir nicht von Deck gingen!«

»O Gott«, murmelte Catherine wie betäubt.

Tyrone hörte die Schritte, die sich eilig näherten, hörte die Ausrufe und das Gemurmel der Menschenmenge, die ihn umringte, achtete aber nicht darauf. »Was ist mit Waltrip?« fragte er scharf. »Hat er das Schiff verlassen?«

Lyle schüttelte langsam den Kopf. »Er wollte nicht.«

Tyrone stieß einen Fluch aus und machte einen Schritt auf das Beiboot zu. Lyle packte ihn am Arm.

»Hat keinen Sinn mehr, Captain«, sagte er. »Sie brennt auf allen Seiten. Sie kommen nicht mal mehr in die Nähe.«

In diesem Moment sahen sie ihn. Catherine, Tyrone, seine Mannschaft und die Einwohner der Stadt. Sie alle sahen Lucas Waltrip inmitten der Flammen über die Mitte des Schiffs tanzen, in der einen Hand die Pistole, in der anderen die Reste einer zerschmetterten Lampe. Sie alle hörten trotz des Prasselns und Knackens des Feuers sein irres Gelächter, sein unzusammenhängendes Geschrei.

»Den verdammten Bastard verbrennen, den verdammten Bastard verbrennen . . .«

Tyrone sah, daß einer der Ärmel von Lucas' Jacke Feuer fing, und wandte sich hastig um, um Catherine an sich zu pressen, ihr Augen und Ohren zuzuhalten. Er spürte ihr Erschauern, spürte, wie sie beide Arme um ihn schlang. Und er hielt sie fest an sich gedrückt und versuchte alles, um ihr den grauenhaften Schrei der Todesfurcht und den Anblick ihres Vaters zu ersparen, der bei lebendigem Leibe in dem Feuer verbrannte, das er selbst gelegt hatte.

Dann ging alles sehr schnell. Die *Raven* brannte hellauf. Die Flammen verzehrten die hohen Masten, verschlangen die hölzernen Planken und fraßen sich mit entsetzlicher Schnelligkeit vom Bug zum Heck. Sie war ein lodernder Scheiterhaufen, der die verkohlten Überreste ihres Mörders barg, und es lag traurige Würde in der Art, wie sie dann unterging.

Keiner, der sie hatte sterben sehen, würde diesen Anblick je vergessen.

»Er . . . er muß betrunken gewesen sein«, stammelte Lettia Symington fassungslos. »Rettungslos betrunken.«

»Nein«, schnitt Dr. Scott ihr das Wort ab. »Das war er keineswegs. Lucas Waltrip ist während der letzten fünfzehn Jahre langsam und unaufhaltbar wahnsinnig geworden.«

Mrs. Symington, die Augen immer noch auf die Frau gerichtet, die sich zitternd in Tyrones Arme schmiegte, schnappte nach Luft. »Aber es gab keinerlei Anzeichen . . .«

»Natürlich nicht.« Dr. Scott hob weder die Stimme, noch änderte er den Tonfall. »Darauf hat seine Tochter geachtet. Sie wollte nicht, daß er bemitleidet wurde; sie wollte ihm so lange wie möglich ein normales Leben sichern. Deshalb hat sie für ihn gesorgt. Sie hat die Ausbrüche seiner Krankheit ganz allein ertragen. Wenn er ausging, war sie immer an seiner Seite, um darauf zu achten, daß er sich nicht verriet – oder anderen Schaden zufügte. Als sich sein Zustand in den letzten Monaten verschlechterte, befolgte sie meine Anweisungen und versetzte jeden Abend seinen Wein mit einer Droge, die ihn ruhigstellen sollte.«

»Nicht«, wisperte Catherine, aber nur Tyrone konnte sie hören. Er hielt sie fest in den Armen, während er sein Schiff untergehen sah und der ruhigen, unerbittlichen Stimme des Arztes lauschte.

»Sie ließ sich sogar vor Gericht bringen, Lettia, und verteidigte sich nicht, als Sie sie bezichtigten, Ihren Hund getötet zu haben, obwohl sie wußte, daß ihr Vater es getan hatte.«

»Was?« Mrs. Symingtons Stimme verriet ungläubiges Entsetzen.

»O ja. Wenn irgend jemand ihn verärgerte, schlug er zu. Ich habe keine Ahnung, was Sie getan oder gesagt haben; vermutlich wissen Sie es selbst nicht mehr. Es muß nichts Besonderes gewesen sein. Der arme kleine Tommy Jenkins zum Beispiel schaukelte nur auf seinem Tor und verbog das Scharnier. Das genügte Lucas Waltrip, um auf Rache zu sinnen.«

Bestürztes Gemurmel lief durch die Menge, und Mrs. Symington schnappte hörbar nach Luft. »Dann hat *er* also den Jungen ins Wasser gestoßen?«

»Ja, davon bin ich überzeugt.«

»Und« – ihr Blick wanderte an Catherine vorbei auf die brennende *Raven* – »als er das Schiff in Brand steckte? War das auch vorsätzlich?«

»Ja. Soweit ein Geisteskranker vorsätzlich handeln kann.«

»Warum? Was hat Captain Tyrone ihm getan?«

Tyrone wandte sich abrupt zu ihr um und gab selbst die Antwort. »Ich habe mich in seine Tochter verliebt.«

Mrs. Symingtons Miene spiegelte Ratlosigkeit wider. »Aber warum . . . Ich verstehe noch immer nicht.«

»Lettia«, sagte Dr. Scott ruhig, »Catherine ist das Abbild ihrer Mutter. Wenn Lucas einen seiner Anfälle hatte, sah er in ihr seine Frau. Die Frau, die er grundlos, aber wie besessen mit seiner Eifersucht verfolgt hat. Und in seiner Tochter hat er seine Frau gesehen. Jeder Mann, den sie kannte, war in seinen Augen eine Bedrohung, die ihn in ungeheure Wut versetzte. Und Catherine wußte es. Sie wußte es nur zu gut. Sie durfte keinen Mann ansehen, auf keinen Mann die Aufmerksamkeit ihres Vaters lenken. Sie mußte sich kalt und abweisend geben und jede Hoffnung begraben, je Liebe zu finden. – Können Sie sich vorstellen, was das für sie bedeutet hat, Lettia?« Dr. Scotts Stimme wurde hart. »Ein Leben unter dieser ständigen Belastung zu führen? Sich immer abseits zu halten, ganz gleich, wie sehr sie sich nach etwas Zuneigung und Wärme sehnte? Sie hat sich nie beklagt, sich nicht einmal gestattet, dem Mann die Wahrheit zu sagen, der ihre kalte Fassade durchschaute – und sich in sie verliebte. Sie durfte in der Öffentlichkeit nicht einmal mit ihm spazierengehen, Lettia.«

Catherine hob den Kopf. Ihr Gesicht war so weiß wie der Stoff ihrer Bluse. Ihre Verletzungen hoben sich kraß von der Blässe ihrer Haut ab, und ihre Augen wirkten wie zwei erstarrte dunkle Seen. Sie schien niemanden zu sehen, und ihre Stimme war nur noch ein Flüstern. »Bitte, sagen Sie nichts mehr, Doktor.«

»Liebes Kind, die anderen müssen es erfahren«, sagte Dr. Scott freundlich. »Es gibt keinen Grund mehr, die Wahrheit zu verschweigen.«

»Ich kann nicht . . .«

»Es war die Hölle für Sie. Aber jetzt ist er tot. Sie müssen jetzt Ihr eigenes Leben leben.«

Einen Augenblick herrschte Stille. Die Männer und Frauen, die bis jetzt angesichts der Tragödie, die sich vor ihren Augen abgespielt hatte, wie gelähmt gewesen waren, scharrten unruhig mit den Füssen, als ihnen klar wurde, welche Rolle sie in Catherines Hölle gespielt hatten.

Catherine hob beide Hände, um Tyrones Gesicht zu berühren. Ihre Züge waren qualvoll verzerrt. »Marc, dein herrliches Schiff . . . Es tut mir leid. Ich dachte, ich könnte ihn aufhalten, so wie es mir früher immer gelungen ist.«

»Du brauchst dich nicht zu entschuldigen, Catherine. Es ist nicht deine Schuld.«

»Doch! Ich hätte stark genug sein müssen, um dich fortzuschicken . . .«

»Ich wäre nicht gegangen. Das weißt du.« Er beugte sich vor und küßte sie, ohne sich um die Menschen zu kümmern, die sie umringten.

Lettia Symington streckte unvermittelt eine Hand aus. Auf ihrem Gesicht zeigte sich Schuldbewußtsein, Scham und Mitleid. »Sie armes Kind . . .«

Tyrone zog Catherine fest an sich und warf Lettia Symington einen Blick zu, dessen Wildheit sie fast wie ein Schlag traf. »Lassen Sie die Hände von ihr«, sagte er mit tödlicher Ruhe.

10

»Ruhig, Junge«, sagte Dr. Scott begütigend.

Tyrones Augen funkelten vor Zorn, und das Feuer warf flackernde Lichtreflexe auf sein bleiches Gesicht. »Ruhig? Nach allem, was Catherine mitgemacht hat?«

Lettia Symington zuckte zusammen. »Wir wußten es doch nicht«, stammelte sie. »Wir konnten doch nicht ahnen . . .«

»Sie hätten es merken müssen.« Tyrone schluckte. »*Ich* hätte es merken müssen.«

»Nicht, Marc.« Catherines Stimme war kaum mehr als ein Flüstern.

Tyrone betrachtete eine Weile nachdenklich ihr blasses Gesicht, dann umschloß er sanft ihre Taille und hob Catherine hoch. Ihr Kopf sank müde an seine Schulter, und sie schlang beide Arme um seinen Hals. Er sah die schweigenden Einwohner von Port Elizabeth an, und die meisten senkten die Köpfe vor seinem Blick. Tyrone würde ihnen nicht so schnell vergeben, was sie ihr angetan hatten. »Ich bringe sie nach Hause«, sagte er und ging zu seinem Wagen.

Die Menge teilte sich, um ihn durchzulassen. Er hob Catherine sanft auf den Sitz und setzte sich neben sie. Einen Arm legte er um ihre Schultern, mit der anderen Hand ergriff er die Zügel und fuhr davon, ohne sich noch einmal umzuwenden, sogar ohne einen letzten Blick auf sein Schiff zu werfen, das jetzt langsam im Wasser versank.

Das Bild der brennenden *Raven* hatte sich unauslöschlich in sein Gedächtnis eingeprägt.

Den ganzen Weg hielt er Catherine eng an sich gepreßt. Als sie vor dem Haus vorfuhren, kam Reuben herausgelaufen und sah ihn fragend an.

»Mein Schiff ist verbrannt«, erklärte Tyrone. »Mr. Waltrip ist tot.«

»Das tut mir leid, Captain«, sagte Reuben schlicht. »Miß . . .«

Tyrone nickte knapp, hob Catherine trotz ihres gemurmelten Protests aus dem Wagen und trug sie ins Haus. Er wollte sie nach oben in eins der Schlafzimmer bringen, weil er wußte, daß sie zu Tode erschöpft sein mußte, aber sie hielt ihn zurück.

»Marc, ich möchte dir alles erzählen.«

»Dafür ist morgen noch Zeit, Liebste. Du bist völlig erschöpft und brauchst jetzt vor allem Ruhe.«

»Nein – bitte. Ich muß es einfach loswerden.«

Er zögerte, aber als er ihren gehetzten Blick sah, trug er sie ohne weiteren Widerspruch in seine Bibliothek. Die Lichter brannten noch, und der Raum war warm und angenehm still. Tyrone setzte Catherine sanft in einen bequemen Lehnsessel, zog seine Pistole aus dem Gürtel und legte sie beiseite. Dann setzte er sich auf einen Hocker zu Catherines Füßen, griff nach ihren Händen und rieb sie zärtlich. Sie waren eiskalt.

»Hast du seit heute morgen überhaupt etwas gegessen?« fragte er unvermittelt.

»Nein. Aber ich will auch nichts. Wirklich«, fügte sie hinzu, als er sie scharf anblickte.

»Catherine, du mußt nicht darüber sprechen.«

»O doch, Marc. Das muß ich.« Sie lehnte den Kopf gegen die hohe Rückenlehne des Sessels und sah Tyrone eine Weile schweigend an. Es mußte noch früh am Abend sein, noch Stunden vor Mitternacht. Heute war der längste Tag ihres Lebens gewesen, und sie hätte gern geschlafen – aber sie schuldete diesem Mann so viel, und er hatte ein Recht darauf, so bald wie möglich alles zu erfahren.

»Du hast Schmerzen«, stellte er nach einem forschenden Blick auf ihr Gesicht fest. »Sind es die Prellungen?«

Es war ein Schmerz ganz anderer Art, aber das verschwieg sie ihm. »Es ist nicht schlimm. Marc, er war ein guter Vater.«

Tyrone spürte, daß sie sich alles von der Seele reden mußte, und er drückte leicht ihre Hand. »Wirklich?«

»Solange ich noch ein Kind war, ja. Er war immer gut zu mir und meistens gut aufgelegt. Aber er hatte ein reizbares Temperament, und später, als ich älter wurde, fiel mir auf, daß er sich manchmal an Leuten rächte, die ihn verletzt oder geärgert hatten.«

Tyrone betrachtete ihr bleiches Gesicht, lauschte dem leisen, müden Klang ihrer Stimme. Die Maske der Unnahbarkeit war verschwunden, für immer, dessen war er sicher. Catherine wirkte schutzbedürftig und verwundbar.

»Ich weiß nicht genau, wann er anfing, sich zu verändern«, fuhr sie fort. »Ich muß ungefähr fünf oder sechs gewesen sein, als es zwischen meiner Mutter und ihm immer öfter furchtbare Auseinandersetzungen gab. Damals begriff ich nicht, worum es ging, aber vor ein paar Monaten hat er es mir erzählt.«

»Was?«

»Er hatte etwas Schlimmes getan – aus Zorn auf meine

Mutter, wie er sagte. Wieder einmal hatte er in blinder Wut etwas getan, um sie zu verletzen. Er war zu einer Prostituierten gegangen.«

»Das hat er dir erzählt?«

Catherine verzog das Gesicht. »Vor ein paar Monaten hatte er eine Erkältung und war in trübseliger Stimmung. Er fühlte sich immer noch schuldig wegen dieser Sache und wollte darüber reden.« Sie zuckte die Achseln. »Also hat er es mir erzählt.«

Tyrone nickte stumm, und Catherine fuhr fort: »Ich weiß nicht, wie meine Mutter überhaupt davon erfahren hat. Vielleicht hat er es ihr selbst erzählt. – Sie war verbittert und verletzt; er flehte sie an, ihm zu verzeihen, und das tat sie wahrscheinlich auch. Aber in den folgenden Jahren wurde es immer schlimmer. Meine Mutter wurde schwanger, verlor aber das Baby , und etwas später hatte sie noch eine Fehlgeburt. Ich erinnere mich noch, daß sie lange Zeit sehr krank und mein Vater sehr reizbar war. Ich hörte sie abends manchmal streiten, worüber, weiß ich nicht. Eines Tages hörten die Streitereien plötzlich auf, und ab diesem Zeitpunkt hatten sie getrennte Schlafzimmer.«

»Wie alt warst du damals?« unterbrach Tyrone sie.

»Zehn, zwölf, glaube ich. – Jahre später begannen die Streitereien von neuem, und zwar schlimmer als je zuvor.«

»Weißt du noch, worum es dabei ging?«

»Vater war davon überzeugt, daß Mutter ihn betrog. Er verfolgte sie mit seinem Mißtrauen, fragte sie ständig aus, wo sie gewesen wäre und was sie getan hätte.«

»Hatte sie denn wirklich Liebhaber?«

Catherine schüttelte den Kopf. »Nein. Ich war immer mit ihr zusammen, ich hätte es merken müssen. Und sie stritt es auch immer wieder ab, aber mein Vater glaubte ihr nicht. Als ich ungefähr sechzehn war, begann ich zu verstehen, was zwischen meinen Eltern vorging – und ich stellte fest, daß meine Mutter oft Angst vor meinem Vater hatte. Selbst ich spürte, daß seine Eifersucht unnatürliche, ja, krankhafte

Formen annahm, daß er immer uneinsichtiger und gewalttätiger wurde, aber ich konnte damals noch nicht begreifen, woran das lag.«

Nach kurzem Schweigen sagte Tyrone: »Catherine, du bist müde. Morgen . . .«

Sie schlug die Augen auf, die sie für einen Moment geschlossen hatte, und sagte mit fester Stimme: »Nein. Ich will, daß du alles weißt.«

Tyrone nickte trotz seiner Sorge um sie. Wenn Catherine sich aussprechen wollte, mußte er ihr zuhören.

»Als ich achtzehn war«, fuhr sie langsam fort, »wurde meine Mutter sehr krank. Ärzte gingen bei uns aus und ein, aber keiner sagte mir, was ihr fehlte. Mein Vater sah mich nur entsetzt und erschrocken an, als ich ihn danach fragte. Mutter starb . . .« Catherine atmete tief durch, bevor sie ganz ruhig weitersprach.

»Vater war danach lange Zeit sehr still, aber nach einer Weile schien es ihm besser zu gehen. Er ging wieder in seinen Club, besuchte kleine Gesellschaften . . . Alles schien in Ordnung zu sein. Es war fast, als ob die vergangenen Jahre nur ein böser Traum gewesen wären.«

Tyrone runzelte die Stirn. »Du hast mir erzählt, daß du damals verlobt gewesen bist. Wann war das?«

Catherine lächelte schwach. »Lange nach dem Tod meiner Mutter, vor etwas mehr als zwei Jahren. Ich kannte Jeremy schon seit meiner Kindheit, und er hatte mich schon mehrmals gebeten, seine Frau zu werden, aber ich zögerte, weil ich Vater nicht allein lassen wollte. Dann drängte mein Vater mich plötzlich selbst, Jeremy zu heiraten, und ich . . .«

»Du hast ihn geliebt?«

»Ich bildete mir ein, ihn zu lieben.«

Tyrone nickte, aber Catherine wußte seinen Gesichtsausdruck nicht zu deuten. »Und dann?«

»Wir gaben eine Feier, um die Verlobung zu verkünden. Während ich mit Jeremy tanzte, fiel mir auf, daß mein Vater uns beobachtete, aber ich machte mir deshalb keine Sorgen.

Erst später wurde mir klar, daß ich ein Kleid getragen hatte, das dem meiner Mutter auf dem Porträt sehr ähnlich war.«

»Was tat er?«

»Als die Gäste gegangen waren . . .« Catherines Stimme klang mühsam beherrscht. »Er sagte schreckliche Dinge zu mir, die ich zuerst gar nicht begreifen konnte . . . Erst als er mich Kate nannte, wurde mir alles klar. Er hielt mich für meine Mutter und beschuldigte sie, einen Liebhaber zu haben. Die ganze Szene dauerte nicht lange; es gelang mir, ihn rasch zu beruhigen, und danach schien er alles vergessen zu haben. Ich war wieder Catherine, seine Tochter, und er plauderte fröhlich mit mir über die Hochzeit.«

Sie schüttelte den Kopf und sah Tyrone fast flehend an. »Ich hätte nie gedacht, daß so etwas wieder passieren könnte. Er hatte viel getrunken, und ich dachte, das hätte ihn durcheinander gebracht. Ich *konnte* nicht vorhersehen, was er tun würde.«

Tyrone wurde klar, daß etwas Furchtbares geschehen sein mußte, etwas, das ihre Verlobung beendet hatte. Und offensichtlich gab sie sich die Schuld daran. Er nahm ihre eiskalten Hände in seine. »Nein, das konntest du nicht«, murmelte er. »Hat dein Vater Jeremy etwas angetan?«

»Es war ein paar Wochen später. Jeremy kam zu Besuch, und wir gingen im Garten spazieren. Nachdem er uns eine Weile später verlassen hatte, ging ich ins Haus zu meinem Vater. Er wirkte sehr ruhig.« Catherine schwieg einen Moment und fuhr dann sehr leise fort: »Die Nachricht erreichte uns Stunden danach. Jeremy hatte einen Unfall gehabt. Sein Wagen hatte ein Rad verloren, sich überschlagen und war in eine Postkutsche gerast. Jeremy war tot.«

Tyrones Finger umschlossen ihre Hände mit fast schmerzhaftem Druck. »Es kann ein Unfall gewesen sein.«

»Nein. Das habe ich zuerst auch geglaubt, doch dann sah ich meinen Vater an: er lächelte!«

»Es war nicht deine Schuld, Catherine.«

»Ich hätte die Verlobung lösen sollen, und zwar schon nach diesem Abend . . . an dem ich merkte, daß Vater . . . daß er krank war.« Ihre Stimme klang müde, gequält. »Aber ich habe es nicht getan, und deshalb mußte Jeremy sterben . . .«

Tyrone wußte, daß sie dieses Schuldgefühl ihr Leben lang mit sich herumschleppen würde. Kein Wunder, daß sie so gehetzt gewirkt hatte, so verzweifelt bemüht, ihre Beziehung geheimzuhalten! »Catherine . . .«

»Ich wußte nicht, was ich tun sollte, Marc. Er war mein Vater, der einzige Mensch, den ich hatte. Und er hing sehr an mir . . .«

»Hast du ihn zu einem Arzt gebracht?« wollte Tyrone wissen.

»Er wollte nicht und regte sich immer noch schrecklich auf, wenn ich es wagte, davon anzufangen. Deshalb ging ich selbst zu einem Arzt und erzählte ihm alles. Er . . . er meinte, Vater gehörte in eine Heilanstalt, weil sich sein Zustand sicher verschlimmern würde. Aber ich brachte es einfach nicht fertig, ihn irgendwo einsperren zu lassen und zu vergessen.«

»Nein, natürlich nicht.«

Catherine holte tief Luft. »Ich fragte den Doktor, was ich sonst tun könnte, um meinem Vater zu helfen. Er erzählte mir von einem Arzt, einem Spezialisten für Geisteskrankheiten, der sich auf eine kleine Insel vor der Küste Amerikas zurückgezogen hätte. Es gäbe niemanden, der auf diesem Gebiet mehr Erfahrung hätte.«

»Deshalb hast du deinen Vater also hergebracht.« Tyrone konnte sie gut verstehen, denn auch er hatte sich schließlich Dr. Scotts wegen für Port Elizabeth entschieden. »Es war sicher nicht leicht, deinen Vater zu überreden, England zu verlassen?«

»Ich habe es wie ein . . . wie ein Abenteuer erscheinen lassen und ihm eingeredet, daß wir all unsere Erinnerungen hinter uns lassen müßten. Es dauerte mehrere Monate, seine Einwilligung zu bekommen und alles vorzubereiten. Sowie wir uns hier niedergelassen hatten, sprach ich mit Dr. Scott. Er versprach, alles zu tun, was in seiner Macht stand, aber es war nicht einfach, weil mein Vater nur gesellschaftlich mit ihm verkehrte und nicht zu ihm in Behandlung gehen wollte. Also besuchte ich Dr. Scott und beschrieb ihm, was im Laufe der letzten Jahre alles passiert war. Er sagte, es wäre wie ein Puzzle, das er Stück für Stück zusammensetzen müßte, und jedes noch so kleine Erinnerungsteilchen könnte ihm dabei helfen.«

»Weiß er, warum dein Vater krank wurde?«

Catherine runzelte leicht die Stirn. »Vor ein paar Monaten sagte er mir, daß er einen bestimmten Verdacht hätte und bei ein paar Ärzten in London Erkundigungen einziehen wollte. Er interessierte sich vor allem für die Ärzte, die meine Mutter behandelt hatten. Aber ich glaube nicht, daß er schon eine Antwort erhalten hat, sonst hätte er es mir gesagt.«

Nach einer Weile sagte Tyrone rauh: »Kein Wunder, daß du solche Angst hattest, unser Geheimnis könnte entdeckt werden.«

Catherine sah ihn ernst an, den Kopf leicht zurückgelehnt. »Du kamst völlig . . . unerwartet. Ich wußte natürlich, daß es einen Captain Tyrone gab, der jeden Monat ein paar Tage auf der Insel verbrachte, und ich bin sogar einmal an deinem Haus vorbeigeritten. Aber als wir uns dann plötzlich gegenüberstanden . . .«

Bei der Erinnerung an ihre erste Begegnung vor fast zwei Jahren lächelte Tyrone schwach. »Du warst so steif und hochmütig, so abweisend!«

»Du hast . . . dich aber nicht abweisen lassen«, erinnerte sie ihn. »Übrigens als einziger.«

»Ich war eben von dir fasziniert.« Tyrone wurde wieder ernst. »Vielleicht hat Dr. Scott recht, und ich habe deine Fassade tatsächlich gleich durchschaut. Ich weiß noch, wie sehr mich deine Schönheit beeindruckt hat, und als du einfach weggingst, hätte ich alles dafür gegeben zu wissen, was du gerade dachtest.«

Catherines Augen standen voller Tränen, und ihre Lippen zitterten. »Ich glaube, ich hatte ein wenig Angst vor dir, weil ich spürte, daß du zuviel gesehen hattest. Aber es schien mir damals nicht wichtig, nicht bis zu dem Tag am Bach.«

Tyrones Miene verhärtete sich plötzlich. »Ich war ein egoistischer Bastard, Catherine. Ich wußte, daß du unschuldig warst, aber . . .«

»Du warst sehr einfühlsam«, unterbrach sie ihn. »Dafür bin ich dir immer dankbar gewesen.«

»Dankbar?« Seine Stimme klang gepreßt. »Catherine, ich weiß jetzt, was du durchgemacht hast. Es muß die Hölle für dich gewesen sein, einen Liebhaber zu haben, nach all den Verdächtigungen deines Vaters, den Qualen deiner Mutter. Und ich habe an nichts anderes gedacht als an mein Vergnügen.«

Ihre Hände schlossen sich um seine. »Marc, wenn du anders gewesen wärst, hätte ich es nicht ertragen können. Was du von mir wolltest, war das einzige, das ich dir geben konnte – eine heimliche Affäre, eine Frau für dein Bett. Du warst nie lange hier, und ich glaubte, ich könnte es vor meinem Vater geheimhalten. Zumindest habe ich es mir eingeredet. Es war meine einzige Chance, mich als Frau zu fühlen und in den Armen eines Mannes zu liegen . . . Begehrt zu werden.«

»Catherine.« Er spürte, wie sich ihm das Herz vor Mitleid zusammenzog, und er hatte keinen anderen Wunsch, als sie an sich zu ziehen und ihr sanft die Tränen von den Wangen zu küssen. Aber sie fuhr fort, den Blick abgewandt: »Ich dachte nicht, daß es so lange dauern würde, sondern rechnete damit, daß du meiner bald müde werden würdest. Dann hätte ich wenigstens die Erinnerung daran gehabt. Aber es ging weiter, du kamst immer wieder zur Hütte, und ich redete mir ein, daß alles in Ordnung sei und daß du schon nicht merken würdest, was mit meinem Vater los war. Aber dann wolltest du mich plötzlich heiraten . . .«

»Ich hatte mich in dich verliebt«, murmelte er.

»Das wußte ich damals nicht.« Catherine starrte ins Leere. »Ich wußte nur, daß du mich plötzlich mit anderen Augen sahst, und ich hatte Angst, du könntest alles herausfinden. Vaters Zustand verschlimmerte sich immer mehr. Er fing an, Tiere zu töten, wenn jemand ihn geärgert hatte. Ich tat jeden

Abend Laudanum in seinen Wein und achtete darauf, daß er nicht zuviel trank. – Ich hätte dich nicht mehr treffen dürfen, denn ich kannte die Gefahr. Es war reines Glück, daß er es in all den Monaten nicht herausgefunden hatte, aber dieses Glück konnte nicht ewig anhalten. Es wurde immer schwerer für mich, mich heimlich davonzustehlen, und dieses Mal wolltest du länger bleiben, mich öfter sehen. Außerdem hatte ich das Gefühl, du sorgtest dich um mich . . . Ich hätte Schluß machen müssen, aber ich hatte nicht die Kraft dazu.«

Wieder stiegen ihr die Tränen in die Augen und rannen langsam über ihre blassen Wangen. Als sie dann sprach, war ihre Stimme nur noch ein schwaches Flüstern.

»Ich brauchte dich so sehr.«

Tyrone stand auf, schloß sie zärtlich in seine Arme und zog sie auf seinen Schoß. Sie weinte still, fast ohne einen Laut, und er versuchte nicht, ihren Tränenstrom aufzuhalten. Sie sollte sich all ihren aufgestauten Kummer von der Seele weinen.

»Entschuldige, bitte«, brachte sie schließlich hervor.

»Du brauchst dich nicht zu entschuldigen.« Er rieb sanft seine Wange an ihrem weichen Haar und erwiderte ruhig ihren Blick, als sie zu ihm aufsah. »Ich weiß, wie lange dich all das gequält hat. Viel zu lange.«

Sie machte eine abwehrende Handbewegung. »Es tut mir so leid um dein Pferd, Marc. Du hättest es mir sagen sollen. Ich habe es erst heute erfahren, als Vater mir davon erzählte.«

»Er nannte dich an jenem Abend Kate«, sagte Tyrone nachdenklich. »Hat er bemerkt, wie ich dich ansah? Hat ihn das so in Raserei versetzt?«

Catherine nickte. »Ich dachte, ich hätte es geschafft, ihn zu beruhigen. Wenn du mir gesagt hättest, was mit deinem Pferd passiert war, hätte ich es gewußt und . . .«

»Und noch verzweifelter versucht, mich loszuwerden?«

Der Blick, den sie ihm zuwarf, war voller Qual. »Ich hatte solche Angst.«

Tyrone zögerte. »Catherine, wenn dein Vater dich für seine Frau hielt, hat er dich dann . . .«

»Berührt?« beendete sie seine Frage. »Nein. Das zumindest ist mir erspart geblieben. Ich glaube, er fiel nur in jene Zeit zurück, in der er . . . in der er und meine Mutter nicht mehr miteinander schliefen. Nein, davor habe ich mich nie gefürchtet. Ich hatte nur Angst davor, was er anderen antun könnte . . . vor allem dir!«

»Catherine, ich möchte, daß du mir jetzt gut zuhörst«, sagte Tyrone energisch. »Nichts von all dem war deine Schuld. Tommy, die Tiere, mein Schiff – du bist dafür nicht verantwortlich.«

»Aber wenn ich . . .«

»Er legte einen Finger auf ihren Mund. »Kein Wenn. Du hast alles getan, was du konntest – weit mehr sogar. Du bist durch die Hölle gegangen, aber jetzt ist es vorbei.«

Es ist nicht vorbei. Aber das konnte sie ihm nicht sagen, noch nicht. Sie war so müde.

Tyrone ließ sie nicht los, während er vorsichtig aufstand und sie dann lächelnd ansah. »Und jetzt, mein Liebling, bringe ich dich ins Bett. In *mein* Bett, wo du hingehörst.«

Catherine wollte ihm so gern glauben. Sie schmiegte seufzend den Kopf an seine Schulter und sagte sich, daß eine Nacht nicht schaden könnte. Diese eine Nacht nur wollte sie an seiner Seite schlafen und sich einreden, daß es von nun an immer so sein würde.

Tyrone trug sie nach oben in sein Schlafzimmer. Das Licht brannte, und die Bettdecke war zurückgeschlagen. Er ließ Catherine sanft auf die Bettkante gleiten und kniete sich auf den Boden, um ihre Stiefel abzustreifen.

»Das brauchst du nicht . . .«

»Catherine«, unterbrach er sie liebevoll, »sei still.«

Trotz ihrer trübsinnigen Gedanken huschte bei seinen Worten der Anflug eines Lächelns über ihr Gesicht. »Das hast du in der letzten Zeit reichlich oft zu mir gesagt«, meinte sie leise.

»Und eines Tages hörst du vielleicht sogar auf mich«,

erwiderte er. »Ich will schon lange für dich sorgen, aber du hast es nie zugelassen.«

»Ich durfte es nicht«, sagte sie.

»Ja, ich weiß. Aber jetzt darfst du es.« Er hatte ihr die Strümpfe ausgezogen und legte sie auf einen Stuhl, stand dann auf und zog Catherine sanft auf die Beine. Behutsam entkleidete er sie, bis sie in ihrem Hemd vor ihm stand.

Tyrone runzelte kurz die Stirn, trat dann zu seinem Schrank und nahm eines seiner Hemden heraus. »Das kannst du heute nacht anziehen«, sagte er.

»Aber es ist aus Seide«, protestierte sie schwach.

»Ich wollte dich schon immer in Seide sehen. In New York bin ich unzählige Male vor den Modesalons stehengeblieben, um mir die eleganten Kleider aus Seide und Satin anzusehen. Ich hätte dir gern eins gekauft, aber ich wußte, daß du es nie anziehen würdest.« Er warf das Hemd auf sein Bett und zog Catherine vorsichtig das dünne Unterhemd über den Kopf. Als sie schließlich nackt vor ihm stand, erstarrte er.

Catherine sah hastig an sich herunter und zuckte zusammen. Die Quetschungen und Schwellungen auf ihrem Körper waren schlimmer, als sie angenommen hatte, weit schlimmer als auf ihrem Gesicht. Unterhalb der Rippen hatte sich ein großer blauschwarzer Bluterguß gebildet. Es sah schrecklich aus.

»Verdammt«, stieß Tyrone rauh hervor. »Ich hätte dafür sorgen sollen, daß Dr. Scott dich untersucht.«

»Es ist schon gut, Marc.« Sie hob eine Hand und strich ihm sanft über die Wange. »Die Wunden werden heilen – und ich habe jetzt keine Schmerzen mehr.« Das war die Wahrheit.

Tyrone warf ihr einen langen, forschenden Blick zu, und schließlich streifte er ihr sein weißes Seidenhemd über. Als es zugeknöpft war, trat er an seine Kommode, während Catherine versuchte, mit den Fingern ihr Haar zu glätten. Ein entsetzter Ausruf entschlüpfte ihr, als sie feststellte, daß es – wohl noch von ihrem wilden Ritt durch die Nacht – völlig verfilzt war. Sie hatte Angst, in den Spiegel zu schauen.

Tyrone lachte leise und nahm eine Bürste von seiner

Kommode. Er führte Catherine zurück zum Bett, drückte sie sanft auf die Matratze und begann, langsam ihr Haar zu bürsten.

»Nun mußt du dich schon wieder um mich kümmern«, sagte Catherine mit einem verlegenen Lächeln.

»Ich tue es gern.«

Catherine schloß die Augen und kostete das Gefühl aus, von ihm verwöhnt und umsorgt zu werden wie ein kleines Mädchen. Behutsam entwirrten seine Finger ihr Haar, und seine sanften Berührungen erfüllten sie mit fast unerträglichem Glück – und Schmerz. »Du hast als erstes immer mein Haar gelöst«, sagte sie leise.

»Wirklich?« Er hörte nicht auf, mit seinen Händen durch ihre dunklen Strähnen zu streichen. »Vielleicht, weil du mit deiner ordentlichen Frisur immer die kühle Miß Waltrip warst. Erst wenn ich dein Haar wie kühle Seide unter meinen Fingern spürte, warst du meine Catherine.«

Catherine fühlte, wie ihre Kehle eng wurde, und sie war unfähig zu sprechen. Erst jetzt wurde ihr bewußt, daß er sie heute abend nicht ein einziges Mal gefragt hatte, ob sie ihn liebte. Nun, da er wußte, wieviel sie aufs Spiel gesetzt hatte, um mit ihm zusammenzusein, wäre es eine ganz natürliche Frage gewesen. Er liebte sie, das wußte sie, aber er hatte ihr diese Frage nie gestellt. Nur als er sie gebeten hatte, ihn zu heiraten, hatte er wissen wollen, ob sie seinen Antrag ablehnte, weil sie ihn nicht lieben konnte. Sie war einer Antwort ausgewichen.

Wenn er sie heute abend gefragt hätte, hätte sie ihm geantwortet und es nicht länger verschwiegen. Vielleicht spürte er, daß der Wall, den sie um sich errichtet hatte, sie nicht länger schützte, sie verwundbarer war als je zuvor. Vielleicht wußte er, daß er ihr seinen Namen entreißen konnte, nicht aber das Geständnis ihrer Liebe, daß ihre Liebe aus freiem Willen und ohne Zögern angeboten werden mußte.

Es verletzt ihn, daß ich es nicht gesagt habe, wurde ihr plötzlich klar. Daß sie ihn begehrte und brauchte, wußte er, aber nie hatte sie ein Wort von Liebe gesagt. Und weil er nicht wußte, warum sie schwieg, war er verletzt. Aber er nahm es hin, ohne ein Wort zu sagen . . .

Sie wollte es ihm so gern sagen, jetzt gleich, aber der Schmerz preßte ihr die Kehle zusammen und machte sie stumm.

»Dir ist kalt«, stellte Tyrone fest, als er sah, daß sie zitterte. »Komm, Liebes, geh ins Bett.« Er half ihr auf, zog die Laken zurück und deckte Catherine liebevoll zu, als sie sich hineingelegt hatte.

Catherine sah schweigend zu, wie er ihre Sachen zusammensuchte, sie sorgsam über einen Stuhl hängte und sich dann selbst auszuziehen begann. Sie verfolgte jede seiner Bewegungen, um alles wie einen kostbaren Schatz in ihrem Gedächtnis aufzubewahren.

Als er das Licht löschte und zu ihr ins Bett schlüpfte, schmiegte Catherine sich sofort in seine Arme, in die warme Geborgenheit seines Körpers. Tyrone hielt sie schützend und zärtlich in seinen Armen und streichelte sanft über ihr Haar, und allmählich ließ das Zittern ihres Körpers nach. Sie legte den Kopf an seine Schulter – und wünschte, es könnte für immer so sein.

Tyrone erwachte in den stillen Stunden vor der Dämmerung. Es war ein jähes Erwachen, das ihn Jahre voller Gefahren gelehrt hatten, und er wußte sofort, was ihn aufgeschreckt hatte. Catherine litt unter einem furchtbaren Alptraum, erlebte vielleicht gerade den Flammentod ihres Vaters noch einmal, und das leise Stöhnen, das sich ihrem zitternden Körper entrang, verriet ihm ihre ganze Qual.

Er zog sie an sich, streichelte sie beruhigend und murmelte leise Worte des Trostes.

»Verlaß mich nicht«, flüsterte sie und umklammerte ihn wie eine Ertrinkende.

Er war nicht sicher, ob sie nicht vielleicht im Traum

gesprochen hatte, antwortete aber trotzdem: »Nie, mein Liebes. Nie.«

Endlich ließ das Zittern nach, und Catherine entspannte sich. Erst viel, viel später erreichte ihn ihre Stimme, in der gleichzeitig Glück und Resignation mitschwangen. »Ich liebe dich, Marc.«

Wie lange hatte er auf diese Worte gewartet, sich nach ihnen gesehnt. Ein heftiger Schmerz durchzuckte ihn. »Ich liebe dich auch, Catherine.« Er wußte, daß sie die Wahrheit sagte. Sie liebte ihn – aber diese Liebe bereitete ihr Schmerz.

Er lag noch immer wach, als der Morgen dämmerte.

»Danke, Sarah.«

Der Klang von Tyrones Stimme weckte Catherine am nächsten Morgen aus dem leichten Halbschlaf, der das endgültige Erwachen ankündigte. Sie richtete sich halb auf, blinzelte und sah zu ihm hinüber, wie er dort an der Tür stand; ein Tablett in der Hand, schon rasiert und fast fertig angezogen.

Sofort meldete sich Catherines Eitelkeit, und sie war sich ihrer verschlafenen Augen und ihrer zerzausten Haare unangenehm bewußt – und der Tatsache, daß sie nur sein Seidenhemd trug.

»Sieh mich nicht so stirnrunzelnd an«, befahl er, als er ans Bett trat. »Und falls es dein Aussehen ist, was dir Sorgen macht; du siehst wunderschön aus.«

»Wie ich aussehe, ist mir völlig gleichgültig.« log sie im Brustton der Überzeugung und unterdrückte mühsam das Verlangen, sofort ihre Frisur in Ordnung zu bringen. Gehorsam setzte sie sich auf, ließ sich das Tablett auf den Schoß stellen, konnte sich aber nicht versagen, ihm einen strengen Blick zuzuwerfen. »Und du weißt viel zu viel über Frauen.«

Er grinste, setzte sich zu ihr und nahm sich eine Tasse Kaffee. »Ich fürchte, das liegt an meinen Jugendsünden.«

Catherine zwang sich, sein Lächeln nicht zu erwidern. »Eine Braut in jedem Hafen?« fragte sie trocken.

»Früher einmal.« Brüsk fügte er hinzu: »Sarah duldet nicht, daß jemand in diesem Hause hungert. Und da es bald zwölf ist, hat sie Frühstück und Lunch gleichzeitig heraufgeschickt.«

»Ich bin wirklich nicht . . .«

»Catherine!« unterbrach er sie warnend.

Sie starrte ihn einen Augenblick fast trotzig an, gab dann aber lächelnd nach. Zu ihrer Überraschung stellte sie fest, daß sie tatsächlich Hunger hatte, bis ihr einfiel, daß sie seit vierundzwanzig Stunden nichts mehr gegessen hatte.

Tyrone hielt während ihrer Mahlzeit ein lockeres Gespräch in Gang und beschrieb ihr sehr anschaulich einige der Orte, die er während seiner zwanzig Jahre auf See kennengelernt hatte. Catherine machte es Spaß, ihm zuzuhören, aber obwohl er jede Anspielung auf die Ereignisse des vergangenen Tages bewußt vermied, mußte sie doch ständig daran denken. Die Trauer um ihren Vater war ein dumpfer Schmerz, und sie fühlte immer noch den Schock, den sie bei dem Anblick der brennenden *Raven* empfunden hatte. Auch dieser Schmerz saß tief, weil sie wußte, daß Marc mit dem Schiff auch einen Teil von sich selbst verloren hatte.

Als die Mahlzeit beendet war und er das Tablett beiseite stellte, sprach sie diesen Gedanken aus. »Marc, es tut mir so leid um die *Raven*.«

Er schüttelte den Kopf. »Ich habe noch andere Schiffe.«

»Aber keine zweite *Raven*.«

Tyrone wußte, daß es eine Lüge gewesen wäre, ihr zu sagen, daß es ihm nichts ausmachte. »Catherine, Schiffe sind wie Menschen, sie leben und sie sterben. Für die *Raven* war die Zeit gekommen, zu sterben.«

»Sie wäre noch da, wenn mein Vater nicht gewesen wäre . . . und ich!«

»Dein Vater war krank, und dich trifft keine Schuld!« Er griff nach ihrer Hand. »Ich meine es ernst, Catherine. Es ist vorbei, vergiß es!«

»Wirst du es denn jemals vergessen?«

Sein Lächeln verzerrte sich. »Wenn ich statt dessen dich bekomme, ja.«

Catherine starrte auf seine Hand. »Ich kann die *Raven* nicht ersetzen. Sie war ein Teil von dir.«

»Ein Teil meiner Vergangenheit. Du bist meine Zukunft.«

Das kann nicht sein! Sie sah sich in seinem Zimmer um und stellte mit einer Art Trauer fest, wie sehr es sich von seiner Kajüte auf der *Raven* unterschied. Auch dieser Raum strahlte Luxus und Wohlstand aus, aber er verriet den Geschmack eines Mannes, der seinen Reichtum in Jahren harter Arbeit und großer Gefahr verdient hatte, dessen Erinnerungen an eine elende Kindheit allmählich verblaßt waren. Hier gab es kein reichverziertes Bett, keine seidenen Bettvorhänge in leuchtenden Farben.

»Catherine?«

Sie wich ihm aus, schob die Decke beiseite und glitt aus dem Bett. Ihr ganzer Körper schmerzte, und sie wußte nicht, ob dieser Schmerz seelische oder körperliche Ursachen hatte. Wahrscheinlich beides! Ihr Körper war wie zerschlagen, ihr Herz wie erstarrt.

»Ich habe gestern abend zu Hause das Essen stehenlassen«, murmelte sie. »Und alle Lampen brennen. Ich muß einiges erledigen . . .«

»Du gehst nicht dorthin zurück.« Er stand vor ihr und hielt sie an den Schultern fest. »Sarah und Reuben können das Haus abschließen und dir bringen, was du brauchst.«

Sie sah zu ihm auf und begegnete ruhig seinem entschlossenen Blick. »Irgendwann muß ich zurück.«

»Das hat keine Eile. Jetzt, wo ich dich endlich bei mir habe, lasse ich dich nicht so bald wieder gehen.«

»Marc . . .«

»Ich werde mit dem Pfarrer sprechen«, fuhr er fort, ohne auf ihren Einwand zu achten, »und ihn fragen, wann er uns trauen kann.«

Catherines Stimme klang sehr beherrscht, als sie sagte: »Ich werde mit dir leben, wenn du es willst, Marc. Aber ich werde dich nicht heiraten.«

Sein Gesicht wirkte angespannt, aber in seinem Blick war keine Überraschung. »Warum nicht, Catherine?« sein Griff um ihre Schultern wurde fester. »Diesmal kannst du nicht einfach ohne Erklärung davonlaufen.«

Catherine wußte, daß er recht hatte. Vor diesem Augenblick hatte sie sich schon lange gefürchtet. Im Geiste hörte sie die kühle, sachliche Stimme des Arztes in London: ›*Geisteskrankheit kann erblich sein, Miß Waltrip. Falls das in Ihrer Familie so ist, kann die Krankheit irgendwann auch bei Ihnen auftreten. Daran sollten Sie denken . . .*‹

O Gott, als ob sie es je vergessen hätte!

»Catherine?«

Mit erstickter Stimme sagte sie: »Mein Vater war nicht viel älter als ich es jetzt bin, als er . . . als er krank wurde. Es besteht die Möglichkeit . . . Marc, mir könnte dasselbe passieren. Ich könnte eines Tages . . . wahnsinnig werden.«

Tyrone zog sie heftig in seine Arme und hielt sie fest an sich gepreßt. Während er in dieser letzten Nacht wachgelegen hatte, hatte er zu ahnen begonnen, was ihr noch immer eine solche Furcht einjagte. Was für eine Hölle mußten die letzten Monate für sie gewesen sein! Sie hatte mit ihrem kranken Vater zusammengelebt, hatte versucht, ihn vor sich selbst zu schützen und dabei ständig gewußt, daß diese Krankheit auch sie selbst einmal bedrohen konnte.

»Dieses Risiko gehe ich ein«, murmelte er dicht an ihrem Ohr. »Ich liebe dich, und ich will, daß du meine Frau wirst.«

»Nein! Ich möchte keine Belastung für dich sein.« Aber bei diesen Worten schlang sie unwillkürlich beide Arme um ihn.

»Du wirst für mich nie eine Last sein!« Er umschloß ihr Gesicht mit beiden Händen und zwang sie, ihn anzusehen. »Ein Leben ohne dich ist die schlimmste Belastung, die ich mir vorstellen kann.«

»Ich . . .«

»Catherine!« Er hielt den Blick unverwandt auf sie gerichtet. »Du hast mir heute nacht etwas gesagt. War es die Wahrheit?«

Schon wieder stiegen ihr die Tränen in die Augen, und sie dachte fast amüsiert, wie komisch es doch war, daß sie jahrelang nicht hatte weinen können, während sie jetzt auf einmal nicht mehr damit aufhören zu können schien. Und sie konnte Marc nicht belügen. »Ja. Ich – ich habe mich an jenem Tag am Bach in dich verliebt, als du mir zulächeltest.«

Er beugte sich vor und küßte sie sanft. »Dann ist alles andere unwichtig.«

»Nein, Marc, ich kann nicht!« Aber es fiel ihr schwer, gegen etwas zu protestieren, das sie sich so sehnlich wünschte.

»Doch, du kannst. Und du wirst!« Ein leises Klopfen an der Tür unterbrach ihn, und gleich darauf erschien Sarahs Kopf im Türspalt. »Dr. Scott ist unten«, berichtete sie. »Er sagt, er muß unbedingt mit Ihnen und Miß Waltrip sprechen.«

»Gut. Wir kommen gleich.«

Sarah nickte und verschwand wieder.

Tyrone ging zu Catherine hinüber. »Ich glaube, wir sollten uns lieber anziehen und mit ihm reden.«

»Marc . . .«

»Obwohl es ein Jammer ist. Du siehst in meinem Hemd ausgesprochen verführerisch aus. Aber weil ich diesen Anblick keinem anderen Mann gönne . . .«

Trotz ihres Kummers fühlte Catherine einen unwiderstehlichen Drang in hysterisches Lachen auszubrechen. Weil ihr bisher nie der Gedanke gekommen war, Tyrone könnte sie auch dann noch heiraten wollen, wenn er die volle Wahrheit kannte, war sie ziemlich durcheinander. »Marc, du kannst das nicht wirklich ernst meinen!«

»Das tue ich aber.« Er warf ihr einen Blick zu, der keinen Zweifel an seiner Entschlossenheit ließ. »Spätestens Freitag ist es soweit!«

Automatisch begann Catherine, das Seidenheimd aufzuknöpfen. »Aber das ist völlig ausgeschlossen.« Selbst in ihren eigenen Ohren klang ihr Protest schwach, und Tyrone dachte nicht daran, ihn ernst zu nehmen.

»Ganz im Gegenteil, es ist durchaus möglich.« Catherine war aus ihrem Hemd geschlüpft, und Tyrone ließ seine Blicke bewundernd über ihren schlanken Körper wandern. »Deine Wunden scheinen schnell zu heilen«, stellte er fest. »Und der Bluterguß ist schon fast verschwunden. Habe ich dir heute eigentlich schon gesagt, wie schön du bist?«

Catherine kleidete sich an und warf ihm dabei einen Blick zu, der eine Mischung aus Ärger, Verzweiflung und Freude war. Marc reagierte einfach ganz anders, als sie erwartet hatte, und sie fühlte sich völlig verwirrt. »Bitte mach mir nicht auch noch Komplimente, es ist so schon schwer genug. Ich versuche gerade . . .«

»Was du versuchst, mein Liebling, ist völlig zwecklos.« Er knöpfte sein Hemd zu und schob es in die Hose. »Brauche ich eine Jacke, um dem Doktor gegenüberzutreten? Nein, ich glaube nicht.«

»Warum hörst du mir nicht wenigstens zu?« fragte Catherine halb lachend, halb schluchzend.

Tyrone hob ihr Kinn und küßte sie leicht. »Warum sollte ich? Ich habe vor langer Zeit gelernt, wie ich für das, was ich haben will, kämpfen muß.« Er beugte sich vor und half ihr, ihre Bluse zuzuknöpfen.

Verwirrt überließ sie sich seinen Händen. »Wirst du mir immer beim An- und Ausziehen helfen?«

Er grinste. »Mit Vergnügen. Nein, steck dein Haar nicht auf – es sieht wundervoll aus, wenn du es offen trägst. Vielleicht darfst du es in Zukunft für Abendgesellschaften hochstecken – sonst nicht.«

Sie warf ihm einen mißtrauischen Seitenblick zu. »Du gibst in letzter Zeit ziemlich viele Befehle, findest du nicht?«

»Das ist allein deine Schuld, und von jetzt an mußt du lernen, mit den schrecklichen Konsequenzen zu leben«, erwiderte er betont höflich und mit hintergründigem Lächeln.

»Konsequenzen – wovon?«

»Ich glaube, man nennt es den Pendeleffekt.« Tyrone machte ein nachdenkliches Gesicht. »Das Pendel hat zu lange in eine Richtung ausgeschlagen, weil du mir nie erlaubt hast, mich um dich zu kümmern; und jetzt schwingt es eben in die andere.«

Catherine hatte fasziniert zugehört, aber plötzlich stellte sie fest, daß sie vom Thema abgekommen waren. »Marc, ich kann dich nicht heiraten!«

»Natürlich kannst du, mein Liebling.«

11

Eine Viertelstunde später, als sie zusammen nach unten gingen, um mit Dr. Scott zu reden, hatte Catherine ihren Protest aufgegeben. Sie fühlte sich ganz eigenartig, schwankend zwischen glückseliger Freude und lauernder Furcht. Sie konnte die Krankheit, die sie bedrohte, nicht vergessen, aber sie liebte Marc zu sehr, um noch länger gegen seinen Wunsch, sie zu heiraten, anzukämpfen. Und wenn dies alles nur ein Traum war, wollte sie nie wieder aufwachen.

Dr. Scott, der unruhig auf und ab ging, als sie die Bibliothek betraten, kam sofort auf sie zu und sah sie beide eine Weile forschend an.

»Guten Morgen, Dr. Scott«, begrüßte Tyrone den Arzt.

Dr. Scott verzog den Mund zu einem Lächeln. »Guten Morgen.« Sein Blick heftete sich auf Catherines Gesicht, das jetzt nicht mehr so blaß war und auf dem ein kleines verwirrtes Lächeln lag.

»Sie wollten uns sprechen?« fragte Tyrone, während er Catherine zur Couch führte und dem Doktor einen Sessel anbot.

»Sie werden mir mein Eindringen, verzeihen, denke ich«, begann der Arzt trocken. »Gehe ich übrigens recht in der

Annahme, daß Sie Miß Catherine überreden konnten, Sie zu heiraten?«

»Allerdings.« Tyrone lächelte breit. »Aber es war ein schönes Stück Arbeit.«

»Das kann ich mir vorstellen.« Dr. Scott wurde wieder ernst und wandte sich Catherine zu. »Sie brauchen keine Angst davor zu haben, eines Tages geisteskrank zu werden, liebes Kind«, sagte er freundlich.

Ein zaghaftes Leuchten flackerte in ihren dunklen Augen auf, und sie sah erst Tyrone, dann wieder den Arzt an. »Sind Sie sicher?« Zittern in ihrer Stimme verriet, wieviel Angst sie hatte, daß es sich um einen Irrtum handeln könnte.

»Sie wissen doch, daß ich meinen Kollegen in London geschrieben habe?« Catherine nickte, und der Arzt fuhr fort: »Heute morgen ist das Postschiff aus England eingetroffen, und mit ihm die Antworten, auf die wir solange gewartet haben.«

»Welche Antworten?« wollte Tyrone wissen. Seine tiefe Besorgnis um Catherine, die er ihr allerdings nicht gezeigt hatte, machte langsam einem Gefühl der Erleichterung Platz.

»Es handelt sich um einen Bericht der Ärzte, die Miß Catherines Mutter behandelt haben, und um einige Informationen über Lucas Waltrips Familie, vor allem über seine Eltern. Sie waren geistig gesund und sind beide eines natürlichen Todes gstorben. In der Familie gibt es keinerlei Anzeichen für Geisteskrankheit. Damit blieb in unserem Fall hier nur noch eine Diagnose – Syphilis«, erklärte Dr. Scott. »Diese Krankheit hat Lucas in den Wahnsinn getrieben und seine Frau das Leben gekostet.«

Tyrone, der im Laufe seiner Reisen die verheerenden Auswirkungen dieser Krankheit kennengelernt hatte, nahm Catherines Hand und sah den Arzt an. »Ist sie in Gefahr?«

»Nein. Als mir klar wurde, was die Ursache für Lucas' Geisteskrankheit war, stellte sich mir natürlich als erstes die Frage, wo Lucas sich diese Krankheit zugezogen haben konnte. Er selbst wollte mit mir nicht darüber sprechen, deshalb war ich auf gänzlich auf Catherines Erinnerungen an die Zeit vor dem Tod ihrer Mutter angewiesen. Sehen Sie, es gibt so viele Formen von Geisteskrankheit, und ich mußte auch die Möglichkeit in Betracht ziehen, daß es sich um eine vererbte, angeborene Störung handelte. Aber da Catherines Mutter offensichtlich an einer schweren Krankheit gestorben war und Lucas deswegen Schuldgefühle hatte, bin ich darauf gekommen, daß es einen Zusammenhang geben mußte.«

»Vater hat so etwas gesagt, als er erkältet war und Fieber hatte«, murmelte Catherine. »Er sagte, daß er Mutter umgebracht hätte.«

»Und das hat er auch, mein Kind«, bestätigte Dr. Scott und blickte nachdenklich zu Boden. »Falls es Sie tröstet, er konnte wirklich nicht ahnen, was er angerichtet hatte.«

»Sind Sie sich Ihrer Sache auch ganz sicher?« fragte Tyrone.

»Ja. Alles paßt ins Bild. Lucas steckte sich bei dieser Prostituierten an, als Catherine noch ein Kind war. Ein paar Wochen oder Monate später wurde er krank. Catherine erinnerte sich, daß ihre Mutter von Fieber und einem leichten Ausschlag sprach. Er wurde gesund, und irgendwann während der nächsten Jahre steckte er seine Frau an. Sie erlitt zwei Fehlgeburten und wurde nach der zweiten schwerkrank – das ist ein weiterer Beweis«

»Deshalb haben sie sich also ständig gestritten«, stieß Catherine aufgeregt hervor.

Dr. Scott nickte. »Einer der Ärzte Ihrer Mutter erinnert sich, daß er bei ihr eine Ansteckung mit Syphilis vermutete. Sie wußte, daß nur ihr Mann sie angesteckt haben konnte. Seinen einzigen Fehltritt haben Lucas und seine Frau teuer bezahlen müssen.«

»Und Catherine«, warf Tyrone ein.

Der Arzt nickte. »Ja, und Catherine. Aber Sie brauchen sich nicht mehr zu fürchten, Kind. Sie haben sich bei Ihren Eltern nicht angesteckt.«

Catherine stieß einen Seufzer der Erleichterung aus. Ihr war, als wäre eine schwere Last von ihren Schultern genommen worden. »Ich danke Ihnen«, flüsterte sie. »Dann kann ich also . . .« Ihr Blick wanderte zu Tyrone.

Ein feines Lächeln umspielte Dr. Scotts Mund. »Natürlich können Sie ihn heiraten! Außerdem bezweifle ich, daß er sich mit einem ›Nein‹ jemals zufriedengegeben hätte. Und Sie brauchen auch keine Angst zu haben, Kinder zu bekommen!«

In diesem Augenblick setzte sich Tyrone kerzengerade auf. »Darum also wolltest du keine Kinder! Vielleicht hätten wir sonst schon eine kleine Tochter oder einen Sohn.«

Catherine spürte zu ihrer Verlegenheit, daß sie rot wurde. Noch nie war sie wegen irgend etwas, das Tyrone gesagt oder getan hatte, errötet, und vor dem Doktor brauchte sie sich wahrhaftig nicht zu schämen, er wußte ohnehin, daß sie schon seit langem einen Liebhaber hatte.

Scott lächelte wieder. »Ja, darum, mein Junge. Jetzt wissen Sie, warum Catherine sich mir anvertraute und um keinen Preis Kinder haben wollte. Es ging ihr nicht etwa um moralische Bedenken – sie hatte einfach schreckliche Angst.«

Catherine vergaß ihre Scheu und wandte sich an den Arzt. »Als ich Ihnen von meinem Problem erzählte, habe ich aber kein Wort darüber verloren, mit wem ich mich heimlich traf. Wie sind Sie darauf gekommen?«

»Meine Liebe, ich habe mein ganzes Leben damit verbracht, Menschen zu beobachten«, erwiderte er trocken. »Ihr beide habt es allerdings gut verstanden, eure Gefühle zu verbergen. Ich hatte nur ein unbestimmtes Gefühl, zumindest bis vor kurzem, als das Verhalten des Captain ziemlich durchsichtig wurde.«

Tyrone ließ sich von dieser Bemerkung nicht aus der Fassung bringen. »Auch Sie verstehen sich darauf, Geheimnisse zu bewahren«, bemerkte er lachend und dachte daran, was Dr. Scott ihm alles über Catherine hätte erzählen können.

»Da wir gerade über Geheimnisse sprechen . . « Dr. Scott sah plötzlich zu Catherine hinüber und hob fragend eine Augenbraue.

»Nein, über Ihren anderen Patienten hier weiß sie noch

nichts«, sagte Tyrone. »Aber sie wird bald alles erfahren. Könnten Sie vielleicht nach ihm sehen, da Sie schon einmal hier sind?«

»Natürlich.« Dr. Scott stand auf und winkte ab, als Tyrone ihn begleiten wollte. »Sie beide haben sicher eine Menge zu besprechen. Ich sage Ihnen nachher auf Wiedersehen.« Er verließ den Raum und ging die Treppe hinauf.

Tyrone zog Catherines Hand an seine Lippen und murmelte: »Noch ein Risiko, das du für mich eingegangen bist!« Dann fügte er rauh hinzu: »Ich war ein blinder, selbstsüchtiger Narr.«

»Du konntest es doch nicht ahnen.« Catherine lächelte und strich ihm zärtlich mit der Hand über die Wange.

Er schüttelte den Kopf. »Ich verdiene voll und ganz, was ich gelitten habe, als du mir einmal sagtest, daß wir niemals ein Kind haben würden!«

Sie sah ihn forschend an. »Ich wollte dich damals nicht verletzen, Marc. Ich war nur nicht auf deine Frage vorbereitet.«

Tyrone seufzte. »Und ich habe wirklich geglaubt, daß du die Gefühle haßt, die ich in dir wecken kann. Du schienst so entschlossen, dich durch nichts an mich binden zu lassen.«

Catherine erinnerte sich noch gut an diesen Moment und an seine bitteren Worte. Sie schlang beide Arme um seinen Hals und schmiegte sich dicht an ihn. »Ich haßte nur, daß ich dich nicht so lieben durfte, wie ich wollte«, murmelte sie. »Ich habe dich nie gehaßt, Marc, und auch die Gefühle nicht, die du in mir wachgerufen hast.«

Tyrone preßte sie leidenschaftlich an sich, bis sie sich unvermittelt mit einem leisen Ausruf von ihm löste. »Was ist?« fragte er und strich eine dunkle Locke aus ihrer Stirn.

Sie starrte ihn an und begann zögernd zu lächeln. »Ach, Marc, es wäre ein Wunder nach allem, was passiert ist, aber es besteht die Möglichkeit . . . Weißt du, als ich gestern vom Schiff nach Hause fuhr, ging mir so vieles durch den Kopf, und als ich dann daheim war, habe ich vergessen – nun, ich habe vergessen, das zu tun, was ich sonst nach jedem unserer Treffen tue. Es ist also möglich . . .«

Ganz langsam breitete sich ein Lächeln auf seinem Gesicht aus. »In meinem Sultansbett?«

»Oh, ich hoffe es so sehr!« rief Catherine.

Tyrone zog sie wieder an sich und küßte sie. »Ich auch, Liebste.«

Eine Weile saßen sie nur schweigend beieinander, dann hob Catherine den Kopf. »Du sagtest, Dr. Scott hätte hier noch einen anderen Patienten?«

»Erinnerst du dich noch an die dunklen Räume, von denen wir gestern gesprochen haben?« erwiderte er. »Auch ich habe sie.«

In diesem Moment fiel Catherine noch etwas ein. »Du sprachst von einem Mann, der kommen wird, um dir Fragen zu stellen. Hängt das alles miteinander zusammen?«

»Ja. Die Antwort ist dort oben in einem der Zimmer. Ich werde später mit dir hinaufgehen. Nach dem Besuch von Dr. Scott wird er müde sein und Ruhe brauchen.«

»Ich wollte dich gestern schon danach fragen«, gestand Catherine lächelnd. »Aber ich hatte selbst so viele Geheimnisse, daß es mir nicht fair erschien, dich nach deinen zu fragen.«

»Ich weiß. Es ist schon in Ordnung.« Er zog sie wieder an sich. »Jetzt ist alles in Ordnung.« Und in diesem Augenblick glaubte Marcus Tyrone an das, was er sagte. An den Mann, der kommen und ihm hartnäckige Fragen stellen würde, wollte er jetzt nicht denken.

Kurz darauf verabschiedete sich Dr. Scott, nachdem er Tyrone einen knappen Bericht gegeben hatte. »Es wird nicht mehr lange dauern – vielleicht schon heute abend.«

Catherine willigte ein, Sarah und Reuben zu ihrem Haus zu schicken, damit sie es verschlossen und ihr die Sachen brachten, die sie brauchte. Wenn sie selbst ging, würde Tyrone sie begleiten, und sie wollte ihm den Anblick des Hafens ohne die *Raven*, oder, schlimmer noch, mit den verkohlten Resten seines Schiffes so lange wie möglich ersparen.

Sie verbrachten einen friedvollen Nachmittag miteinander. Nach allem, was hinter ihnen lag, war es eher eine Zeit der Ruhe als der Freude. Der einzige nüchterne Moment kam, als Sarah und Reuben zurückkehrten und ein Geschenk mitbrachten – ausgerechnet von Mrs. Symington.

Tyrone hätte den riesigen Korb voller Früchte am liebsten sofort mit einem scharfen Kommentar zurückgeschickt, aber Catherine wies ihn lächelnd darauf hin, daß die Gabe eher ihr als ihm galt.

»Sie hat ein schlechtes Gewissen, und das mit gutem Grund«, stieß Tyrone aufgebracht hervor. »Laß sie ruhig ein bißchen leiden.«

Catherine sagte ganz ruhig: »Sie und alle anderen haben mich nur so behandelt, wie ich sie behandelt habe – kühl. Ich will nicht behaupten, daß es mir nicht weh getan hätte, aber ich kann ihnen deswegen keine Vorwürfe machen.«

»Aber ich.«

»Marc!«

Er schob eigensinnig das Kinn vor. »Bevor ich auch nur ein einziges höfliches Wort mit einem von ihnen wechsle, muß zuerst ein Wunder geschehen!«

»Wenn du den Pfarrer schneidest, wird er uns wohl kaum trauen«, erinnerte Catherine ihn.

»Dann werden wir eben . . .« Tyrone brach ab und verzog das Gesicht. »Verdammt! Wir befinden uns leider auf einer Insel.«

Catherine nickte. »Dr. Scott hat uns erzählt, daß das Postschiff wieder fort ist. Es kann Monate dauern, bis das nächste kommt. Wenn du entschlossen bist, alle anderen vor den Kopf zu stoßen, haben wir keine leichte Zeit vor uns.«

Tyrone starrte sie stirnrunzelnd an.

»Schließ Frieden mit ihnen«, bat sie und nahm seine Hand. »Es ist am besten so.«

»Und den Korb schicken wir nicht zurück?« fragte er mißmutig.

»Nein. ich werde Lettia ein Dankschreiben senden.«

Tyrone seufzte. »Hoffentlich bist du das nächste Mal dabei, wenn ich sie treffe – um ihretwillen. Nur du kannst mich daran hindern, diese Frau zu erwürgen.«

Catherine lachte und ging nach unten, um ihren Brief zu schreiben.

Später am Nachmittag brachte Tyrone Catherine zu Dr. Scotts ›anderem Patienten‹. Er hatte ihr keine Erklärung gegeben und brauchte es auch nicht. Was sie sah, sagte ihr genug.

Das Zimmer war nur schwach von einer einzigen Lampe beleuchtet, die Vorhänge zugezogen. Obwohl im Kamin ein Feuer brannte und in dem kleinen Raum eine angenehme Wärme herrschte, waren auf dem Bett unzählige Decken aufgetürmt. Überall, auf Regalen und auf dem Fußboden, lag eine Unmenge von Spielzeug und Bilderbüchern verstreut, und an den Wänden hingen kindliche Zeichnungen.

Tyrone machte Catherine mit Mrs. Tully bekannt, die ihre Strickarbeit zusammenlegte und das Zimmer verließ. Dann führte er Catherine zum Bett und sagte leise und freundlich zu dem Mann, der die Augen geöffnet hatte und sie ansah:

»Ich habe Besuch mitgebracht. Das hier ist Catherine.«

Den Namen des Mannes nannte er nicht, aber das war auch nicht nötig.

Catherine nahm die große, knochige Hand, die ihr unsicher entgegengestreckt wurde, und hielt sie einen Moment fest. Ihre Kehle schien plötzlich wie zugeschnürt, doch sie sah lächelnd in das hagere Gesicht des Mannes in den Kissen.

»Sie sind hübsch«, murmelte er mit schwacher Stimme.

»Vielen Dank«, erwiderte sie leise.

Der Blick des Mannes wanderte zu Tyrone, der hinter ihr stand, und sein Mund verzog sich zu einem Lächeln. »Marc findet das auch.«

Catherine spürte, daß seine Hand kalt wurde, und schob sie wieder unter die Bettdecke. Ihr Blick fiel auf ein Buch, das auf dem Nachttisch lag. »Soll ich Ihnen etwas vorlesen?« fragte sie.

Die Augen des Mannes leuchteten auf. »Ja bitte.«

Catherine schlug das Buch auf und begann zu lesen. Ihre weiche, melodische Stimme schien dem Kranken zu gefallen, und das Lächeln lag noch auf seinem Gesicht, als er die Augen längst geschlossen hatte und eingeschlafen war. Catherine las leise weiter, bis die Geschichte zu Ende war, und legte dann das Buch beiseite. Sie ahnte, daß niemand mehr dem Mann daraus vorlesen würde, denn es war nicht schwer zu erkennen, daß er im Sterben lag.

Sie blieb einen Moment sitzen und betrachtete den Kranken. Jetzt ergab alles einen Sinn – warum Tyrone sich am einsamsten Platz dieser einsamen Insel ein Haus gekauft hatte, seine höfliche, aber ablehnende Haltung gegenüber unangemeldeten Besuchern, seine regelmäßigen Aufenthalte hier in all den Jahren . . . so viele Geheimnisse!

Schließlich stand Catherine auf und verließ mit Tyrone das Zimmer. Erst als er sie sanft in die Arme nahm, merkte sie, daß sie weinte. Sie klammerte sich an ihn, an diesen starken Mann, der die Antworten auf so viele Rätsel kannte, der in aller Stille für einen gebrochenen, kranken Mann sorgte, dessen bloße Anwesenheit ihn unendlich quälen mußte . . . vor allem deshalb, weil vielleicht auch Tyrone selbst mitgeholfen hatte, diesen Mann zu brechen.

In dieser Nacht liebten sie sich zum ersten Mal in seinem Haus, und noch nie war es so schön gewesen, so erfüllt von Zärtlichkeit. Das Begehren stieg langsam in ihnen auf, und die leisen, gemurmelten Laute, die Umarmungen und das sanfte Streicheln ihrer Hände waren die Sprache ihres Verlangens. Die Barrieren, die sie immer voneinander getrennt hatten, gab es nicht mehr, Catherine und Tyrone waren eins durch das Band ihrer Liebe. – Ein Band, das sich in Schmerz und Angst –

und Feuer – bewährt hatte. Zwei einsame, verlorene Menschen hatten zueinandergefunden und sich zuerst hungrig aneinandergeklammert, wachsam und vorsichtig, immer auf der Hut. Jetzt war keine Vorsicht mehr nötig, endlich konnten sie einander vertrauen und waren beide nicht mehr allein.

Catherine wachte kurz vor Morgengrauen auf, weil sie spürte, daß Tyrone nicht mehr an ihrer Seite lag. Sie setzte sich auf und entdeckte ihn im dämmerigen Zwielicht des Zimmers. Er stand am Fenster und sah gedankenverloren aufs Meer hinaus.

»Marc?«

Er drehte sich sofort um, kam zum Bett zurück und schloß sie in die Arme. »Habe ich dich geweckt? Das tut mir leid.«

»Du warst nicht mehr da«, antwortete sie schlicht und schmiegte sich an ihn. »Was hat dich aufgeweckt?«

»Ich weiß es nicht.« Nach einem Moment fuhr er nachdenklich fort: »Während des Krieges hatte ich manchmal plötzlich das Gefühl, ich müßte meine Pläne ändern, das Ziel meiner Fahrt oder einfach nur den Kurs des Schiffes. Und später stellte ich immer fest, daß ich dadurch einer Gefahr entgangen war, von der ich nichts wissen konnte.«

»Und dieses Gefühl hast du jetzt auch?« fragte Catherine leise.

»Ich glaube, ja. Als ich eben hinaussah, kam es mir so vor, als ob . . . als ob sich etwas Dunkles auf mich zubewegte.«

Catherine erschauerte. »Der Mann mit den Fragen?« Sie kannte inzwischen die ganze Geschichte, wußte, welche Bedrohung diese Fragen für sie beide darstellten.

»Nein«, erwiderte Tyrone zögernd. »Nicht Delaney. Es muß etwas anderes sein, etwas, das mir entgangen ist.« Er schüttelte den Kopf. »Ich weiß es nicht.«

»Ich könnte es nicht ertragen, dich zu verlieren«, flüsterte Catherine, und seine Arme schlossen sich sofort fester um sie. »Du wirst mich nicht verlieren, mein Liebes. Ein Mann, der soviel hat, wofür es sich zu leben lohnt, ist nicht so leicht umzubringen. Ich habe die Absicht, mit dir zusammen alt zu werden.«

»Versprochen?«

»Versprochen.«

Beruhigt und getröstet durch die gleichmäßigen Schläge seines Herzens und geborgen in seinen Armen, sank Catherine wieder in Schlaf und die namenlosen Ängste, die sie wie Schatten in ihre Träume verfolgten, konnten ihr nichts mehr anhaben.

An diesem Morgen teilte Mrs. Tully ihnen mit, daß der kranke Mann kurz vor Tagesanbruch gestorben war, ohne noch einmal das Bewußtsein wiedererlangt zu haben.

Später an diesem Morgen standen Catherine und Tyrone hinter dem Haus am Rand der Klippen, die diesen Teil der Insel säumten, und blickten aufs Meer hinaus.

»Vorhin habe ich mir eingebildet, die Segel eines Schiffs gesehen zu haben«, murmelte Tyrone geistesabwesend. Sein Blick wanderte in Richtung Hafen, der von hier oben aus nicht zu sehen war.

»Noch ein Postschiff?«

»Nein, ein Klipper vielleicht. Die Entfernung war zu groß, um es genau zu erkennen.«

Beide hörten gedämpftes Hämmern aus dem Stall, wo Reuben gerade einen Sarg zimmerte. Tyrones Miene wurde hart. »Der Gedanke, ihn in ein namenloses Grab zu legen, ist für mich schlimmer als andere andere.«

»Aber im Grunde ist er doch schon seit langer Zeit tot und begraben«, wandte Catherine ein.

»Sein Name steht bereits auf einem Grabstein, ja. Und die Erinnerung an ihn lebt.«

»Ist das nicht das Wichtigste?«

Tyrone hob ihre Hand an seine Lippen, küßte sie und sagte mit warmem Lächeln: »Du hast recht.«

»Hör auf, dir Vorwürfe zu machen, Marc! Ich verstehe jetzt, warum der Krieg für dich bisher noch nicht vorbei sein konnte; der alte Mann hat dich jeden Tag daran erinnert. Aber du kannst jetzt nichts mehr ändern an dem, was geschehen ist.«

»Ich weiß nicht einmal, ob ich es wollte.« Er seufzte tief auf. »Es ist nicht nur meine eigene Rolle in diesem Krieg, sondern auch alles andere. Immer wieder frage ich mich, ob ich einiges von dem, was später passiert ist, nicht hätte verhindern können. So viele mußten für dieses verdammte Gold sterben.«

»Du hast getan, was du für richtig hieltest. Niemand hätte mehr von dir verlangen können.«

Tyrone schob ihre Hand unter seinen Arm, und langsam schlenderten sie die Klippen entlang, weg von Haus und den Stallungen, fort auch von Reubens lauten Hammerschlägen.

»Jetzt hast du fast genau meine Worte gebraucht«, stellte Tyrone lächelnd fest.

Catherine erinnerte sich noch lebhaft daran, was er über ihre eigenen Schuldgefühle gesagt hatte, und erwiderte lachend: »Es war ein guter Rat. Wir können nichts mehr ändern, und selbst wenn alles anders verlaufen wäre, was dann? Wärst du kein Blockadebrecher gewesen, dann hättest du nicht für diesen kranken Mann sorgen können, der außer dir niemanden hatte. Du hättest ihn nicht hierher in Sicherheit bringen und ihn pflegen können.«

Ihre Worte hatten ihn getröstet, und er schlug einen leichten Ton an. »Ich wußte doch, daß es einen Grund geben muß, warum ich dich liebe.«

»Ach, wirklich?« Sie lächelte ihn herausfordernd an. »Das interessiert mich sehr. Warum erzählst du mir nicht, was für ein Grund das ist?«

»Deine blauen Augen zum Beispiel«, sagte er schnell und fuhr lachend fort: »Dafür hatte ich schon immer eine Schwäche.«

»Und für dunkles Haar, nehme ich an.«

»Das auch. Und als ich dich das erste Mal sah, hattest du einen Hut mit Federn auf.«

»Das stimmt nicht!«

»O doch, ich erinnere mich sogar noch ganz genau daran. Ein kleiner blauer Hut mit Federn, dazu blaue Handschuhe und ein blaues Kleid.«

Catherine lachte hell auf. »Ich muß ja einen überwältigenden Eindruck auf dich gemacht haben!«

Er blieb stehen und legte beide Hände auf ihre Schultern, und obwohl er lächelte, blickten seine Augen ernst. »Ja, das hast du. Ich wollte es mir lange nicht eingestehen, aber seit ich dich getroffen habe, hat keine andere Frau mein Herz höher schlagen lassen.«

Catherine sah zu ihm auf und fühlte, wie ihr Tränen der Rührung in die Augen stiegen. Doch bevor sie etwas erwidern konnte, ließ ein lauter wütender Aufschrei sie zusammenzucken.

»Tyrone!«

Er erstarrte und sein Blick wurde eisig. »Natürlich«, murmelte er mehr zu sich selbst. »Damit hätte ich rechnen müssen.«

»Tyrone, Sie verdammter Bastard, drehen Sie sich um!«

»Marc?« Ihre Frage war nur ein leises Flüstern.

»Nicht bewegen, Catherine.« Er hob die Hand und berührte leicht ihre Wange. »Nicht bewegen.«

Irgend etwas im Ausdruck seiner Augen hätte sie beinahe laut aufschluchzen lassen, aber ihre Kehle war wie zugeschnürt. Catherine blieb wie gelähmt stehen, während Tyrone sich langsam umdrehte und ein paar Schritte von ihr wegtrat. Erst jetzt sah sie den anderen Mann.

Auf den ersten Blick wirkte er nicht bedrohlich – ein Mann in mittleren Jahren, klein und dünn. Seine Kleidung wirkte, als ob er sie seit mehreren Tagen nicht gewechselt hätte, und sein schütteres braunes Haar stand wirr in alle Richtungen ab. Mit seiner aggressiven Haltung und dem zerrauften Aussehen wirkte er fast ein bißchen lächerlich, doch dieser Eindruck täuschte.

Unbändige Wut leuchtete ihnen aus seinen Augen entgegen, und seine Gesichtsmuskeln zuckten nervös. Aber die Hand, die eine Pistole auf Tyrone richtete, war sehr ruhig.

»Sheridan«, sagte Tyrone tonlos. Er hatte sich absichtlich von Catherine wegbewegt, in der Hoffnung, Sheridans Aufmerksamkeit auf sich zu lenken und sie zu schützen. Aber nach einem Blick in Sheridans Augen stieg wachsende Furcht in ihm auf. Sheridan war in blinder Panik und offensichtlich nicht in der Lage, vernünftig zu handeln.

»Sie haben unsere Namen aufgeschrieben, Sie verdammter Hurensohn«, stieß Sheridan mit sich überschlagender Stimme hervor. »Delaney hat nicht lange gebraucht, um die Liste zu finden. Und jetzt ist er Ihnen auf den Fersen und wild entschlossen, seine verdammten Antworten zu bekommen.«

Tyrone war unbewaffnet und zu weit von Sheridan entfernt, um ihm die Pistole abzunehmen, ohne mindestens von einer Kugel getroffen zu werden. Dennoch straffte sich sein Körper, und seine Muskeln spannten sich an. Mit ruhiger Stimme sagte er: »Ich hätte wissen müssen, daß Sie es waren.«

Sheridan fuhr erschrocken zusammen. »Sie irren sich! Sie wissen nicht, wovon Sie reden!«

»O doch! Schon damals waren Sie ungeduldig und ließen sich zu unüberlegten Handlungen hinreißen. Ich hätte es damals schon erkennen müssen.« Er mußte Sheridan ablenken, um ihn vielleicht mit einem Angriff zu überraschen.

»Nein! Die anderen waren es.«

Tyrone schüttelte langsam den Kopf, ohne den Blick auch nur einen Moment von Sheridans Gesicht zu wenden. »Nein. Damals war ich mir nicht sicher, aber heute bin ich es. Von diesen fünf Männern waren Sie der einzige, der einen solch plumpen Versuch eines Überfalls hätte planen können.«

Sheridan starrte ihn mit offenem Mund an. »*Versuch*?«

Obwohl er wußte, daß er möglicherweise einen furchtbaren Fehler beging, fuhr Tyrone fort. »Ja – Versuch. Er schlug fehl,

Sheridan. Ich habe Sie und die anderen belogen, als ich sagte, er wäre tot.«

Der Senator schüttelte ungläubig den Kopf »Aber er . . . er ist doch gestorben!«

»Nein. Aber mir war klar, daß mindestens einer von euch das Attentat geplant hatte, und ich wollte nicht riskieren, daß ein zweiter Versuch gemacht würde. Deshalb habe ich gelogen. Ich brachte ihn erst auf mein Schiff, dann hierher.«

»Das glaube ich nicht«, stieß Sheridan hervor. »Ihnen war das alles doch ganz egal!«

»Er war mein *Freund.*« Tyrone hörte selbst, wie scharf seine Stimme klang, und zwang sich, ruhig zu bleiben. »Er war ein kranker, bemitleidenswerter Mann, der keine Gefahr für Ihre großartigen Pläne darstellte.«

»Solange er lebte, war er eine Bedrohung.« Sheridan hatte es aufgegeben zu leugnen. »Und Sie sind es auch. Ich darf nicht zulassen, daß Sie Delaney alles erzählen! Leon sagt, es wäre möglich, daß Delaney alles an die Öffentlichkeit bringt. Das darf nicht geschehen! Ich habe zuviel zu verlieren. Wenn das herauskommt, ist mein Leben ruiniert!«

»Sie denken nicht nach, Sheridan«, entgegnete Tyrone sanft. »Glauben Sie wirklich, daß ich ihn all die Jahre hier in meinem Haus hätte verstecken können, ohne daß irgend jemand etwas davon erfuhr?«

»Jahre?« flüsterte Sheridan ungläubig. »Er hat noch Jahre gelebt? Das glaube ich nicht! Wenn es wahr wäre, hätten Sie uns doch sicher erpreßt, uns ständig unter Druck gesetzt!«

»Wozu?« fragte Tyrone knapp. »Keiner von Ihnen besitzt etwas, das ich haben möchte.«

Sheridans Blicke irrten hin und her, in seinem Gesicht zuckte es. Aber die Hand, die die Pistole hielt, war ruhig. »Er ist doch tot, oder? Er lebt nicht mehr?«

»Ja, er ist tot. Sie können ihm nicht mehr schaden.«

»Aber Sie können mir schaden«, murmelte Sheridan. »Wenn Sie es Delaney erzählen, erzählt er es aller Welt.«

»Woher wollen Sie das wissen? Vielleicht will er es lieber für sich behalten?«

»Aber dieses Risiko kann ich nicht eingehen!« Sheridan stieß ein wildes Lachen aus. »Ich kann nicht! Wenn alle an dieser Sache beteiligt gewesen wären, würden wir damit fertigwerden. Aber die anderen hatten nichts damit zu tun. Und ich werde hängen, wenn die Öffentlichkeit jemals erfährt, was damals geschehen ist.«

Catherine, die wie erstarrt ein paar Schritte neben Tyrone stehengeblieben war, spürte mehr als daß sie sah, wie sein Körper sich anspannte. Sheridan stand gefährlich nah an der Klippe, und plötzlich wußte Catherine mit tödlicher Sicherheit, daß Tyrone zum Sprung auf den bewaffneten Mann ansetzte, daß er ihn mit sich in die Tiefe reißen wollte.

»Nein . . .« Aber es war nur ein Flüstern, das fast unhörbar über ihre Lippen kam. Aus dem Augenwinkel nahm sie eine bestimmte Bewegung wahr, aber ihre ganze Aufmerksamkeit konzentrierte sich auf das, was vor ihr geschah.

»Ich lasse nicht zu, daß mein Leben ruiniert wird«, sagte Sheridan heiser. »Ich muß Sie daran hindern, Delaney alles zu erzählen.«

»Und was ist mit den anderen, die davon wissen?« fragte Tyrone. »Was ist mit dem Arzt, der Krankenschwester, dem Ehepaar, das meinen Haushalt führt? Wollen Sie die vielleicht auch alle umbringen, Sheridan?«

Aber Senator James Sheridan war nicht mehr imstande, die Sinnlosigkeit seines Handelns einzusehen. Er erkannte nur die tödliche Gefahr und handelte, ohne nachzudenken. Das Gesicht zu einer Grimasse verzerrt, hob er die Pistole.

Tyrone war gerade im Begriff, einen großen Satz auf ihn zu machen, als plötzlich ein Schuß ertönte. Sheridan wurde die Waffe aus der Hand gerissen, bevor er abdrücken konnte, und er taumelte rückwärts. Die Klippe war zu nah . . .

Mit einem schrillen Schrei stürzte er in den Abgrund.

»Marc!«

Er fing Catherine in seinen Armen auf und preßte ihren bebenden Körper an sich, während er den Kopf halb zur Seite wandte, um zu sehen, wer den Schuß abgefeuert hatte. Und er war nicht allzu überrascht, Jesse Beaumont, dessen Schwester Victoria – und Falcon Delaney zu sehen.

Delaney hatte geschossen.

Tyrone fühlte unendliche Erleichterung in sich aufsteigen. Noch immer hielt er Catherine an sich gepreßt, während er jetzt den Ankömmlingen entgegensah. Bei Delaneys Anblick durchzuckte ihn ein Gedanke, der ihn lächeln ließ. Was für eine Ironie, ausgerechnet von dem Mann gerettet zu werden, der ihn gejagt hatte!

»Danke«, sagte er trocken.

Der andere schob seine Pistole in den Halfter zurück. »Gern geschehen.« Seinem Tonfall war keine Ironie anzumerken. »Obwohl ich eigentlich nicht vorhatte, ihn zu töten. Ich hatte nicht erkannt, wie dicht er an der Klippe stand.«

»Es geht fünfzig Fuß in die Tiefe«, erklärte Tyrone. »Und da unten sind nur Felsen. Er ist tot.«

Jesse, der einen kurzen Blick über die Klippe geworfen hatte, nickte. »Das würde ich auch sagen. Die Flut wird ihn bald fortspülen.« Er sah Tyrone an. »Und das ist nicht das einzige, was die Flut sich holen wird. Ich habe den Mast der *Raven* und ihre verkohlten Überreste im Hafen gesehen. Was zum Teufel ist passiert, Marc?«

»Sie ist verbrannt, was sonst.« Tyrone gab Catherine aus seiner Umarmung frei, hielt sie aber fest an der Hand, und sie starrte verwirrt von ihm zu den drei anderen. »Diese Geschichte erzähle ich dir später, Jesse«, meinte er, bevor er sich wieder Delaney zuwandte. »*Sie* sind gekommen, um eine andere Geschichte zu hören.«

»Ich glaube, einen Teil kenne ich schon.« Delaney sah kurz zu den Klippen hinüber. »Und ich würde gern den Rest erfahren.«

Catherines Verwirrung ließ allmählich nach. Der blonde

Mann war einer von Marcs Kapitänen; Marc hatte ihr gegenüber Jesse Beaumont ein paarmal erwähnt. Der dunkelhaarige Mann mit den kühlen grünen Augen mußte Falcon Delaney sein, und die hübsche blonde Frau, die sich so zärtlich an ihn schmiegte, konnte eigentlich nur seine Frau sein.

Aber sie schienen erst seit kurzem verheiratet zu sein, denn auch Marc zeigte für einen Moment leichte Überraschung und sagte dann leicht amüsiert zu Jesse: »Ich sehe, daß du nicht der einzige bist, der sie gefunden hat, Jesse.«

»Wenn ich in New York nur ein paar Minuten mehr Zeit gehabt hätte, mit Ihnen zu reden«, warf Victoria ein, »hätten wir beide dem armen Jesse zumindest die Begegnung mit den Apachen und einen langen Ritt auf einem harten Sattel erspart.«

»*Sie* mußten damals überstürzt aufbrechen«, erinnerte Tyrone lächelnd. Dann warf er Jesse einen fragenden Blick zu. »Apachen?«

»Ich möchte nicht darüber sprechen!« Jesse schien nicht gerade gern an sein Abenteuer zurückzudenken. »Ich habe genug von Wüste und Indianern. Gib mir ein Schiff und genug Wasser unter dem Kiel und ich fahre tausendmal lieber zur See!«

Während Catherine von einem zum anderen blickte, war ihr fast zum Lachen zumute. Sie hatte erwartet, daß Falcon Delaney eine Bedrohung für Tyrones und ihr Glück sein würde, aber jetzt . . . Zwischen den beiden Männern schien keine Feindseligkeit zu herrschen, eher eine Art widerwilliger Respekt, fast Freundschaft.

Als Tyrone sie dann vorstellte, wurden ihr viele Dinge etwas klarer, zum Beispiel, warum Marcs vermeintlicher Feind mit Jesses Schiff, der *Robyn*, auf die Insel gekommen war: Falcon Delaney war durch seine Heirat mit Victoria Jesses Schwager geworden. Es stellte sich auch heraus, daß Jesse unwissentlich den Senator auf Tyrones Spur gesetzt hatte, dann von Delaney über alles aufgeklärt worden war und das letzte aus seinem

Schiff herausgeholt hatte, um rechtzeitig Port Elizabeth zu erreichen.

»Die *Robyn* wäre dabei fast draufgegangen«, erzählte er Tyrone, als sie zum Haus zurückgingen. »Aber Falcon war davon überzeugt, daß der Senator vorhatte, dich zu töten, und daß keine Zeit zu verlieren war.«

Tyrone sah Delaney an. »Was hat den Senator auf meine Spur gebracht?«

»Ich«, gab Falcon zu. »Und das war allein Ihre Schuld. Sie sollten eben keine geheimnisvollen Listen herumliegen lassen.«

»Sie lagen immerhin wohlverwahrt in meinem Büro«, murmelte Tyrone.

»Dann sollten Sie sich ein besseres Schloß anschaffen.«

»War es so leicht?«

»Zu leicht. Eine große Versuchung für Einbrecher.«

Catherine konnte ein Lächeln nicht unterdrücken, und ihr fiel auf, daß es Victoria nicht anders ging.

Jesse aber war empört. »Verdammt, Falcon, du hast mir kein Wort davon gesagt, daß du in Marcs Büro eingebrochen bist!«

»Du hast mich ja auch nicht danach gefragt«, erwiderte sein Schwager ungerührt.

»Ich war für das Büro verantwortlich!« Jesse warf Tyrone einen schuldbewußten Blick zu. »Dabei fällt mir ein, daß alle deine Angelegenheiten in den Händen deines Anwalts liegen, und ich hoffe, er raubt dich bis auf den letzten Cent aus. Wenn du wieder mal auf eine Vergnügungsreise gehst, kannst du dir einen anderen Stellvertreter suchen. Ich übernehme gern das Kommando auf deinen Schiffen, aber ich will verdammt sein, wenn ich mich je wieder hinter einen Schreibtisch setze! Das ist viel zu aufreibend. Wirf mich raus!« schloß er hitzig.

»In Ordnung, Jesse«, sagte Tyrone, doch er grinste breit.

Ermutigt durch diese Reaktion, fuhr Jesse fort: »Und ich wäre dir dankbar, wenn du mir endlich sagen würdest, was eigentlich los war. Erst jagt Falcon diesem verdammten Gold nach, das nicht da ist, wo es hingehört, dann erzählt er irgendwas über Listen und wildgewordene Senatoren und etwas, das sich ›Camelot‹ nennt . . .«

»Ich werde dir alles erklärten, Jesse.«

Tyrone lächelte schief. »Euch allen. Aber erst muß ich euch etwas zeigen.«

Sie folgten ihm ins Haus.

12

Das Zimmer im oberen Stockwerk war sehr still. Die zugezogenen Vorhänge schlossen jeden Sonnenstrahl aus, und einige Kerzen tauchten den Raum in weiches Licht. Mrs. Tully hatte den alten Mann für seine letzte Reise vorbereitet. Er lag angekleidet auf dem Bett, in einem Anzug, den er seit langem nicht mehr getragen hatte.

Falcon Delaney trat neben ihn und starrte auf ihn hinab. Ein eisiger Schauer überlief ihn, als er das hagere, ausgezehrte Gesicht, und den hohen Haaransatz betrachtete, der eine breite Stirn freiließ. Ungläubig forschte Falcon in den Gesichtszügen des Mannes, die halb von einem sorgfältig gestutzten grauen Bart verdeckt wurden, und sah auf die großen, knochigen Hände, die gefaltet auf der Brust ruhten.

Schließlich war er überzeugt.

»Mein Gott!« flüsterte er und wandte sich zu Tyrone um, der ihn schweigend beobachtet hatte. »Es *ist* Lincoln!«

»Er verfiel zusehens, als der Krieg ausbrach«, erkärte Tyrone den anderen, die in seiner Bibliothek um ihn herumsaßen, immer noch fassungslos über das, was sie gerade gesehen hatten. Falcon, Victoria und Jesse saßen auf der breiten Couch, Catherine in einem Sessel nahe beim Kamin, wo auch Tyrone stand. Er sprach langsam und bemühte sich, ihnen begreiflich zu machen, was damals geschehen war.

»Er muß schon lange krank gewesen sein, und der Krieg ... vielleicht war es der letzte Auslöser. Schon viele Jahre hatte er unter schweren Anfällen von Depressionen gelitten, aber bis zu diesem Zeitpunkt hatte er es immer noch geschafft, sich von ihnen freizumachen, so daß sie ihn nicht daran hinderten, sein Amt auszuüben. Doch dann kam dieser grauenhafte Krieg ... Er löste eine schwere, fast unheilbare Depression aus. Der Präsident war nicht mehr in der Lage, seine Arbeit zu leisten. Die Menschen in seiner nächsten Umgebung erkannten es und versuchten, seine Unfähigkeit zu tarnen, aber es wurde immer schwieriger.«

»Haben Sie ihn damals gekannt?« fragte Falcon vewundert.

Tyrone lächelte mit einem Anflug von Bitterkeit. »Ich kannte ihn seit Jahren, durch Morgen Fontaine, dessen Kapitän ich zu jener Zeit war. Keiner von uns hatte diese Entwicklung der Dinge vorausgesehen. Morgan unterstützte aktiv den Süden, und ich belieferte ihn mit Waren – während Lincoln sein Bestes gab, um das Land zusammenzuhalten.«

Falcon nickte stumm, und Tyrone sprach weiter.

»Es gab eine Gruppe von Männern, die erkannte, was mit Lincoln geschah, und wußte, welchen Schaden sein Versagen anrichten konnte. Es ging ihm immer schlechter, und sein Arzt hatte ihnen erklärt, daß es keine Heilung gab. Diesen Männern gelang es irgendwie, einen Mann zu finden, der Lincolns Ebenbild war, und sie planten, diesen Mann an Lincolns Stelle zu setzen.«

»Und Lincoln selbst?« wollte Falcon wissen.

»Sie wollten ihn – selbstverständlich unter strenger Geheimhaltung – in ein Privathaus nach Neuengland schaffen, wo er vor den Augen der Öffentlichkeit verborgen und betreut werden konnte.«

»Was war mit seiner Frau?« fragte Victoria langsam. »Und mit seinen Kindern?«

»Seine Frau trauerte noch um den Sohn, den sie ein Jahr

zuvor verloren hatten. Man sagte mir, sie hätte eingewilligt. Ich habe nie mit ihr gesprochen. Die beiden anderen Söhne sollten von der Sache nichts erfahren.«

Nach kurzem Schweigen sagte Falcon: »Der Plan, Lincoln heimlich durch einen Doppelgänger zu ersetzen, erhielt also den Codenamen ›Camelot‹?«

»Ja. Man wandte sich an mich, ohne zu wissen, daß ich Lincoln kannte. Ich glaube, daß sie mich auswählten, um ihre eigene Beteiligung an diesem Unternehmen zu tarnen; falls etwas schiefgegangen wäre, hätte meine Rolle deutlich auf ein Komplott der Südstaaten gewiesen.« Er lächelte resigniert. »Und wer in der Union hätte schon einem Blockadebrecher Glauben geschenkt?«

Falcon beobachtete ihn scharf. »Aber man hielt Sie doch für völlig neutral.«

»Sicher. Aber ich belieferte Morgan Fontaine ganz offen mit Waffen und Waren, und die Tatsache allein hätte gereicht, um den Verdacht auf den Süden zu lenken.«

Falcon nickte. »Warum haben Sie sich auf dieses Unternehmen eingelassen?«

Tyrone lehnte sich an den Kaminsims und starrte eine Weile ins Leere. Schließlich zuckte er die Achseln. »Sie haben mir Lincoln gezeigt. Ich war zuerst nicht bereit, ihre Aussage über seinen Zustand ohne weiteres hinzunehmen, deshalb führten sie mich eines Nachts zu ihm. Ich hatte ihn seit fünf Jahren nicht mehr gesehen, und ich brauchte keine fünf Minuten, um zu erkennen, daß sie die Wahrheit gesagt hatten. Also versprach ich ihn sicher nach Neuengland zu bringen.«

»Wurden Sie dafür bezahlt?« wollte Falcon wissen.

Tyrone lächelte zynisch. »Natürlich. Das war der zweite Grund, warum sie sich für mich entschieden hatten. Sie nahmen an, daß ich gegen gute Bezahlung jedes Risiko eingehen würde.«

Seine Antwort überraschte Falcon nicht. Aber er hatte den Mann oben im Haus gesehen, und er wußte, daß Tyrone dies alles ganz sicher nicht des Geldes wegen getan hatte. »Sie haben ihn also aus Washington herausgeschmuggelt.«

»Ja, und das war gar nicht schwer, denn sie hatten alles sorgfältig geplant. Man hatte Lincoln Medikamente gegeben, und er kam freiwillig mit, als ich ihn auf mein Schiff brachte.«

»Was war mit Ihrer Crew?«

Jesse griff die Frage sofort auf. »Ja, und was war mit mir?«

Tyrone bedachte ihn mit einem schuldbedwußten Blick. »Du warst ein großes Problem, Jesse. Ich mußte dich ständig im Auge behalten.«

»Eigentlich sollte ich dir übelnehmen, daß du mich nicht eingeweiht hast!«

»Das ist dein gutes Recht. Nun, in der Nacht, als ich Lincoln an Bord bringen wollte, hatte ich der Mannschaft freigegeben und Jesse mit einem Auftrag weggeschickt. Dasselbe wollte ich noch einmal tun, sobald wir in Neuengland eingetroffen wären.«

»Und dann brachten Sie ihn sicher aufs Schiff?«

»Ich hatte es vor, aber unterwegs wurden wir von drei Männern überfallen, die mit Pistolen und Knüppeln bewaffnet waren. Sie hatten anscheinend nicht damit gerechnet, daß auch ich eine Pistole bei mir tragen würde. Lincoln schlief im Wagen, und es war nicht leicht, mit den Pferden fertigzuwerden. In dem ganzen Durcheinander habe ich dann leider alle drei Männer getötet.«

»Leider?« wiederholte Jesse erstaunt.

Falcon warf seinem Schwager einen nachsichtigen Blick zu. »Zumindest einen hätte er lebend gebraucht; wie sollte er sonst erfahren, wer sie beauftragt hatte?«

»Ach so«, murmelte Jesse.

Tyrone lächelte schwach. »Stimmt genau. Jetzt saß ich in der Klemme. Fünf Männer hatten gewußt, daß ich ungefähr um diese Zeit dort vorbeikommen würde, und jeder von ihnen konnte das Attentat geplant haben.

»Sie hatten nie mehr als einen Verdacht?« fragte Falcon, und nur Victoria wußte, daß er sich Sorgen machte, ob vielleicht auch sein Chef und Freund Leon Hamilton an diesem Unternehmen beteiligt gewesen war.

»Nein«, gab Tyrone überzeugt zurück. »Als Gruppe hätten sie meine Hilfe nicht gebraucht, um ihn zu töten. Und sie waren ausgezeichnet organisiert, der Überfall hingegen war ungeschickt, und das paßte nicht zusammen. Es schien mir viel wahrscheinlicher, daß einer von ihnen spontan beschlossen hatte, die Chance zu nützen, und ohne nachzudenken ein paar Männer angeheuert hatte.« Er seufzte. »Wenn ich das alles klar durchdacht hätte, wäre mein Verdacht sofort auf Sheridan gefallen. Er war bekannt für sein unüberlegtes und unbeherrschtes Handeln. – Nun, ich konnte jedenfalls nicht sicher sein, welcher von ihnen es gewesen war.«

»Sie wußten also nur, daß einer dieser Männer Lincolns Tod wollte«, warf Falcon ein.

»Ja. Ich war außer mir vor Zorn, aber ich fand, daß der Verantwortliche nicht zu erfahren brauchte, daß sein Plan fehlgeschlagen war. Ich brachte Lincoln auf mein Schiff und fuhr nach Washington zurück. Dort berichtete ich den Männern, was passiert war, und verschwieg lediglich, daß Lincoln den Anschlag überlebt hatte. Alle wirkten schockiert.«

»Aber nicht übermäßig enttäuscht? sagte Falcon langsam.

»Nein«, bestätigte Tyrone. »Ihre Marionette hatte inzwischen Lincolns Platz eingenommen, und wir alle wußten, wie unsicher meine Position war. Ich stellte keine Bedrohung für sie dar.«

»Bestanden sie nicht darauf, die Leiche zu sehen?«

»Nein. Ich erzählte ihnen einfach, daß ich ihn zwar aufs Schiff gebracht, aber keinen Wert darauf gelegt hätte, mit einer Leiche an Bord die Küste auf und ab zu segeln, vor allem, da es sich bei dieser Leiche um Präsident Lincoln handelte.«

»Und dann?« fragte Jesse, der Tyrones Bericht halb fasziniert, halb entsetzt gelauscht hatte.

»Ich verließ Washington und brachte Lincoln direkt hierher.«

»Warum gerade hierher?« wollte Falcon wissen.

»Ich war früher schon hier gewesen und wußte, daß an

diesem Ende der Insel ein Grundstück zu haben war. Außerdem hatte ich gehört, daß sich auch Dr. Charles Scott, einer der bekanntesten Spezialisten für Geisteskrankheiten, vor ein paar Jahren hierher zurückgezogen hatte. Ich nahm Kontakt zu ihm auf, und er hielt Lincoln in seinem Hause verborgen, während ich nach einem Ort suchte, wo ich ihn längere Zeit verstecken konnte.«

Er sah Falcon eindringlich an. »All dies hat sich übrigens im März 1863 ereignet.«

Falcons Augen wurden plötzlich schmal. »Auf der Namensliste in Ihrem Büro war ein Datum im April eingetragen!«

»Ja.«

Falcon zog eine lange, dünne Zigarre aus der Brusttasche seines Hemdes und zündete sie stirnrunzelnd an. »Verdammt«, murmelte er.

Jesse blickte verwirrt von einem zum anderen. »Was soll denn das heißen?«

»Ein Köder«, stieß Falcon ärgerlich hervor. »Und ich habe ihn geschluckt.«

Jesse blinzelte verwirrt und sah Tyrone ungläubig an. »Du hast gewußt, daß er in dein Büro einbrechen und die Liste finden würde?«

»Sagen wir lieber, ich habe gelernt, seine . . . Ausdauer nicht zu unterschätzen.«

»Du *wolltest*, das er dich bis hierher verfolgt?«

Tyrone zuckte die Achseln. »Ich wollte, daß diese ganze Geschichte endlich ein Ende hat. Lincoln lag im Sterben, und ich hatte meine eigenen Pläne für die Zukunft.« Sein Blick fiel auf Catherine, die ihn zaghaft anlächelte. Dann wandte er sich wieder an Falcon. »Mir war klar, daß Sie nie aufgeben würden, koste es, was es wolle. Ich hatte allerdings nicht damit gerechnet, daß Sie mir Sheridan auf den Hals hetzen würden.«

Falcon lächelte plötzlich, und in seinen Augen blitzte es amüsiert auf. »Glauben Sie etwa, ich hätte ihn absichtlich mit meinen Fragen so in Angst und Schrecken versetzt, daß er durchdrehte und sich sofort auf die Jagd nach Ihnen machte?«

»Das würde mich wundern«, meinte Tyrone trocken. »Ich habe den Eindruck, daß Ihre Methoden subtiler sind.«

»Dem würde ich nicht widersprechen. Tatsächlich habe ich mit ihm selbst kein einziges Wort gewechselt.«

Tyrones Augen wurden schmal, und nach einer Weile fragte er zögernd: »Dann kennen Sie wahrscheinlich einen der anderen Männer auf der Liste?«

Falcon nickte. »Leon Hamilton. Er ist seit den ersten Kriegsjahren mein Chef.«

»Arbeitet er für das Schatzamt?«

»Ja.«

Tyrone schüttelte leicht den Kopf. »Das konnte ich nicht wissen, denn er hat offiziell mit dem Schatzamt nichts zu tun. Und nachdem Sie auf Ihrer Suche nach dem verschwundenen Gold diese Liste entdeckt hatten, sind Sie natürlich sofort zu ihm gegangen.«

»Selbstverständlich.«

»Und er hat Sie zurückgepfiffen?«

»Allerdings. Er wollte mir nichts über ›Camelot‹ verraten und behauptete, es hätte nichts mit dem Gold zu tun.«

»Und Sie haben ihm geglaubt?«

»Ja, natürlich«, sagte Falcon trocken. »Zumindest habe ich so getan.«

Tyrone lachte leise auf. »Ich schätze, er ging sofort zu den anderen, um sie davor zu warnen, daß Sie wild entschlossen wären, mich aufzuspüren und mir ein paar unbequeme Fragen zu stellen.«

»Was Sheridan so in Panik versetzte, daß er sich augenblicklich auf den Weg machte«, ergänzte Falcon. »Leon muß bei ihnen den Eindruck erweckt haben, daß ich keine Ruhe geben würde, bevor ich nicht die volle Wahrheit kannte.«

»Ja, Sheridan erwähnte so etwas; aber er hatte vor allem Angst, Sie würden die ganze Sache an die Öffentlichkeit bringen.«

Jesse sah seinen Schwager fragend an. »Wirst du das tun?«

Statt zu antworten, wandte Falcon sich wieder an Tyrone. »Erzählen Sie mir, was aus dem Gold geworden ist!«

Tyrone nickte. »Den Großteil meiner Geschichte kennen Sie ja bereits. Jemand gab mir in Fontaines Namen den Auftrag, Waren nach Charleston zu transportieren.« Er zögerte einen Moment, bevor er fortfuhr: »Zu dieser Zeit versuchte ich, soviel Geld wie möglich zu verdienen, und ich war nicht besonders wählerisch.«

Falcon nickte.

»Aber ich war kein Dummkopf«, fuhr Tyrone fort. »Als eine der Kisten auf See aufging und ich entdeckte, daß sie Gold aus dem Besitz der Union enthielt, war ich nicht besonders glücklich.«

»Das ist stark untertrieben«, warf Jesse grinsend ein, aber Tyrone achtete nicht auf ihn. »Wir erreichten Charleston vor Morgengrauen, und ich ging sofort an Land, um Morgan zur Rede zu stellen. Aber es war nicht Morgan, der kam, um die Lieferung entgegenzunehmen . . .«

». . . sondern Read Talbot«, bemerkte Falcon.

»Ja. Was wurde eigentlich aus ihm?«

»Er ist tot«, antwortete Falcon.

»Ich verstehe.« Tyrone runzelte die Stirn. »Jesse hat mir in einem Telegramm mitgeteilt, daß auch Morgan nicht mehr am Leben ist. Wie . . .«

Victoria erriet, was er wissen wollte, und gab ihm die Antwort. »Read Talbot und noch zwei Männer haben Morgan zu Tode gefoltert. Sie wollten herausbekommen, wo das Gold versteckt war.«

Tyrone sah sie an. »Morgan war Ihr Mann, nicht wahr?«

»Ja.«

»Es tut mir leid, was mit ihm geschehen ist.«

Victoria sah ihn verwundert an. »Sie sagen das, als ob Sie sich irgendwie für seinen Tod verantwortlich fühlten.«

»Das war ich auch.«

»Aber Morgan hat doch das Gold genommen«, unterbrach Jesse ihn.

Tyrone überlegte kurz, bevor er weitersprach. »Es gelang mir, die Wahrheit aus Talbot herauszuquetschen. Als er mir sagte, daß das Gold der Union geraubt worden war, um ein Attentat auf den Präsidenten zu finanzieren, konnte ich einfach nicht glauben, daß Morgan etwas damit zu tun haben könnte. Ich mußte etwas unternehmen. – Der echte Lincoln war zwar längst in Sicherheit, aber ich konnte doch auch nicht einfach zulassen, daß man seinen Doppelgänger ermordete, den doch alle Welt für den wahren Präsidenten hielt.«

»Sie gingen also zu Morgan?« fragte Falcon.

»Ja. Er tobte, wie ich es erwartet hatte, und er machte sich große Sorgen, denn auch er wußte, daß der Süden untergehen würde. Er sagte, sein letztes Geschenk an die Südstaaten würde es sein, dafür zu sorgen, daß Read Talbot und seine Mitverschwörer nie an das Gold herankämen.«

»Haben Sie ihm damals alles über Lincoln erzählt?« fragte Falcon ruhig.

Tyrone sah ihn kurz an und nickte dann. »Er hatte vorgeschlagen, ich sollte das Gold behalten, aber ich erwiderte, daß ich keine Lust hätte, am Galgen zu enden. Dann erzählte ich ihm von Lincoln. Mir war inzwischen klargeworden, wie schwierig – und kostspielig – es sein würde, ihn für unbestimmte Zeit irgendwo versteckt zu halten. Es würde eine Menge Geld verschlingen, für absolute Sicherheit und Geheimhaltung zu sorgen, Geld, daß ich damals nicht besaß. Morgan überlegte nicht lange. Er hielt es geradezu für göttliche Gerechtigkeit, das Kapital, das Lincolns Ermorderung hätte finanzieren sollen, dafür zu nehmen, seine letzten Jahre glücklich und sicher zu machen.«

»Und Sie waren damit einverstanden.«

»Zu diesem Zeitpunkt schien es die einzige Lösung zu sein.«

»Aber du hast Morgan das Gold doch übergeben«, wiederholte Jesse. »Ich habe es selbst bei ihm abgeliefert.«

»Das Gold hat die *Raven* nie verlassen, Jesse«, erklärte Tyrone unbeirrt.

»Aber die Kisten!«

»Ja, du hast sie bei ihm abgeliefert – gefüllt mit Ziegelsteinen.«

Jesse runzelte die Stirn. »Warte einen Moment . . . Morgan öffnete eine der Kisten – und sie war voller Goldmünzen. Er hat mir sogar einen Beutel voll geschenkt!«

Tyrone sah Falcon lächelnd an. »Als Morgan und ich uns unterhielten, erwähnte ich die 3-Dollar-Münzen. Von allen Münzen waren sie die einzigen, deren Spur man hätte zurückverfolgen können. Morgan meinte, er würde diese Kiste an sich nehmen, später leeren und die Münzen in einem anderen Versteck vergraben. Es war vermutlich reine Gedankenlosigkeit, daß er Jesse einen Beutel davon gab.«

»All die Jahre über hat mich am meisten verwirrt«, gestand Falcon stöhnend, »daß nur ganz wenige dieser besonderen Münzen auftauchten. Aber jetzt ist mir alles klar. Es gab nur diesen einen Beutel, den Jesse von Morgan bekommen hatte.«

»Ein paar sind bei Tory geblieben«, erklärte Jesse. »Bevor Talbot mich überfiel.«

Victoria nickte. »Ja, Talbot erzählte mir, daß er später nach *Regret* zurückgekehrt wäre und den Beutel dort gefunden hätte, wo ich ihn versteckt hatte.«

Tyrone betrachtete sie interessiert. »Sie haben mit Talbot gesprochen?«

Sie erwiderte ruhig seinen Blick und lächelte leicht. »Ich war es, die ihn erschossen hat.«

»Aus Rache?« fragte er nach einer Weile.

»Nein, nur um der Gerechtigkeit willen.«

Tyrone nickte nachdenklich. »Morgan und ich waren überzeugt, daß wir unsere Spuren verwischt hatten. Keiner dieser Männer wußte auch nur irgend etwas über ihn, und er glaubte auch nicht, daß jemand auf mich kommen würde. Wir täuschten also die Übergabe vor, und Morgan verschwand in Richtung Westen.«

Victoria wechselte einen Blick mit ihrem Mann. »Alle Achtung, Falcon – es scheint sich fast genauso abgespielt zu haben, wie du vermutet hast.«

Tyrone sprach, bevor Falcon etwas erwidern konnte. »So nah waren Sie der Wahrheit? Dann habe ich Sie also nicht unterschätzt.«

»Sorgten Sie deshalb dafür, daß ich die Liste finden mußte?« wollte Falcon wissen.

»Das war einer der Gründe, würde ich sagen. Mir war klar geworden, daß Sie nie locker lassen würden. Aber das allein gab nicht den Ausschlag.«

Tyrone wirkte jetzt zum ersten Mal müde. Er legte den Arm um Catherine und setzte sich auf die Lehne des Sessels, in dem sie saß. »Die Dinge gerieten plötzlich in Bewegung«, fuhr er langsam fort. »Nach all diesen Jahren kreuzten sich die Wege von Menschen, die Teile der Geschichte kannten. Teile von beiden Geschichten.« Er sah Falcon an. »Ich sah Victoria auf jenem Ball, und mir kam sofort der Gedanke, sie könnte Jesses Schwester sein, von der er annahm, daß sie schon seit Jahren tot war. Damals hatte ich lange nicht mehr an Morgan gedacht, aber als sie sich als Victoria Fontaine vorstellte, begann ich zu überlegen. Immerhin, es war möglich, so wie ich Morgan kannte. Vielleicht hatte er sie geheiratet und für sie gesorgt, weil er Jesse für tot hielt. Sie waren bei ihr, und ich nahm an, daß Sie sich an sie gehängt hatten, weil Sie hofften, sie würde Sie zu dem Gold führen.«

»Ja, ich erinnere mich an diesen Abend«, murmelte Falcon.

Tyrone lächelte. »Sie waren ein paar Tage vorher in mein Büro gekommen, und einige Ihrer Bemerkungen verrieten mir, daß Sie begannen, die einzelnen Teile der Geschichte zusammenzufügen.« Er zuckte die Achseln. »Vielmehr gibt es nicht zu sagen. Als ich Jesses Telegramm erhielt, beschloß ich, hierher zurückzukehren. Ich war ziemlich sicher, daß Sie die Liste finden würden, aber selbst wenn es Ihnen nicht gelungen wäre, hätte nach Morgans Tod die einzige Spur zu mir geführt.« Er sah Victoria an. »Es tut mir ehrlich leid, daß Ihr Mann auf so grausame Weise ums Leben gekommen ist!«

Sie schüttelte nur den Kopf. »Es war nicht Ihre Schuld, Tyrone. Ich kannte Morgan sehr gut, und wenn es schon eine

Spur gab, dann war es ihm bestimmt lieber, daß sie zu ihm führte.«

Eine Weile herrschte Schweigen, bis Jesse schließlich fragte. »Was nun?« Er sah Falcon erwartungsvoll an.

Catherine, die schweigend zugehört hatte, tat dasselbe. »Port Elizabeth untersteht der britischen Gerichtsbarkeit – Sie haben hier keinerlei Verfügungsgewalt.«

»Das weiß er ganz genau«, stellte Tyrone nüchtern fest.

Und während sie sich mit ihren Blicken maßen, wurde den beiden Männern noch etwas klar: Tyrone verfügte über eine ganze Flotte von Schiffen, einschließlich der *Robyn*, die jetzt in Port Elizabeth vor Anker lag. Er konnte mit diesem Schiff verschwinden, wann immer er wollte, und es würde Falcon kaum gelingen, ihn einzuholen.

Sie wußten, daß die Jagd auf diese Weise noch über Jahre weitergehen konnte.

Aber sie wußten auch, daß es vorbei war, jetzt und hier, in diesem Augenblick.

»Verdammt, Falcon!« explodierte Jesse. »Sag doch endlich was!«

»Ein Staat dürfte wohl verpflichtet sein, für seinen Präsidenten zu sorgen«, begann Falcon zögernd und fuhr lächelnd fort: »Ich bin der Ansicht, daß das Gold sinnvoll verwendet wurde.«

Tyrone wirkte nicht sehr überrascht. Er lächelte schwach. »Und das wird auch in dem Bericht an Ihre Vorgesetzten stehen?«

»Sie übersehen da eine Kleinigkeit!« Auch Falcon lächelte jetzt. »Mein Vorgesetzter ist Leon Hamilton, und ich denke, er wird meinen Bericht stillschweigend akzeptieren, egal, was ich schreibe.«

»Vor allem, da die Toten begraben bleiben?«

»Richtig.« Falcon zögerte und fügte dann hinzu: »Welche Ironie, nicht wahr? All diese Anstrengungen und Mühen – und dann wird der Mann, den sie so sorgfältig für das Amt des Präsidenten ausgewählt hatten, zwei Jahre später Opfer eines Attentats.«

Jesse erkundigte sich nun ungeduldig nach dem Schicksal der *Raven*, und Tyrone berichtete kurz, was passiert war. Dann erzählte Falcon, was sich in Neumexiko und Texas ereignet hatte.

Mit einer Spur von Belustigung lud Tyrone ihn und Victoria ein, einige Tage seine Gäste zu sein. Er empfand es noch immer als leicht widersinnig, daß er und Falcon nach all den Jahren argwöhnischen Belauerns jetzt offenbar einen Punkt erreicht hatten, der der vorsichtige Anfang einer Freundschaft zu sein schien. Er freute sich, als Falcon und seine Frau die Einladung annahmen, und es tat ihm fast ein wenig leid, daß diese Aussprache nicht schon viel früher stattgefunden hatte.

Später, als alle nach oben gingen, um sich vor dem Lunch etwas frisch zu machen, fanden Tyrone und Catherine zum ersten Mal seit der dramatischen Szene auf den Klippen Zeit, eine Weile miteinander allein zu sein.

Sowie sie in ihrem Schlafzimmer waren, wandte sich Catherine heftig zu ihm um. »Du wolltest dich auf Sheridan werfen, nicht wahr?«

»Nun«, erwiderte Tyrone trocken. »Der Entschluß ist mir nicht besonders leichtgefallen.«

»Aber du hättest es getan?«

Er musterte sie forschend. Sie hatte sehr viel durchgemacht und war in den letzten Tagen um einiges nachgiebiger gewesen, als er es von ihr gewohnt war, aber jetzt schien sie allmählich zu ihrem vertrauten eigensinnigen und widerspenstigen Wesen zurückzufinden.

Sie stand vor ihm und sah ihm unverwandt ins Gesicht, die schlanken Hände in die Hüften gestemmt, die blauen Augen funkelnd. Ihr dunkles Haar fiel wie ein seidener Vorhang über ihre Schultern, und in der einfachen weißen Bluse und dem dunklen Rock wirkte sie zart und zerbrechlich.

Tyrone fand sie schöner denn je.

»Marc . . .«

Er räusperte sich. »Es ist schließlich nicht dazu gekommen, Catherine.«

Sie trat noch einen Schritt näher und hob herausfordernd das Kinn. »Wenn ich mir einen Schoßhund gewünscht hätte«, sagte sie mit leiser Stimme, die dennoch nichts von ihrer Schärfe verloren hatte, »hätte ich mich bestimmt nicht in dich verliebt. Trotzdem . . .«

»Was?« erkundigte er sich augenzwinkernd.

»Du hast mir versprochen, mit mir zusammen alt zu werden!«

Er lachte leise auf. »Ja, das habe ich.«

»Und ich werde dafür sorgen, daß du dieses Versprechen hältst. Hör also endlich auf, so verdammt leichtsinnig zu sein!«

»Ich bin nie leichtsinnig.«

»Marcus Tyrone . . .«

Er zog sie lachend in seine Arme. »Ich habe es dir doch schon einmal gesagt, Liebling: Einen Mann, der so viel besitzt, für das es sich zu leben lohnt, bringt man nicht so schnell um.«

Catherine schmiegte sich zärtlich und erleichtert an ihn. »Dann paß aber auch gut auf dich auf. – Ich habe nämlich vor, nur einmal zu heiraten.«

»Keine Angst, du wirst auch kein zweites Mal Gelegenheit dazu haben«, versprach er und verschloß ihr den Mund mit einem leidenschaftlichen Kuß.

Victoria beobachtete, wie Falcon sein Tagebuch aus der Reisetasche zog, die sie sich vom Schiff hatten bringen lassen. »Das Ende der Geschichte?« fragte sie.

Er legte das ledergebundene Buch auf den kleinen Sekretär in ihrem Schlafzimmer, setzte sich davor und starrte eine Weile darauf nieder. Schließlich hob er den Blick und sah seine Frau an. »Das sind meine privaten Aufzeichnungen«, erklärte er ernst. »Und ich habe alle gefährlichen Informationen selbst verschlüsselt. Es ist sehr unwahrscheinlich, daß ein Fremder damit etwas anfangen könnte.«

Victoria lächelte nachsichtig. »Und jetzt hast du solange

keine Ruhe, bis auch der Rest der Geschichte niedergeschrieben ist?«

»Eine alte Gewohnheit«, entschuldigte er sich.

»Was wirst du dann später damit machen?«

Falcon zuckte die Achseln. »Wahrscheinlich bringe ich es nach *Killara*. Dort stapeln sich schon einige Tagebücher von verschiedenen Familienmitgliedern. Dort ist es in guter Gesellschaft.« Er lächelte schief. »Und wird wohl im Laufe der Jahre zu Staub zerfallen.«

Victoria umarmte ihn zärtlich und ermutigte ihn: »Dann tu, was du nicht lassen kannst. Du bist ja doch erst zufrieden, wenn die Geschichte vollständig ist und es keine offenen Fragen mehr gibt. Die Suche nach dem Gold hat einen großen Teil deines – und meines – Lebens ausgefüllt und war zu wichtig, um nicht zu Ende geschrieben zu werden.«

Falcon nickte seiner Frau dankbar zu und griff nach der Feder.

Später an diesem Nachmittag fragte Tyrone Jesse nach einem seiner Schiffe. »Ist die *Ladyhawke* schon wieder nach New York zurückgekehrt?«

Jesse schüttelte den Kopf. »Zur Zeit dürfte sie noch auf dem Rückweg von San Francisco sein. Warum fragst du? Soll ich sie dir herbringen?«

»Wenn es dir nichts ausmacht«, erwiderte Tyrone vorsichtig. »Ich wage kaum, dich noch einmal um einen Gefallen zu bitten.«

Jesse unterbrach ihn hastig. »Alles, was mit den Schiffen zu tun hat, macht mir nichts aus. Es ist nur dieser verdammte Papierkram, den ich hasse. – Du willst also noch ein paar Monate hierbleiben?«

»Ja, ich denke schon. Ob wir in Zukunft mehr Zeit hier oder in New York verbringen, liegt an Catherine, und . . .«

»Was liegt an mir?« fragte Catherine, die gerade das Zimmer betreten hatte.

»Die Entscheidung, wo wir leben werden«, erklärte er.

»Nein«, widersprach sie ruhig. »Das ist deine Entscheidung.«

Er warf ihre einen verwunderten Blick zu. »Und aus welchem Grund?«

»Du hast schließlich ein Unternehmen zu leiten!«

»Ich könnte ja Jesses Rat befolgen und einen Verwalter einstellen«, meinte Tyrone nachdenklich. »Ich würde dir nämlich gern etwas von der Welt zeigen.«

»Auch dieses Haus in Spanien?«

Tyrone lachte laut auf. »Nein, mein Liebling, auf gar keinen Fal!«

»Meinst du, man würde mich dort nicht hereinlassen?« erkundigte Catherine sich neugierig.

»Ich fürchte eher, man würde dich nicht mehr herauslassen.«

Jesse blickte hoffnungslos verwirrt von Tyrone zu Catherine.

»Vergiß es!« riefen die beiden wie aus einem Mund, und Jesse zog sich ratlos zurück, um sich den Kopf über Häuser in Spanien zu zerbrechen.

Am frühen Abend, als die Sonne allmählich unterging, beerdigten sie Abraham Lincoln auf einer Klippe, von der man einen weiten Ausblick über das Meer hatte. Das Grab blieb namenlos und würde im Lauf der Zeit zu einem Teil der wilden, unberührten Landschaft hinter Tyrones Haus werden. Der blaue Himmel würde sein Grabstein sein, und dichter Efeu würde es bedecken. Hier hörte man das stetige Rauschen des Ozeans, den ewigen Rhythmus der See.

Am Grab wurde kein Wort gesprochen.

Nachdem Reuben, Sarah und Mrs. Tully ins Haus zurückgegangen waren, blieben die anderen noch eine Weile schweigend stehen.

Von allen, die jemals mit dieser Geschichte zu tun gehabt hatten, waren es diese fünf Menschen, deren Leben am meisten mit einer gestohlenen Schiffsladung Gold und einer

Täuschung verwoben war, von der die Welt nie erfahren würde. Sie alle hatten eine wichtige Rolle in der Geschichte gespielt, eine Rolle, die ihrer aller Leben beeinflußt und verändert hatte.

Catherine dachte darüber nach, wie ihr Leben wohl verlaufen wäre, wenn Tyrone sich nicht diesen heimlichen Zufluchtsort auf der Insel gebaut hätte, dachte an die Leere und Einsamkeit, in der sie ohne ihn gelebt hätte. Von allen, die hier standen, hatte sie am wenigsten unter den geheimnisvollen Geschehnissen gelitten.

Catherine schreckte aus ihren Gedanken auf und stellte fest, daß Jesse, Falcon und Victoria leise gegangen waren und sie und Tyrone alleingelassen hatten. Sie trat einen Schritt auf ihn zu und sah ernst zu ihm auf.

»Ist es vorbei?«

Er sah sie an, und ein Lächeln, das Lächeln, das ihr Leben für immer verändert hatte, lag auf seinen Lippen. »Ja, Catherine, es ist vorbei. Die Vergangenheit ist endgültig begraben.«

Dann legte er den Arm um sie und ging langsam mit ihr zum Haus zurück.

Epilog

Ein knappes Jahr später machte Falcon Delaney die letzte Eintragung in sein Tagebuch. Sie war kurz und unverschlüsselt und stand ganz allein auf einer Seite.

Killara, im
August 1872

Marcus und Catherine Tyrone
wurde ein Sohn geboren.
Seine Name ist Abraham.

ENDE